当代文学史研究丛书　程光炜　主编

寻找文学的新可能

联合文学课堂

杨庆祥　著

北京大学出版社
PEKING UNIVERSITY PRESS

图书在版编目（CIP）数据

寻找文学的新可能：联合文学课堂/杨庆祥编．—北京： 北京大学出版社， 2015.11

ISBN 978-7-301-26567-3

Ⅰ．①寻… Ⅱ．①杨… Ⅲ．①中国文学—当代文学—文学研究 Ⅳ．①I206.7

中国版本图书馆 CIP 数据核字（2015）第 278682 号

书　　　名	寻找文学的新可能——联合文学课堂
著作责任者	杨庆祥　编
责 任 编 辑	张雅秋
标 准 书 号	ISBN 978-7-301-26567-3
出 版 发 行	北京大学出版社
地　　　址	北京市海淀区成府路 205 号　100871
网　　　址	http：//cbs.pku.edu.cn　　新浪微博：@北京大学出版社
电 子 信 箱	zbing@pup.pku.edu.cn
电　　　话	邮购部 62752015　发行部 62750672　编辑部 62757065
印 刷 者	北京中科印刷有限公司
经 销 者	新华书店
	965 毫米 ×1300 毫米　16 开本　15.25 印张　192 千字
	2015 年 11 月第 1 版　2015 年 11 月第 1 次印刷
定　　　价	36.00 元

未经许可，不得以任何方式复制或抄袭本书之部分或全部内容。

版权所有，翻版必究

举报电话：010-62752024　电子信箱：fd@pup.pku.edu.cn

图书如有印装质量问题，请与出版部联系，电话：010-62756370

"当代文学史研究丛书"总序

从1949年全国第一次文代会算起,中国当代文学的建史和研究,已经足足60年。在中国历史上,这60年是社会最为动荡又充满历史机遇的一个年代。但放在一百七十多年来的视野里,人们并不会为它离奇剧烈丰富的故事而惊诧。"当代文学"就发生在我们共同记忆的这一历史时段中。在当代文学史研究中,我们无法无视历史的存在,将文学看做一个"纯文学"的现象,也无法摆脱文学与历史的无数纠缠,将作为研究者的自己置身事外。明白了这一点,就能懂得中国当代文学学科为何迄今为止都没有像中国古代文学和现代文学那样建立学术的自足性、规范性,反而屡屡被人误解和贬低。更容易看清楚的是,如果当代史观到今天还没有在幅员辽阔的大地上成为一种"社会共识",那它势必会不断动摇与该史观息息相关的当代文学史的思想基础和学科基础。

当代文学史学科自律性一直缺乏的另一个原因,是它的下限始终无法确定。2000年后至今,当代作家的大量新作有如每年夏季长江的洪峰一样奔腾不息,即使声名显赫的老作家也未曾歇笔,对自己的思想头绪稍作整理,并对历史作更深远的瞭望。对新作的关注,仍然是最热门的事业。这就使当代文学很多从业者不得不放弃寂寞的研究,转入更为丰富多彩的当代文学批评之中。当代文学批评在慷慨地为文学史研究提供新鲜视角和信息的同时,也在那里踩踏涂抹着"文学批评""文学理论"与"文学史研究"的界限。著名作家的新作,还会冲刷、改写和颠覆当代文学以往历史的文学价值,"超越"依然是当代文学批评最动人的词汇,正是它造成了当代文学观念的不断的撕裂。这种情况下,当代文学的标准和研究规范经常被挪动,也就不难理解。

本丛书提倡从切实材料出发,以具体问题为对象,对当代文学史的"史观"展开讨论,据此观察中国当代文学史为什么会以这种方式展开,影响文学思潮、流派、文学批评和作家创作的历史因素究竟是什么,将这些因素综合在一起,我们就能逐渐知道,它的研究在中国学术环境中问题的症结之所在。

本丛书主张当代文学史研究的"历史化",认为先划出一定历史研究范围,如"十七年文学""80年代文学"等等也许是有必要的,它会有利于研究问题的分层、凝聚和逐步的展开。对具体历史的研究,可能比宏篇大论更有益于问题的细致洞察,强化研究者对自身问题的反省,所谓的历史化也只能这样进行。

本丛书以文学史研究为特色。丛书作者以国内一线学者为主,但不排斥年轻新秀优秀著作的加入,更欢迎海外学者的加盟。既为文学史研究丛书,自然希望研究者以经过沉淀的、深思熟虑的文学现象为对象,不做简单和草率的判断;它强调充分尊重已有的成果,希望丛书的风格具有包容性,也主张收入本丛书的著作对不同于自己观点的研究拥有包容性。

本丛书是对60年来当代文学史研究多次努力的又一次开始,这是一项长期和耐心的工作。它并不奢望自己的出版能改变什么,但也相信当代文学史研究的前途并不糟糕。

本丛书主编　程光炜

目　录

"当代文学史研究丛书"总序 ………………………… 程光炜/1

在黑暗中寻找"光"
　　——蒋一谈《透明》 ………………………………………… 1

到世界去
　　——徐则臣《耶路撒冷》 …………………………………… 17

理想批评和理想读者
　　——李敬泽《致理想读者》 ………………………………… 43

久在樊笼里，怎得返自然？
　　——李少君《自然集》 ……………………………………… 73

另一种小说美学
　　——老村《骚土》 …………………………………………… 95

从爱中拯救历史
　　——文珍《我们夜里在美术馆谈恋爱》 ………………… 126

古典精神与现代小说
　　——计文君《帅旦》 ………………………………………… 159

异质性写作的可能
　　——李宏伟《平行蚀》 ……………………………………… 186

重读王小波以及 90 年代文学
　　——房伟《革命星空下的坏孩子》 ………………………… 214

在黑暗中寻找"光"
——蒋一谈《透明》

时间：2014年5月20日下午
地点：中国人民大学图书馆

杨庆祥：这是我们"联合文学课堂"的第一次活动。组织联合文学课堂，是我最近的一个想法。我想把一些对当下文学创作感兴趣的同学聚拢起来，不仅是人大，还包括北大、北师大等高校的同学，大家一起来研读新的作家作品。这里面有那么几层意思，一是目前高校中文系的教学以文学史为主，对当下的作品缺乏敏感性，教学严重滞后于创作的实践，通过这种方式可以让大家比较有效地接触到文学的现场；其次是大家可以借此培养怎样做一个"合格的读者"，我们姑且不说"理想读者"（李敬泽语），作为中文系或者对文学感兴趣的人，至少应该知道怎么去欣赏、分析一部作品；第三是希望这种具体的、有时候是与作家面对面的交流，能形成一个良性的互动，读者与作者在这之间能够找到一些有意思的东西。当然，也可能什么都找不到，这也没有关系，阅读即误读，只要是"真正地读过"，这就很好了。最后，我当然希望这样一种形式能够形成一种特别的氛围，能够找到一些"核心小伙伴"，能够在雪夜"听到友人和五点钟"。如此，文学与人生，也算是相得益彰。

今天是我们的第一次活动，讨论蒋一谈最新出版的短篇小说集《透明》，这部短篇集自今年五月出版以来已引起了广泛的关注，其中的一些作品如《透明》《跑步》《发生》等赢得了圈内外一致好评，提供了很多有意思的话题，大家可以畅所欲言。

一

董丝雨(中国人民大学硕士生)：我觉得这个小说集关注了一个以前作家不太关注的群体，一个在社会上普遍存在却容易被忽略的中老年男子群体。作为小说的主要描述对象，他们找不到人生的价值或者存在的意义。《发生》和《故乡》中描述的两位老年男人，他们的社会身份是丈夫和父亲，社会责任是支撑家庭和抚养孩子。当他们已经完成这个责任的时候，他们的这种社会身份被无形中剥夺了，他们非常焦虑地重新寻找自己在社会中的价值。但我觉得这种寻找责任，或者说他们期待获得的救赎是不彻底的。能够救赎他们的只有他们自己，但这些男人普遍选择把"认命"作为自己的救赎方式。

我有一个问题，之前看蒋老师的作品《China Story》的时候有一个感觉，小说的结尾总会赋予男人死亡，我觉得死亡不是那么必要。比如《发生》中的独居老人最后无力地倚着墙壁，《跑步》里的大学教授在跑动中视线渐渐模糊，这是不是代表生命的终结？这让我有一种突兀感。

蒋一谈：我上一本短篇小说集是《栖》，写城市女人的故事，这本《透明》以写男人为主。关于老年男人，这类人物角色在中国当代文学里面是一个大的空缺。人到六七十岁之后会面临衰老和死亡，任何人，不管男女，这种无可挽救的无力感都将存在。

你刚才谈到死亡的问题，读者可以各自解读。在这本书里面，我的死亡信息可能是最少的。你谈到《发生》和《跑步》中的男人，最后其实是一种释然、理解和承受。《发生》这篇作品，写的时候作品名字是《他是这样慢慢乐观起来的》，我要把"慢慢"的节奏写出来。一个六十九岁的男人要想自杀，一个女孩如何把他拯救？我要把"慢慢"的节奏感写出来。

杨庆祥：我觉得丝雨讲得很好，她提到了蒋一谈作品里的人物有一个特征，就是没有办法完成自己的生活。其实我觉得蒋一谈的作品都在写这样一个过程，没有办法完成自己生活的个体，通过什么样的方式来完成自己当下的生活？如果他没有办法完成生活的话，就没有办法完成当下的个体。这是现代社会一个重要的主题，中国的现代内含了个人的现代完成这样一个主题，这是从鲁迅开始的。我觉得蒋一谈把这样一个复杂性在我们当下重新呈现了出来，尤其是《透明》里面那个男人，脚踏两只船，两个家都想拥有，但实际上什么都完成不了，这很有意思。

陈雅琪（中国人民大学硕士生）：我首先从这本小说集里读出了当今时代的症候。在《二泉不映月》里，是我们无法承受一种很重的情绪。当小说中的人物面对这些东西的时候，通常会选择逃避。比如《在酒楼上》里的男主人公，作为北京一所中学的历史老师，他觉得前途迷茫无望。当突然有这样一个机会，他可以去选择另一种生活方式（经营酒楼，照顾残疾的哥哥）时，他迫切地想要改变当前的生活方式。我觉得他实际上是不能直面当前的现实，所以他的选择是一种逃避的方式。

其次，文化的同质化使所有的城市都变得一样。《在酒楼上》中的阿亮到达绍兴之后，觉得和想象中的绍兴不同，与北京没有本质上的差异。人变得失去感官能力，甚至无法感受疼痛和悲伤。正因为失去感受疼痛的能力，他们又在想办法来通过体验这种疼痛和撕裂，以获得一种存在感。比如《跑步》中的主人公觉得疼痛可以产生很美妙的感觉；在《透明》里，男人经历一天的奔波劳动之后感到一种无力感，但同时又觉得是另一种意义上的快感。

人在这样一种贫乏、同质化的生活里面，有一种想要冲破这种生活的欲望,其表现为情绪上的突然爆发,或者有一些突发奇想。比如《在酒楼上》的阿亮对待他的残疾哥哥,有一个片断写他突然有一种邪念,很想同时点上一把香烟塞到他哥哥的嘴巴里抽死他。这是在人性上突然萌生的邪恶念头,他想要挣脱当下已经变得贫乏无味的生活状态,想要有一些突破,但同时又像被一根弹簧拉着,经历短暂的精神扩张,最终又被拉回到现实生活中来。这个小说中的人物,有一种想要冲破文本的主体性,但是他们又不能够完全达到这样的一个程度。

对于《发生》,我觉得蒋一谈找到了解救我们当前同质化生活方式的途径,即用艺术来拯救生活。艺术是不是会让生活更加美丽,我觉得我比较怀疑它的可实现性和有效性。

严彬（诗人）：我昨天看了一个电影《薄荷糖》,就讲了一个男人活到四十岁以后,他会追忆以前的生活,人生是美丽的吗？他不断地在这个困惑中探寻和否定他的东西。艺术能够使生活变得美好吗？我觉得两者有很大的相似性。

杨庆祥：关于艺术和我们生活的关系,在蒋一谈的作品里面,最重要的特点是把艺术内在化,因为我们觉得艺术是一个外在于生活的东西,比如行为艺术也是外在的东西。但是对普通人来说,艺术和我们究竟构成什么关系？在《发生》里这一点很重要。未来的艺术不会是平民化,它越来越内在化,会和我们生命发生直接的关系,这样的话艺术才会拯救我们,解救同质化的生活方式。

蒋一谈：我们爱看电影,但是电影会改变我们的生活吗？不会,你需要在电影里获得瞬间的感动,艺术的力量虽然有限,但是它需要存在。你刚才谈到邪恶,《故乡》里的男主人公,那个老知识分子,想到连体姐妹,的确有某种邪恶的心理。

杨庆祥：你讲到了邪恶，我想包括《在酒楼上》的男主人公，每个人都有邪恶的那一刹那。

徐祎雪（中国人民大学硕士生）：蒋一谈在小说当中表现出人有刹那的冲动，但他囿于自己的身份和环境，以一种奇异的方式发泄出来。就像《跑步》中的大学教授，为了展示父亲的身份，他想跟那男人打架。但是，他发现首先自己没有这个能力，其次是碍于他的身份，结果只能采取跑步这种很莫名其妙的方式表现出来。

蒋一谈：写这个东西的时候，我有感同身受的一面。有时候，我也很质疑我的父亲身份，在这个弱肉强食的时代，我是不是一个合格的父亲呢？

徐祎雪：其实有一个很强烈的无力感在里面。

二

李壮（北京师范大学硕士生）：我在读蒋一谈小说的时候，脑子里面突然有一个想法。本雅明写过一篇文章叫《讲故事的人》，就是远行者有故事。在进入现代社会以后，在某种程度上已经扼杀了这种可能性。其实我们当代的作家无论如何想象，他都很难跟得上现实的想象力。在很大程度上，当下的小说已经从所谓的故事性的小说，变成事故性的小说。

蒋一谈的小说是不一样的，我自己觉得可以称之为变故性的小说。事故性是在一片碎片当中突然有这么一个东西出来，它是我们当代的暴力美学。而蒋一谈的小说写得缓慢而有节奏，没有什么特别的情节突然出现，但最后有一种软软的东西触及你。蒋一谈的作品在写变故，体现出我们当代人之间的关系，这种关系是什么呢？其实可以用一个词形容：延宕。他在自己的生活里总处在两难的境地，这种变化之中，他永远处在命运的延宕之中。

另外，蒋一谈对经验化的写作抱有警惕，是彻底的虚构现实主义者。这里面涉及处理他人经验的问题，处理他人经验，就等于从生存的现场稍微撤一步出来，通过冷静的目光去感受。他的小说我感觉写得非常日常化，没有特别大的起伏，故事比较完整，给人流水一般的感觉，它永远就在那里，它的每一个部位，水上漂浮的落叶，水上的波纹都可以是叙述的对象，给人十分透明的阅读感受，细腻而又微妙。这个水流本身就是文本，就是能把生活和读者隔离开的东西，这是我比较直观的感受。

蒋一谈：你讲得很好。小说由故事到事故，最后到变故，我要好好想一想。我的多数作品写的就是家庭，我自己也想成为一个家庭作家；既然写家庭，就要写家庭关系和家庭情感。最近刚完成一个访谈，访谈的名字为《河流的声音是文学的声音》。生命的流逝，也就是河流的流逝。"仁者乐山，智者乐水"，我喜欢水，一方面源于水的性格，上善若水，另一方面，我觉得水下还有山。这是水的双重意义，所以我信任河流。

林侧（中国传媒大学本科生）：我读完《透明》之后，觉得蒋老师的故事很有创意。比如说《发生》写一个拆迁的故事，写一个空巢老人的故事，但是又把行为艺术的元素融入小说当中。《地道战》这篇小说，又是另一个独特的视角，蒋老师写了现实生活中地道战的场景，与我们的想象有着巨大的差距。地道是一个隐蔽的空间，展示了隐蔽的历史。《在酒楼上》这篇文章被大家谈论得比较多，是蒋老师代表性的作品之一。在后面的时候，男主人公对女主人公说出了"我爱你"三个字，你觉得应该说吗？你不觉得如果不说的话，可能更好一点吗？

蒋一谈：在那一刻，我觉得他不说出这话的话，可能以后就没有机会了。事实上，他一直在反思之前的事情，两个人在中间也没有再联系，他了解她的性格，她说想静一静，这可能意味着分手。第三次再见面，他正在折磨他的表哥，他没有办法，这可能是最后一次机会说"我爱你"。他说自己没有办法选择，所以他的女朋友才说："为什么要选择呢？"

杨庆祥：大家有没有发现蒋一谈说话非常有意思，这一点特别重要，就是我想提醒蒋一谈的写作，如果能够把你表达的这些意思带到你的小说里面，你的小说可能会有更大的阐释空间。她分析的《地道战》，我还是很同意的，我为什么说《地道战》比《二泉不映月》写得好？《二泉不映月》写得有些刻意、紧张，太用力。你如果把我们交流时的这种状态、心态放在你的写作里面就更好了，你把写作想象得像河流一样，但是你的河流写这篇作品的时候太急了。

蒋一谈：《地道战》这篇作品的缘起，是在2009年秋天看到了一个资料，资料上说地道战打死的日本兵才有一百多人。我很吃惊，然后去看其他材料，后来发现，日本军队在当时没有把中国的地道战当回事，可是我们看到的信息不是这样。这种反差会让人思考，我们得到的历史跟实际发生的历史很可能是不一样的。

杨庆祥：《地道战》写得很棒，有历史观和价值判断。有些与历史关联的故事创意特别好，比如之前的作品《另一个世界》。我觉得《二泉不映月》写得太紧张了，所以导致它不是那么自然，这是我的阅读感受。可能有的时候你有一个好的创意，特别急地想把它写出来。《地道战》想了好多年，所以会顺畅些。

蒋一谈：类似《二泉不映月》这样的作品我可能以后不会再写

了,自己也觉得写得特别累。我想表达一个意思,今天的月亮跟古代的月亮不一样,今月不是古时月,人与自然的情感也发生了变异。

徐祎雪:我谈一点感受。《故乡》中去美国看外孙女的老人,他没有用过谷歌地图,但是他发现有一种东西叫谷歌地图的时候,就去搜小时候自己居住的地方,看那些山川河流。对于我们来说,谷歌地图已经是生活当中常见的内容,你不会想到这个东西有什么特别的。但是通过这样一个人的视角,他带给你陌生化的经验,经验这个词并不是一个多么新奇的事物,关注点不是事物,也不是故事,而是体验个人感受。你通过这个人的感受去感受生活,这是当代小说里最重要的内容。因为故事本身已经想疯了,好莱坞大片的技术可以达到无与伦比的效果。我们作为文化的生产者,我们还剩下什么?文字还能有多大的冲击力?我觉得冲击力已经不再是文字所擅长的内容了,文字擅长的内容,反而是给你一种空间,给你一种进入个人生活的方式,让你发现你原来可以有另外一种体验世界的方式,好的小说家应该给你他个体的东西,而不是给你毫无感受的东西。

杨庆祥:刚才她说的我比较认同。我在两年前的一个会上说过,这是一个故事终结的时代。实际上,故事在某种意义上已经丧失了能力感,那么小说家怎么办?每个人都可以讲故事,都可以发表自己的故事,这时候文字本身的空间和文字本身的想象力就变得尤其重要了。在这个意义上,我们要重新定义小说,尤其是短篇小说,这是我们需要面对的问题。

蒋一谈:门罗是文学情绪大师,我们应该好好学习她的作品。

樊迎春（中国人民大学硕士生）：关于蒋老师的小说我自己给它三组关键词，一个是平衡和失衡，第二个是现代感和现实感，第三个是道具和温情。

第一点关于平衡和失衡的问题。以《透明》为例，小说塑造了一个安于家庭生活的男人形象，但这种"安于"是一种害怕闯荡的"安于"，他需要家庭生活赋予其踏实感和安全感。正如文中的"我"也因为这种性格遭到前妻的"抛弃"，虽然离婚是"我"提的，但这只是保留最后一丝尊严的无奈选择。幸运的是，"我"遇到了情人杜若，让"我"过上"想要的生活"，但当个人的"愿望"得到满足后，才发现生活又横生了亲情问题。"我"面对非亲生的男孩不断想起自己的亲生女儿，并因这种思念甚至萌生邪恶的想法，一面是自己想要的生活方式和没有爱上的情人、孩子，另一面是自己的血亲女儿和丢失的男性尊严。于是，原先的平衡被打破，"我"在"失衡"中分裂。

第二点关于现实感和现代感的问题。老师您可能是一个偏现实感的作家，但是您的现实又是带有现代感的现实，不是单纯的现实主义。比如《发生》，关注底层老人这个现实题材，但带有现代主义的火花，让他在北京的老胡同里实施"艺术活动"。您刚才说他是怎么样慢慢乐观起来的，我感觉他并没有得到救赎，他的生活首先是一个低潮，然后是一个高潮，又回到低潮。我觉得这是一个悲惨的结局，并不是救赎。

第三点，蒋老师非常善于用道具，如《地道战》这篇，用了地道战这个道具，小说的后半部分写得很有力度，那个老人回忆历史的时候，没有历史的焦虑感。

蒋一谈：《发生》里的这位老者，和这个女孩在一起的时候，他在度过这一特定的时间，他在这个时间段里释然了，他在这两天笑的次数，远远大于几年间笑的次数，这是他的收获。生活本身就这样。《发生》这个故事的创意点来源于北岛的女儿,她是一名艺术家,作品里的几个艺术行为是她和她的男朋友的艺术作品,这是真实的艺术实践,不是虚构虚幻出来的,我把他们的作品放置在了作品里。

三

刘欣玥(北京大学直博生):我自己觉得我想到一个比较有意思的,是关于透明这个词本身的理解。在《透明》这篇小说中,我没有看到透明这个字眼,我很困惑作品为什么叫《透明》?《六人晚餐》里的主人公对玻璃非常痴迷,他对玻璃有一段很精彩的表白:

"玻璃为什么这么重要,是因为,它透明。"他说了,同时身体往后靠在椅背上,可那听众们却感到不同程度的失望:透明?这就是那个深刻的原因?

但丁成功非常平静,好像这一切皆在他预料之中:"我知道,一时半会儿,你们不会明白这个道理。你们以后,得空了便想一想。透明,它到底有着什么样的奥妙——被隔开了,永远碰不到,可是一切能看得清清楚楚!真的,你们想想看,这多了不起!世界上有那样东西能比得上?"

反问句在空中扇着翅膀,沉寂良久,丁成功加了最后一句:"所以,我觉得,人与人之间关系的最高境界,就是像玻璃一样。"

鲁敏对玻璃的表述,在透明的理解上给了我一些启发,我觉得她想要展现的是人际关系中的困境。我们会说什么是透明?我们会说玻璃,水,眼泪,但是我们不会说空气是透明的。

透明有两个前提,首先它是有形的东西,它是阻隔的状态,你能够看得见,但是有一个阻隔的关系,我觉得这是人与人之间关系的领域。第二个前提是光,因为在黑暗中我们不会说一个东西是透明的,一定得有光透过去的时候,我们才可以定义透明。

所以我想明白了这两个东西之后,再回来看《透明》这篇小说,我就找到了光和黑暗这一组反义词,透明是一个中间状态。在《透明》这篇小说里面,很重要的一个意象就是黑暗餐厅,这个创意非常好,人们是在完全看不到对方的黑暗状态里面,进行正常的饮食和交谈。这是一个很极端的黑暗的领域,完全是对现代、后现代人际关系的想象。主人公是在彻底的黑暗中与自己的女儿和前妻重逢的,他可以听到她们说话,但是看不到她们,那对母女完全不知道父亲的存在,他在黑暗餐厅里面是一个看不见的父亲。但是就是这次重逢,唤醒了他的冲动,他决定要走到光里面,去重新选择回到她们的视线内,他要从看不见的父亲,变成看得见的父亲。

所以在这个过程里面,这是一个关系透明化的过程,这个前提就是光照了进来。《透明》这篇小说,我觉得蒋老师是在做一个寻找的尝试。因为有光才有透明,才有看见的可能性,在黑暗中这个透明是没有办法成立的。在《夜空为什么那么黑》中短发女人发出"夜空为什么那么黑"的质问,而长发女人回答:"我们看见的是过去的宇宙,宇宙深处的星光还没有到来。"但是无论如何,隐隐约约我们能够看到蒋老师的写作是在寻找光的,不管那个光有没有照进现实。有些作品找到了困境的解决方式,像《发生》中找到了一种和解的方式,有些可能没有找到,但是这种寻找光的姿态是一直存在于这本小说里面。

最后我说一点批评的话,就是一些技巧上面的固定。以《故乡》为例,蒋老师有时候说得太多,通过抒情或者是议论,通过主人公的心理活动,有一种自我阐释的偏好。像美国式大哥,中国式小弟,一定要把这句话说出来吗?您通过人物的口去阐述,这个太可怕了。

蒋一谈：在这本小说集里，《故乡》的写作难度是最大的，放了七八个主题。

刘欣玥：我觉得门罗厉害，她越要阐述的地方越要藏起来，有一种藏的艺术。小说表面上是一个爱情故事，但是它涉及黑山和南斯拉夫战争、故乡和异乡的问题。你乍一看看不出来，小说本身不动声色，所以故事结束后的想象空间的建构尤其重要，这关乎技巧。您一直坚持抒写当下，这是很有难度的。我们对当下都很熟悉，当您把当下生活呈现在我们面前的时候，我们首先是排斥和不信任，一种方式是把我们熟悉的生活陌生化，你得让我们感觉到惊奇。这种陌生化的写作手法是我很期待的，在以后可以继续去推进。我为什么喜欢《发生》，就是因为它很自然，很流畅，像河流一样。

赵志明：我个人认为，《发生》是一篇幻想小说，你从现实中找对应是可能找不到的。类似拆迁的小说，蒋一谈的这个小说给我非常大的触动，我觉得这个主人公其实是通过这件事情，通过这个小女孩，把自己从日常生活中剥离出来，这种剥离我觉得是非常重要的。我们讨论拆迁的时候，都说它强权的一面，没有多角度的审视，比如有没有人珍惜我们过去的生活，过去的记忆？国外好多导演表现的都是一种故土。中国这么多拆迁事件，我们不愿意拆迁是由于一种记忆，一个老头不愿意拆迁，你把这个拆迁了，他的生活就没了，记忆没有依靠了。所以有一些东西，他特别珍惜，比如说那个砖。你生活在这样一个背景里，拆了就没有了，怎么还原？但是这种现实比不上小说家的构思，因为他的构思是内在的，是往你心里去的。

蒋一谈：我们讨论的是现实生活，还是现实生活中的人？这个需要我们仔细去考量。

杨庆祥：陈凯歌的《十分钟年华老去之百花深处》，是一部非常有艺术的作品。一个老头儿的房子被拆迁了，只剩下一棵老槐树，他执著地在那里找寻他的记忆，这是90年代初的作品。

樊宇婷（中国人民大学硕士生）：《二泉不映月》让我比较有感触。《二泉不映月》以两个看似并不构成因果关系的小故事组成，却以其内在相通性启发了我们对生命的轻与重、艺术的轻与重的思考。《请原谅我》中逃离台湾的爷爷找到了可以被原谅的理由——已饱受一次离别滋味的人不想再来一次别离，他抛却了负重，回避了痛苦，选择释然、轻逸一点走向生命之终。《或许是答案》展示了一次《二泉映月》填词朗诵活动败阵于现代口语接龙活动后，人群退去，留下时空的落寞。"一个不懂得悲伤的民族，不是深沉的民族"，真正的艺术是沉淀的，它拥有重量，沉淀在最低处，需要有重量的灵魂伏地而听。而我生怕打扰的倾听者是不远处一群老师模样的中老年人，在他们那里"二泉依然映月"。当我们承认我们生存的时空的合理性与进步性时，我们会付之理由。"或许是答案"——"今月已非往时月。"这或许是作者给出的略带无奈的答案。

宋静思（中国人民大学硕士生）：我首先看的是《故乡》，我觉得蒋老师这篇小说写出了鲁迅《故乡》里没有表达出的东西。鲁迅的《故乡》和蒋老师的《故乡》都有时空的抽离感在里面，这是他们比较共同的地方。第二，他们同样表现了故乡文化的中断，但是蒋老师把两个地方置换成中国和美国，在表达断裂的时候，他把谷歌地图给拿进来，虽然能看到故乡的一些情景，但是没有在那个场域中,这就形成一种断裂。

张东媛(中国人民大学硕士生):蒋老师的小说中有两个关键词,一个是历史感。历史是民族的历史,个人家庭的历史,还有个人经历的历史。第二个是焦虑感,写得最好的是《跑步》,那种生活给人极度压抑的感觉,没办法控诉。蒋老师的小说有一个主题,就是给自己的人生寻找一条出路,但又没指出任何出路,最终走向的还是一个死胡同,或者他经过死胡同之后,又探寻其他的路径,给我们留下了想象的空间。我不喜欢您小说中的男主人公,他们给人一种无力感,他们没有去争取、去努力,给人一种懦弱的感觉。他们虽然是中老年男人,但是介于成熟和不成熟之间,没有达到成熟男人的程度。

马德州(中国人民大学硕士生):您的小说有一个非常奇怪的地方,就是您从不对人物的外貌五官进行描述。比如说《在酒楼上》,当主人公阿亮与分别五年的姑姑相见时,只说她比以前更衰老了,这在传统小说中是一个外貌描写的经典时刻,您为什么不写?

蒋一谈:在这个时代,我们很多人都没有个性,千人一面。我们大家过的生活是类似的,所以我觉得这个面孔不重要。你在大街上走,焦虑的人,面无表情的人,他们的五官肯定有区别,但他们情绪是一致的,这是我不写人物五官的原因之一。

汤欢(中国人民大学硕士生):您刚才说您写的是别人的经验,而不是自己的经验,但这怎么来构建呢?您在写这些小说的时候,怎样去探讨别人的经验?

蒋一谈：我觉得在这个世界上，尤其是在中国这个时代，首先要有自知之明，你要努力明白你擅长做什么。作家分两类，第一类作家，他的经验就是他的人生、他的作品。另外一类作家是躲在人物后面的，是隐藏起来的。我适合做后面这一类别的作家。我不写我的生活经历，但会写我对生活的感受。我的现实生活丰富多彩，还是我的阅读生活丰富多彩？我觉得，我的阅读生活比现实生活丰富多了，每一本书都是一个丰富的世界，现实生活其实是很单调的。在看别人书籍的时候，我也在反复研究，哪个是我的风格？我的语言风格是什么？我喜欢写无事状态下的人和事，我喜欢抓细微，不愿意追求故事情节。

另外一点，关于短篇小说，我觉得我们当代中国的短篇小说真的是落后了。到现在为止，当代中国文学真正研究门罗的专业论文一篇都没有，能够安静下来阅读文本的批评家太少了，能够安静下来阅读文学的读者太少了。

关于短篇小说，我还想说几个小的概念。现代短篇小说第一个最重要的理念，就是故事构想的理念。作品既要写得有现实感，又要和现实不一样，这就是有可能发生、却还没有发生的故事理念。这一点非常重要。和现实不一样，又跟现实很接近，同时还要跟现实保持一种疏离感。第二点，故事构想要来自于现实，但是故事构想要飞起来，但是飞起来的过程中又要即刻返回，飞起后即刻返回的那一刻，那个交错点，就是现代短篇小说的故事创意点。

薛子俊（中国人民大学硕士生）：今天大家都说得特别好，我们暂时脱离开抽象的理论，直面文学的写作，直接和蒋老师沟通，让我们这些学文学的人离文学更近了一些。我觉得还有一个重要的意义，蒋老师的短篇小说看完后让人有一种冲动，就是自己也想写。我也可以用一些结构性的东西，把我独特的经验固定下来，这是很重要的。

蒋一谈：非常感谢你们，我会采纳你们提的一些建议。我对"光"特别感兴趣，因为文学就是一束"光"。关于《故乡》中个人的代入感的问题，谢谢你们的提醒，我会修改。

到 世 界 去
——徐则臣《耶路撒冷》

时间：2014年5月29日下午
地点：中国人民大学国学馆

杨庆祥：今天是我们"联合文学课堂"第二次活动，这次是关于青年作家徐则臣最新长篇小说《耶路撒冷》的交流分享会。《耶路撒冷》是今年一部分量很重的长篇小说，它提出了一系列非常有意思的问题，比如说长篇小说怎样跟历史和当下对话，长篇小说的结构性等。基本上，我个人认为这部小说对徐则臣的创作来说是具有"覆盖性"的，这个"覆盖性"是指他借此把自己此前的创作都进行了归整和融合，并且展现出了新的特质。目前评论界对这部小说的评价很高，也有很多的讨论，这次我们也算是添砖加瓦。正好徐则臣今天也来了，他自己对长篇小说的认知、期望和规划都有非常独特的地方，也可以谈谈自己的想法。

一

薛子俊：那我先来谈一谈。我想从"上帝之眼"开始说起。《耶路撒冷》这部小说的叙事结构很有意思，基本是"俯视结构"，唯一以第二人称进行叙事的"景天赐"一章就像拍摄电影时，原本悬挂在上方的摄影机，突然降了下来，由俯视转为平视。也正因如此，我曾经以为景天赐就是"上帝之眼"的拥有者，就是这部小说的观看主体，但读完整本小说之后，我发现不是这样。

徐老师说,创作这本小说其实就是清理自己这一代人的历史,而初平阳所撰写的专栏也叫"我们这一代"。无论是徐老师还是初平阳,他们不仅是在回溯往昔,而且是把自己放在一个时间的高地上俯视自己这代人。因此,"上帝之眼"的真正主人,便是小说所描写的这一群人——初平阳、秦福小、杨杰、易长安包括徐则臣,他们是小说真正的观看主体。这样一来,景天赐的位置便十分微妙,他对于小说的观看主体而言,到底意味着什么?

其实很明显,在故事的表层,景天赐的意外身亡构成了小说中所有人的"原罪"——很有意思,近来有不少涉及"原罪"的文艺作品,包括贾樟柯的电影《天注定》(A Touch of Sin),其英文名便是"触摸原罪"——小说中的每一个人都认为自己应该对天赐的死负责。可以说,当年划伤天赐的那道闪电,依旧在这些人的灵魂深处轰鸣。这意味着什么?我们需要引入另一个参照系,那便是"历史"。

小说写到了很多这代人共同经历过的"大事儿",包括1976年的唐山大地震,1999年美国轰炸中国驻南斯拉夫大使馆,2008年的汶川大地震,等等。但是我感觉,相对于天赐之死而言"宏大"得多的历史,似乎没能对这群人产生多大的影响。这些"大事儿"外在于这些人的生命。法国哲学家阿兰·巴丢曾经探讨过"存在"与"事件"的关系,他认为"事件"最核心的特征便是"创伤"。在这个意义上,外在于初平阳等人生命的"大事儿"只能称得上"历史事实",只是一个个的时间点,而景天赐的意外对他们而言,才是名副其实的"历史事件"。

很多时候,我们习惯性地将"历史"等同于时间长河中的暴风骤雨,《耶路撒冷》恰恰挑战了我们的"历史观":景天赐对"我们这一代"产生的影响正说明,波澜不惊之中未尝没有历史,它们只不过难以被公众感知与分享,但这种个人性、私密性或许就是一个时代的症候。

我曾经在杨老师的书架上看到王德威先生送他的一本书:《历史的怪兽》。如果说《耶路撒冷》中记载的那一件件"大事儿"称得上是"历史的怪兽",那么景天赐便可谓"历史的幽灵"。对于初平阳、徐则臣这一代人来说,"幽灵"取代了"怪兽",阴魂不散。大和堂或许就是徐老师用来祭奠这一"幽灵"的"灵堂":安放了天送,也相当于安放了天赐,自己负疚的灵魂终于释然——在这个意义上,大和堂也是这代人灵魂羁旅的避风港。但是徐老师仿佛意识到这种安置的方式并不长久,结尾处传来的拆迁消息暗示着,他们的灵魂可能要再一次和幽灵缠绕。但这属于我们谁也无法预料的未来。

杨庆祥:我觉得子俊这个头开得很好,因为他提出了很多对《耶路撒冷》很重要的问题。刚才听了这么多,我觉得他提到的最重要的一点是内在历史和外在历史之间的关联,这太有意思了。则臣这一代人其实经历了很多宏大的历史,比如说刚才你讲到的唐山大地震,南斯拉夫大使馆事件等,但是这些事件跟我们的生命有什么关系?这个关系到底在哪一点上可以勾连起来?我认为这是长篇小说当下需要面对的一个重要问题。现在的很多长篇,包括莫言的《蛙》,他写的是计划生育,这也是一个非常重要的宏大历史事件,但至少在《蛙》里面,计划生育没有和莫言本人,或者说他们那一代人的生命产生有效的勾连。所以在《耶路撒冷》这里天赐就特别重要,天赐作为一个创伤性的记忆,他和这群人的内在生命连在一起,也就是说这种内在生命和外在历史是有关联性的。这就涉及了小说中大家有时候觉得很奇怪的那个作家的专栏,其实这个专栏在结构上非常重要,起到了一个有效勾连的作用,这一点大家等下可以再讨论。

李壮:《耶路撒冷》这本书这几天很火,我在很多地方都读到了有关这本书的评论、对话、创作谈等等。很多大的、宏观层面上的问题都已经被谈到了，我索性就从更微观、具体的角度来谈一谈。

我今天想谈的第一点是从词语到身体的现象学还原。小说中初平阳对耶路撒冷的向往，最开始就是觉得这个词好听，而且好听得神秘。"耶路撒冷"这个概念对初平阳来说，首先不是宗教的、文化的，而是口感的、听觉的。这样一来，"耶路撒冷"这个已经严重超载的文化历史符号，一下子就变成了初平阳自己的私人收藏。这就好像是从宗教撤退到信仰——宗教是秩序化、集体化、权力化的东西，而信仰仅仅关乎一个人的内心。

与"耶路撒冷"类似的，是"耳朵"这个意象。初平阳刚与舒袖分手之后照镜子的那一幕令我非常感动。在这一幕中，初平阳拿起镜子重新审视自己，发现自己的脸不见了，只在镜子里看到两只耳朵。然后从耳朵开始，才一点点重新看见自己的脸。这个情节让我感到非常震惊。男主角经历了某场剧变，精神受到了很大冲击，这时候重新审视自己，这类情节早已经被写遍了写滥了。我们常常看到的写法是，某人在这时拿起一面镜子，看到自己的眉宇间出现了"某种力量"或是"某种气质"；或者像拉斯蒂涅那样，埋葬了高老头，回头望望巴黎，也埋葬了自己最后一滴温柔的眼泪。初平阳不一样，他第一眼看到的是自己的耳朵，是这个被爱人把玩惯了的身体部件。这个细节让爱情的创伤落回到身体的某个部位，一下子就显得真实、感人起来。

这两个例子都是对词与物进行了某种现象学还原式的处理。徐则臣把小说中处理的许多对象直接还原到最原始的层面，这其实触及了一个很重要的问题，就是"对自我的重新找寻"，自我意识的真正觉醒是70后作家被寄予厚望的地方。徐则臣以及许多70后作家都是在用真实的"自我"去碰撞这个时代；他们所做的工作，不是把生活抬升到"理念"，而是还原到"经验"。在这个意义上，70后作家的作品中真正显示出个体经验的在场与个人话语的完成,这一点让我们感到欣喜。

第二点,我想谈一个"错位"的问题。小说中有一个专栏叫作"到世界去",但整本小说又在不断地呼喊着"回到自我"。两个动作之间构成了暧昧的悖论,存在着一种深刻的"错位感"。最触动我的一个细节出现在本书的 333 页,秦福小想要修复秦奶奶的那个耶稣像却犯了难:秦奶奶的耶稣是穿解放鞋的,而真正的耶稣是光着脚的。穿鞋还是不穿鞋?这个有些荒诞甚至戏谑的难题,其实同莎士比亚的"To be or no to be"一样重大。这其实涉及自我与现实之间的错位、记忆与历史之间的错位。在我看来,这种深刻的错位感正是小说不断推进的动力之源,而这一点也恰恰触及了 70 后一代人的精神困境。

第三点是读《耶路撒冷》的"荒原意识"。荒原就是没有方向,没有路。具体到文学上,就是一种众声喧哗而没有结论的状态,一种向四面八方弥散而不知所终的状态。《耶路撒冷》在小说结构、故事情节、叙事节奏等诸多方面都体现出类似的气质。这在某种程度上使本书成为一本能够与当下现实及其精神困境构成对话的书;在此意义上,本书或许不是完美的,但无疑是有效的。

最后说一下不足。在阅读的时候,我发现景天赐好像一个漩涡的中心,每个人在生命深处都向着他旋转、靠拢,因此我特别期待景天赐的那一章,觉得会有一个大的爆发。然而真读到那里我发现,这一章虽然用了石破天惊的第二人称叙述,但其实还是初平阳自己在讲话。加入了塞缪尔教授和顾念章的故事,拓宽了时空维度,但感觉把力量给带散了,没有出来,不知徐老师怎么看。第二点就是《耶路撒冷》里许多人物都似曾相识,我注意到您在最近一个访谈中提到,十年之后如果再写,您会再写这批人在 50 岁时候的生活状态。这让我在期待的同时也有点担心。当今很多作家都有很宽的人物谱系,写过许多不同类型的人物,不断尝试新的领域。而看您的意思似乎是打算逮着这一帮人写到底。我的疑问是这样的选择是不是有点浪费呢？长此以往，是否存在写作资源透支枯竭的风险？

徐则臣：学者真是不一样啊。宏大历史，我们这代人其实也经历了一些。但是我觉得一个宏大的东西跟个体之间，必须通过细节才能产生关系。有很多宏大的东西，看起来很重要，但是和我们的日常生活很难产生细节上的关联，所以有的时候，你会忽略，或者说至少没有像我们在传统的小说里面，把这个东西无限地放大。我个人更追求那种本色的、真实的东西。一个东西它跟我产生关联了，我才会写出来。作为一个作家，可能我只写我负责任的那一块。这是其一。其二，关于这个宏大的东西怎么处理，我一直有自己的一个想法。国外的汉学界还有文学界批评中国的小说总提到"史诗"问题，他们说中国的小说里面看起来是波澜壮阔，众多人物跑来跑去，但没有几个是活的。他们的意思就是小说很好看，但好看的，其实更多的是背景。我们舞台上宏阔的、跌宕起伏的背景和漫长的时间跨度，完全把人物给淹没了，你在舞台上看到的更多是背景而不是人物，激动人心的也多半是背景而非人物。我觉得好小说要写好人，把人物推到前台，背景就在背景的位置上，背景不该像我们的史诗里那样喧宾夺主。即使有一个宏大的背景，即使有这样一个重大的历史事件，跟我们息息相关，也要通过我们的日常细节和内心反映出来。我写到了很多重大事件——其实70后这一拨儿人，现在四十岁左右的这些人，所有经历的重大事件，这小说里全有——但我没有刻意地把这些东西往前台推。比如，写南斯拉夫使馆事件的那次游行，只是说易长安在那个时候突然有一种被淹没的感觉。就是那种集体主义行为的时候，一个个体被淹没的那种感觉——我觉得这感觉是非常真实的。可能会有人在队伍里头热血沸腾，很振奋，但是你稍微冷静下来，你会发现，很荒凉。就像当年毛泽东在天安门广场接见红卫兵，你看那一张张历史图片，所有人都举起手，森林般的手臂，但是，没有一个"人"。在那里，"人"是抽象的，只是一个数字。就是易长安感觉到的被淹没、被取消的那个荒凉的感觉。把这个感觉说明白，对我来说，比说出那个宏大的场面，那种激情澎湃、热血沸腾的、喧嚣的爱国主义的东西更为重要。

李壮刚才说的那个"耳朵"，还有解放鞋，写的时候我还真没意识到，你这样一说，我还挺吃惊的。从写作的角度上讲，还的确是灵光一现。你说到一个问题：自我和时代的对话关系。这小说之所以写得这么慢，写了这么长时间，其实有几个大的想法：一个是尽量及物地、有效地把这一代人的想法给表达出来；第二个，也在暗暗地较着劲儿，要跟前辈的写作区别开来。李敬泽老师看完了以后写了一段话，里面有这样一句，他说："我们已经能够看出，徐这一代小说家，与他们的一些前辈作家的重要差异：他们的根本姿态是：这是'我们'的生活、'我们'的困难。"我很赞同。对我来说，或者对我们这代人来说，这就是"我"的问题，"我们"的问题。所以我要从"我"的细节，从"我"的"耳朵"，从"我"的一双鞋，从这些东西进入。首先是自己的问题，然后才是别人的问题。所以李敬泽先生接下来说了："所以，他们的写作，是经验的和体验的疼痛，而不是观念的疼痛。"这一点说得也好。很多前辈作家的作品看着的确相当宏大，但有时候你会觉得很抽象，它是一种观念的疼痛，他可能站得高，"站得高、看得远"，但你就是觉得这些小说跟你没关系。我特别愿意听到读者看完这篇小说以后说：我进去了，这一群人跟我息息相关。

你说的"荒原意识"我赞同。写作的过程里，即使有的时候是一种众声喧哗，喜洋洋的那个状态，我内心依然感到悲凉，就像站在人群里看到自己被淹没——的确有一种"荒原意识"。最后你说，让我给所有的人物一个结尾，我没那个能力。人，经常有"被"的感觉，"被"干什么，身不由己。刚才说到景天赐的那一章，可能你读到那里觉得中间应该有一个高潮,一直上、一直上,异峰突起,作戏剧性的处理,我不太愿意那么做。我更愿意从更日常的逻辑进入一个故事。戏剧化和巨大的冲突,经营起来对作家来说不是个大问题。你可以无限地煽情,把一个情节、一种语境一个劲儿往上推,肯定可以做到,但这跟我们日常生活还是有巨大的区别。我想在日常意义上,在平常心的意义上,在本色和自然的意义上,处理这个故事。所以戏剧化和激烈的冲突,在我的这小说里,我尽量避免。另外,小说里加了塞缪尔教授和顾教授两个人的故事,我不知道对你们这代人来说意味着什么。我个人的理解,"耶路撒冷"这个问题不仅仅是局限于这一拨儿人,其实不同代人,心中都有他们自己的一个"耶路撒冷"。这个"耶路撒冷"是一个信仰吗?是一个宗教吗?或者是一个原罪吗?可能是,也可能是别的东西。对塞缪尔教授来说,他的这个"耶路撒冷"可能就是代他的父母去进行一场感恩之旅,到上海——这个地方我来过了,这是曾经救助我父母的城市,我来过了,心安了,父母在九泉之下也可以瞑目了——他要这样一种心安。而对顾教授来说,他要对"文革"进行反思,他要找到自己在这个世界上的一个精神坐标——这个东西,对他来说可能就是一个"耶路撒冷"。再比如杨杰,他固然对景天赐之死负有不可推卸的责任,他背负着一个十字架,但是对他来说,人到中年,他要对他的水晶工艺制造事业负起责任,有所担当,他要考虑这个行业原料的可持续发展问题,这已经不仅仅是一个商人的问题,而是一个人文主义者的问题了,他有一个更大关怀。他要挣钱,但他会不突破自己底线地挣钱,让自己返璞归真,回归自我,那个东西可能也是他的"耶路撒冷"。我是希望通过这一章,通过塞缪尔教授和顾教授,把对"耶路撒冷"理解的空间给扩大:不局限在一桩"人命案"上,不局限在那所谓的"原罪"上。然后是人物谱系。你刚才说得非常对,其实有两种作家:一类作家是逮着一件事儿,闷着头往前走,一直往深处挖,把一个人的前生今世前都给搞出来；还有一种就是打一枪换一个地方，换一个地方打一枪。我个人更倾向于前者。对我来说，写作本身是一个思考的过程，也是一个探索的过程：有些东西我不写、写不到这一步，我就不知道前面那一步怎么走，一步一步摸着石头过河，所以才会出现你刚才说的，比如说敦煌可能是易长安的前传，福小可能是夏小容的前身，成为一个人物谱系。如果我写下一部，比如说叫《2019》，10年后再写时，可能他们会重新出现。刚才李壮担心，是否会有重复，我肯定会找一个更刁钻的角度，可能就局限在某一年、某一个事件的背景下，看看在那个时代，在那个时候，四十岁到五十岁之间的这一代人他们的内心又有多大的改变。既是那拨儿人，又不是那拨儿人，写出那个时候的真实状态。好，谢谢！

二

杨庆祥：我觉得刚才李壮说得很好，则臣说得更好，阐述能力都很强大。我想接着你们两个的话说一点，那个"耳朵"其实很好玩。我在看的时候也想到了你为什么要注意那个耳朵的问题。所以我想这里面是不是有一种新的感觉主义？因为当代写作一个很要命的问题就是"物化"很严重。生活的物化其实带来了写作的物化，物化就是我们会把一个事物看成它表面的样子，那么实际上你要通过新的感觉主义来把它激活。另外我觉得还是要继续讲的就是他这个小说的主题，有一个隐形的结构就是"到世界去"和"回到故乡"，这样一个隐形的看似是对立的问题，但实际上不是，这是一个很辩证的关系。你看所有人都想到世界去，这一直是则臣写作的一个主题，但是我们发现所有的人都在去世界的路上停下来了，或者都返回了，回头去了，那么这个问题意思是什么呢，这就涉及子俊刚才讲的那个问题，就是宏大历史与个人经验之间的关系。就是你要到世界去完成一种更大的叙事，你必须回头清理自己的历史。如果你没有把自我历史清理好,你其实是没有办法到世界去的。所以在这一点上,其实就区别了则臣,就是刚才李敬泽说的则臣的写作与前代作家的关系。前代的作家就是我就到世界去,去了就去了,不管是真的去了还是观念中去了,而则臣这一代的写作者包括他的这本书我觉得就是,他回到了一个内视,是一种内视主义。一定要把自己的生命,自己个人的经验,把它清理好了,我才可能更好地到这个世界上去,而不是把这个罪指认给一个另外抽象的他者,我在我的一篇文章里就专门批判了历史的去罪化,像贾平凹的《古炉》,就是历史错误都是你们的,我只是来批判。我觉得这是徐则臣这一代作家与前代作家之间一个很明显的差别。

樊迎春(中国人民大学硕士生):我是第一次读徐老师的作品,但有一股亲切感,因为徐老师笔下的"大河""淮海",应该正是我的家乡。这种带有作者以往生活经验的创作在作家中并不少见,甚至可以说人人都有,这带给我的第一点思考是中国当代的作家,哪怕是年轻如徐老师,也依然有着非常强烈的带有乡愁色彩的文化焦虑。文中的拆迁、建莫须有的翠宝宝纪念馆、文化研讨会等,其实也正是当下全国各地都在进行的"文化搭台,经济唱戏",徐老师作为有责任感的知识分子也正是生活在这样的氛围中而为传统、运河、历史风物感到焦虑。91页易长安说"我们身体里都装着一个父亲,走到哪儿带到哪儿,直到有一天他跳出来;然后我们可能会发现,我们最后也是那个父亲",所以"回不去故乡"对他们来说,也代表着如血脉一样是"无法逃离的父辈"。而且我觉得徐老师可能有"恋姐情结",初平阳有姐姐,福小是姐姐,易长安女朋友惠惠也是姐姐,而且明确说,一个男人可能坑害妹妹,但绝不会坑害姐姐,我觉得这种对姐姐的特殊的爱恋的感情也是"乡愁"的一种。所以在煌煌500页的小说中,他们四人最终也只能有火车站那几秒钟的"团聚",我觉得这个场景写得非常微妙,我更愿意把这种"团聚"理解为一种"告别",带着永远无法忘却的乡愁而对故乡做的告别。

第二点是关于赎罪的失效。"天赐之死"贯穿了整本小说,初平阳、易长安、杨杰和福小都是天赐死亡的直接或间接责任者。因为这原罪,他们必须走上"赎罪"之路。提到耶路撒冷,大家的第一反应都是"宗教圣地"。但初平阳对耶路撒冷的向往除了天赐的原因之外,他也想要寻求"精神突围和漫游",他除了赎罪之外也需要忏悔、反思、感恩。但除了儿时听到秦环大声念出这四个字外,这些情绪和耶路撒冷并没有发生直接的联系,而儿时听到耶路撒冷与后来长大之后对他的了解和熟悉这之间也并没有非常紧密的逻辑关系。我觉得耶路撒冷作为"圣地"的代名词在此具有了"西藏"对于当下文艺青年的意义。这种功利性的、意外的,甚至是牵强的联系注定了忏悔、赎罪、反思,还有历史、时间、生命这些形而上的思考都有一个"到不了"的归属,和他们的回不去的花街一样,这也是"到不了的耶路撒冷",他们的赎罪最终只会失效。

第三点是关于代际。小说非常明确地想要梳理70后一代的成长、历史。在109页里有一句话,"可以像80后、90后那样心无挂碍,在无历史的历史中自由地昂首阔步",我读来就非常不舒适。我觉得这样的书写限制了他的视野,对代际的过分强调反而显得狭隘和不够顺畅自然。哪一代人,或者说哪一个人的成长不曾面对复杂的社会历史环境和生活、成长的压力?

最后,我觉得作者赋予这一代或者说这部小说的信息太多,似乎希望面面俱到,包括插入犹太人避难上海,隐含的"文革"叙事,城乡结构,青年知识分子失败的实感等,收尾时就显得有些力不从心。而秦环、福小等人物形象的塑造太过单薄且概念化,我更期待细腻精致的书写。

杨庆祥:刚才讲到的文化地理空间,我觉得则臣建构得很好。

如果没有这种文化地理空间的呈现,就无法突现出这些人重建历史的难度。这些人如何重建或重新检视自己的历史?它必须借助一系列的文化地理空间,淮河、大和堂……但是这些东西在整个叙述里,在整个中国这样一个现代化的改革开放三十年的进程里,它是被一再打断、打破,或被重组的。在这种情况下,实际上则臣突显了"到世界去"是很难的,回到自己的历史也是非常困难的,我觉得这个是特别重要的一点。

徐则臣:你提到很多重要问题,包括乡愁。我上午在回答《北京晚报》孙小宁的一个访谈里还提到过。我觉得这一代人的乡愁是非常重要的,从农村出来的人感觉可能会更强烈,因为农村这些年发生了巨大的变化,这个变化是产生我们乡愁的直接动因。

你说到了"耶路撒冷"运用的必要性,说到这个题目是否有赶时髦的嫌疑。我觉得在小说里,"耶路撒冷"这个题目的必要性,或者说它对整个小说起到的提纲挈领的作用基本表达出来了,但是最初想到这个"耶路撒冷",仅仅是因为我对这个词的喜欢,就像小说里的初平阳一样。很多年前我第一次听到这个词,纯粹是感官意义上的,听觉,视觉,触觉,味觉,比如说这几个字在我看来就应该是颜色暗的、冷的,是一种发黑的、庄严的颜色,让我想到巨大的石头。对这四个字有极深的印象,极强的好奇心,希望能够用这个词来写一部小说。这么多年我对这个词的理解肯定会跟大家不一样,如果跟你在谈西藏一样谈论耶路撒冷,我写出来的肯定不是这样一个小说,而是一个宗教小说。我只是想把耶路撒冷的调子再降低一点,从宗教的层面降到信仰的层面,宗教和信仰是两回事。但对初平阳,对秦奶奶他们来说,它的意义可能也是在这两者之间摇摆。比如说秦奶奶,她的信仰未必是耶稣,她的信仰可能是沙教士,因为那个沙教士告诉她,人要放下,否则你一辈子无法安宁。所以她可以让耶稣穿上解放鞋,但如果是沙教士,她肯定不会让沙教士穿一双解放鞋。对她来说,这个词怎么样才能到达对沙教士的信仰?她只有通过耶稣像,一本《圣经》,通过"耶路撒冷"这四个字,她仅仅是通过这样一种方式来完成逐渐向她的精神导师靠近的一个过程。

代际的问题。我真没有代际歧视,因为我是78年出生的,很多想法跟你们很像。但如果你真放远了看,会发现历史不是均质地匀速前进。历史有无数个拐点,拐点处很重要,一拐再拐,没拐点的,几百年一挥而过,无话可说。1840年就是有很多事可以写,在历史书里可能要占一大章,而之前的很多年,一句话带过了。历史放大后,看到它的微观历史时,你会看到70年代这拨人处在一个非常特殊的年代,这个年代的重要性可能你们这个年龄不知道能否感觉得到。你去看我们这代人从出生到成长的时间所发生的历史的拐点,你会发现无限的密集,每一个拐点都很重要。我之前感觉也不是很清晰,真正想写这一群人了,一看,果然都在。我继续往他们前面找,找到了我们的父辈。有人说,小说里为什么花那么大的篇幅谈易长安的父亲和杨杰的母亲?原因是,我们其实笼罩在父辈的阴影下,我们的精神成长塑造的过程跟我们的父辈有极大的关系。到了80后、90后,父母什么样可能没那么重要,你们按照自己的方式去成长。我们那代人,你去心理医生那儿调查一下,那些有问题的都可以回到父辈,所有的伤害和阴影都和他们有关,他们塑造了我们,所以我才不遗余力地把易长安的父亲,杨杰的母亲写出来。但我根本没提到初平阳的父母,那是一个幸福的家庭,幸福的家庭无话可说。因为幸福的、相对自由开放的家庭,对孩子的成长没什么大的影响,他们完全按照自己的方式在成长。"幸福的家庭是一样的,不幸的家庭各有各的不幸"。当然了,你说的也有道理,我只是从一般的意义上来谈这个问题,没有绝对的事,不能拿一个特例来否定这个东西。比如说这段历史有很多拐点,但很多人就是无知无觉,每天都有大事但对他来说没有任何影响,用这样的现身说法来反驳,可能靠不住。我强调这一代人,的确是因为这一代人经历了很多事。同时,也想通过对这样一个微观的历史的书写,让我们看得更清楚,我是拿着放大镜在写这代人。一百年、两百年以后你再看这代人,大家都一样,这没有问题。但我觉得不能因为这样,我们就说这一代人就可以与所有人混为一谈。

关于福小的形象相对单薄,我认同你的看法。很多人跟我说,福小挺烦人的,什么事儿都没干,所有人还都对她好,大家不高兴。事实上福小背负的东西比谁都多,她是一直游离在我们生活和视野之外,她承受的东西我们没看见。当然,这是我的原因,我没有把很多属于福小的细节给充分地交代出来,跟孙小宁聊天的时候,她也这样说,当时我脑子一亮,这对我很有启发,可能十年以后,我写《2019》的时候,我会以福小为叙事视角,把功夫做足在她身上,看最后会变成啥样子。

三

杨庆祥:你刚才讲的代际,我想到一个问题,60后70后如果有代际的话,他们的精神结构值得大家去探究,60后70后有"父亲——姐姐"这样一个精神结构。你看张楚的《姐姐》那首歌,一般有一个特别残暴的父亲,有一个特别温柔体贴的姐姐,包括你去看海子的诗就反复出现这种陈述,可能真的有这种东西,这个可能和当时的社会结构有很大关系,大家有兴趣可以去探究一下。我不知道你是不是有个暴君一样的父亲?

徐则臣:我父亲的确厉害,但没到暴君的程度;我也的确有个姐姐。我的理解是,如果有一个残暴的父亲,他母亲一般都是附庸,而到了下一代的时候,他姐姐就会变成挺身而出的那个人,她要主持正义,会护着自己的弟弟。所以我在小说里说,一个人可能会把他妹妹出卖了,但很少会出卖他姐姐。

彭敏(《诗刊》编辑):关于"花街系列"和"京漂系列"一直是则臣师兄小说的两大枝干,以前我觉得这是门当户对、各自风流,但在这本小说中这两个适龄青年喜结连理。在花街和北京的双重叙事中,我认为在结构上有一种很诡异的倾斜,就是主人公主要生活在北京的,但故事的主干却发生在花街,"到世界去"产生的种种况味和根由不是在世界之中,而是在一次不约而同的返乡之旅之中得到了聚焦和强化。这种结构让整本书像两头大小相差悬殊的沙漏,所有的故事和人物都像沙子一样穿过沙漏窄小的腰身,从北京向花街这头聚集。另外,这本小说的"返乡"结构会让我们想到很多名篇,但则臣师兄的返乡结构和前人不同的地方是,他的返乡不会和现实形成强烈的对峙,也不能提供精神上的宽慰和救赎。比如鲁迅的《故乡》,过去的故乡和现在的故乡,过去的闰土和现在的闰土形成强烈的对照。但在《耶路撒冷》中,尽管此在的现实七零八落,但是过去的一切也是乌烟瘴气的,所以不能提供精神上的宽慰和救赎。北京的生存架构和花街的历史、现实会构成一曲非常沉重而压抑的三重奏,规训之下的野性,辱没过后的尊严,伤痕之中的热血,都会在这种沉稳节制的叙述中像灵魂一样在那里闪烁。另外,在小说中,关于初平阳偷情一段的描写,吃奶的孩子突然向偷情者叫出爸爸堪称神来之笔。在专栏文章中,我特别喜欢《我看见的脸》那篇,仿佛一副扑克牌一样,在小说巨大的架构中,这样的细节描写给你带来巨大杀伤力。

陈华积(中国青年政治学院讲师):则臣的小说给我的直观的感觉是不断地在延伸,内容可以说是包罗万象。作为70后,你也成了我们这代人的代言人,当读到"到世界去"时,感觉就像在读自己的故事,我当时从南方来到北京,就抱着我要到北京、到世界去的想法，这个想法是真实的。关于代际，这是70后一代人非常切身的体会，在和历史若有若无的关系撇清之后，在你独自的成长中，你要面对的问题是你个人的选择，你的去向的问题，这个时候你突然发现整个世界朝着你敞开，你会朝着你的方向奔进。我非常赞同你说70后可能是最后一拨理想主义者，这个时期改革开放还处于波动之中，在西方的物质还没有大量进入中国，还残留着父辈影响的情况下，这种仅存的理想主义就成了区别60后和80后的一个重要的标志，当我们站在这个历史的拐点的时候，我们应该何去何从，所以说这本小说写出了我们这代人独特的人生经历和精神结构。

宋静思（中国人民大学硕士生）：读《耶路撒冷》能感觉到作者不仅在努力发掘平凡的日常生活的悲剧性与喜剧性，同时又试图将广阔的历史背景与个体的疼痛感深度结合起来。小说中人物各有各的悲喜，这就是80年代转型期人生的真实写照，如果用一个带有悲观主义色调的词来概括，我觉得他们共同的目标只有一个——"活着"。历史的废墟上站立的是一个个努力完成自我的个体。小说中人物最初的梦想是"到世界去"，如鲁迅"走异路，逃异地，去寻求别样的人们"那般挣扎着离开，自初平阳回到故乡，所有的人又折腾着归来，待到支离破碎时，又无奈地出去漂泊，"离开——归来——离开"不断拉扯。"到世界去"不仅是源自生存的需要，更是一种精神的需要。离开的人有富裕如杨杰者，也有困窘如福小者，融入都市后，每一个人都是漂泊者，精神的浪荡子，故土的放逐者。离乡者都是承受宿命的孤独者，不得不面临"身在曹营心在汉"的痛苦，承受没有归依和归属的放逐感，试问小说中的哪个人对他们身在的大都市有认同感？几乎没有一个人。恰应了秦环奶奶的一句话"周游了列国你还得回到花街，根在这里"。这是放逐与归来的悖论，也是自古难以逃脱的宿命。

李怡雯（中国人民大学硕士生）：我认为徐老师笔下的人物并不像传统小说中的人物带有明显的个性特征，主人公更多是相对符号化的人物，个性并不鲜明，每一个人物都代表了一种类型的70后的成长模式和生活困境。或许这也符合作者"为70后立传"的写作初衷。

非常欣赏书中对于死亡的描写，尤其是描写秦福小回忆弟弟景天赐自杀时的情景，带有电影般的视角转换和蒙太奇画面。没有直接描写景天赐的死亡，他的死亡更像是一种背景，已经模糊化了，而画面中清晰呈现的是在墙角的猫正在喝水，开放的月季、槐树、丁香和海棠，草木摇曳，波光粼粼，风吹过天空。死亡与风景两者构成了一种对照，给读者一种极致美丽而又残酷的感受。记忆将死亡的场景一次次刷新，落脚点在死亡之外，却又处处都透露着诡秘的气息。此外，这里的死亡描写给我一种静态的感受，这幅画面的物品，无论是猫还是草木都在动，可是读来却觉得中间隔了一层雾，一切都是隔膜的静止的，只有背景的血红。

最后想问徐老师一个问题，您设置"铜钱"这个角色用意何在？是仅仅要他带出"到世界去"这一命题吗？

徐则臣：小说有的部分我想得很多，有的部分想得很少。铜钱这个人有原型，现在穿衣服的方式像小说里写的，裤子提到胸口。他比我大很多，现在四十多岁了，很多人可能他都不认识了，但是却一直记得我。我从11岁出门念书，不管过了多久，每次回家他见到我都会跟我打招呼，完全和小说里的铜钱一样。当时真的没有想到要用这个人引出来"到世界去"，《到世界去》那个专栏是小说第一章快要写完的时候才突然想到要加上的，没有预设。我之前花了一年的时间专门写了十个专栏，但到后来突然发现原来准备的那个专栏放在这里不合适，要重写，然后就接着那个叫"阿尔及利亚"的小狗写下去。没有那么多的预设和刻意。

四

张东嫒：我最感兴趣的点是小说的时间。我认为，这部小说中存在两条时间脉络，一条是物理时间，一条是伦理时间。物理时间从不停歇地全速前进，将初平阳、易长安和福小他们从童年带入青年到接近中年，他们在时间中各自成长，是一个前进的过程。物理时间本身就是线性的，但伦理时间却形成一个密封的圆环，将这几个主人公定格在天赐死亡的那一天，那一刻。他们怀着对天赐之死深深的负罪感游走在伦理时间中，寻找出口。19年来他们都没有走出这个圆环，直到大家的再次聚首。将大和堂转让给福小，让她与天送（其实，是天赐某种形式的回归）居住，以及共同捐钱修复斜教堂都是他们救赎自我或者说忏悔的过程。原来他们面对伦理时间中的自我是存在障碍的，可是很有意思的是，在小说的末尾提出十年后会怎样的问题，提出写《2019》，并且以"掉在地上的都要捡起来"为开头第一句话，让我觉得很有深意。在这时，物理时间和伦理时间形成某种对接，伦理时间不再原地踏步，而是敞开一个缺口，与物理时间相互渗透，开始缓慢前进。

这里我想提一个问题，《耶路撒冷》是一个现实感很强的小说，但是却反复提到了很多灵异的，有民间神秘主义色彩的东西，不知道为什么要这样写呢？而且有趣的是，初平阳的父亲还是一位医生，他的父亲与母亲也就形成一个类似"科学"和"迷信"的二元对立，有什么用意呢？

樊宇婷：想提一个小问题，徐老师好像对雷电特别感兴趣？铜钱和天赐都是招雷电的，而且小说里很详细地提到了各式各样形状的雷电，以前在读别的小说的时候没有提到这么详细的对闪电的叙事，所以觉得很有意思。另外，小说还使用了一个很多小说中出现的意象——火车。在铁凝的《哦,香雪》里和村上春树《1Q84》里都出现了火车。《耶路撒冷》里的火车却撕破了它以往惯性的面容,带有一种残酷性。铜钱想要"拦下火车"到世界去,这种以人对抗工业大机器的快速行驶的情形令到世界去的方式充满痛感与牺牲感。专栏文章《到世界去》中写一个村里拉着平板车的一个人试图在火车临近时穿过铁道,受伤骨折,另一位如法炮制时,却不幸死去。这使痛感变为实存,使牺牲变为实在。火车具有通灵似的力量,是承载到世界去的愿景的工具,村人冒失的尝试使到世界去的"火车"所承载的积极意义溢出一种恐惧感。

《耶路撒冷》确实有类似《故乡》的结构。《耶路撒冷》主人公回家也是为了卖掉老屋。鲁迅在故乡遇到闰土,他是封闭时空未走出的主体;《耶路撒冷》则叙述了主人公从小长大的好朋友,而他们都已经走出世界。《故乡》末尾否定了三种生活方式:"辛苦辗转""辛苦麻木""辛苦恣睢"的生活。鲁迅在这里有一种对现存生活的不满与对别样生活的追求。《耶路撒冷》寻找"心安的方式"或许永不会有一个定点,总在变化、徘徊,承载着"心安"的"到世界去"的行为或许永远是一个进行时,这里面也包含着对现存的否定。《故乡》《耶路撒冷》相通之处在于展示了不同时代的青年一代的生存图像。从"启蒙民众"到"寻找心安",两篇作品反映了处于社会发展不同梯度的时空里成长着的一代思考他们自身所达到的维度。

陈雅琪: 首先我想说一下结构问题。这本书最先吸引我的是目录,以景天赐为中心,人物的对称。每一个人从自我出发,最后又回到自我。就像《时间简史》里写的那样,回到母体。每一章后面都有一篇专栏文章,写 70 后一代的历史,爱情婚姻、理想追求、精神状态,这是一个大的历史语境,与此同时,小说一直在讲述一个个人的故事。二者交错,小说中的人物会议论专栏里的文章,于是这些短篇小说就成了小说中的小说,读者和小说中的人物仿佛在不同时空阅读着同一本书。

读到景天赐那章,"福小做功课的椅子和小马扎摆在门楼下的阴凉里",我就好像突然一下回到小时候住的大院子里,浮现在我脑海中的画面就是院里的大门口,邻居们端着饭从家里出来,聊着家长里短,小孩们在一边玩耍,一楼谁家电视正在放新闻联播,大家就都搬个小板凳坐他家门口。我怀念的,我们现在已经失去的,是这样一种网状的人际关系,"我在我们之中",谁也没法脱离别人单个过活。天赐的死是一个结,把所有人都牢牢绑在一起。

另外,我还注意到一种"在又不在"的状态:比如福小玩数独,"数字在她眼里就不是数字,而是地名和工作。她在数独的小格子里看见了一个个城市"。她在这个游戏中又不在游戏中,她的思绪已经跳动到中国地图上每一个她曾工作生活过的地方。又如,易长安"一个人的游行",在游行队伍中有被淹没感和荒谬感,他看见了另一个自己,有一种置身事外的感觉。我们和历史的关系是不是也是这样?时常会有一种置身事外的感觉,新闻联播里的事情与我们有什么关系?我们无法获得一种在场感。

徐则臣:我简单说一下灵异,灵异这个东西在我们生活中的确是存在的,有很多东西我解释不清楚。我的太奶奶就是有所谓的特殊能力的,当年很多人找她治病。乡村里总有一些我们无法解释的事情。花街这样一个地方,处于前现代、现代和后现代混杂的阶段,它是把很多年的历史非常短暂地集中到了一块儿,它的发展是魔幻式。所以前现代的东西我必须提及,然后是现代的,然后紧接着后现代的东西也要写。多年没有回来发现花街要建一个翠宝宝的纪念馆,很后现代吧?但在我们的世界里转眼就可以实现的。如果我不交代这些,就没法解释天送长得很像天赐,也没法解释齐苏红的"一身戾气",也无法出现初平阳的妈妈预测东北方向要出事儿那样的细节,否则大家会觉得突兀和诡异。

另一个关于闪电和火车,纯属个人兴趣。我对闪电特别有兴趣,为了把闪电写好,我看了很多资料。火车是我这么多年一直喜欢的。小说家写东西经常莫名其妙,灵机一动,加进去很多"私货"。但是小说有一条好处是,有些事物会自动产生意义,你可能没打算赋予它意义,但在一定的语境中它会自动产生意义。所以你们的阐释都能自圆其说,都很有道理,猛一听我还以为在说别人的小说。

董丝雨:或许是宗教本身与生俱来的神秘与庄严气质,即使我们每个读者并非教徒,也会对此书有先入为主的肃然起敬之感。也许书名起的过于厚重,我最开始对于文本内容的期待同样宏大,期待在这样一个书名下被呈现的是对历史和文化等大问题的解读。但读完整本书,我想我的期待并没有得到"满足"。虽然文本有着浩瀚复杂的背景和性格各异的人物,但作者还是选取了1970年代出生的年轻人作为描写对象,并且大部分通过对日常琐碎细节的描摹呈现他们的内心世界。在我看来,70年代生人是中国比较尴尬并且特殊的群体。在他们之前,50年代和60年代人把自己琢磨得很透彻,在他们之后,80年代更是被人津津乐道的话题。而70年代生人他们的经历与困惑却是在历史上长久被忽视的。

首先谈谈"花街与世界"。花街是徐则臣笔下常常出现的一个地理坐标。这并非是一个虚构的地方,而是徐则臣过去工作过的城市里运河旁边的老街。这条老街是花街的原型,但并非花街的全部。这是徐则臣臆想出来的故乡,也是他内心的世界。对于书里的每个人来讲,花街是故乡,亦是世界,而花街以外的地方,则是另一个世界。每个人都有着两个世界,一个个人化的世界,由最纯粹的自我和自我构建的其他所组成;另一个是现实的世界,是真正的社会,每个人都是一个个体,与其他个体进行社会的交往和联系。

然后是"流浪与回归"。耶路撒冷最著名的风景是哭墙。犹太教把该墙看作是第一圣地,教徒至该墙例须哀哭,以表示对古神庙的哀悼并期待其恢复。千百年来,流落在世界各个角落的犹太人回到圣城耶路撒冷时,便会来到这面石墙前低声祷告,哭诉流亡之苦,所以被称为"哭墙"。那么大概对于初平阳,杨杰、秦福小和易长安来说,花街大概就是他们的耶路撒冷,他们会从花街出走,在外面的世界流浪十几年,但是最终他们会回到花街,去哭诉与忏悔自己的焦虑与曾经的罪过。余华在《在细雨中呼喊》中写道:"我突然发现了逃跑的意义,它使惩罚变得遥远,同时又延伸了快乐。"但是这并非永久的答案,也无法完全解救一个人。只有回到花街,去面对曾经的罪恶,才会被彻底救赎。所以当他们集体回到花街时,并非是面对过去的忐忑,更多的是一种被解救的释然。

马德州(中国人民大学硕士生):小说中的人物都给我一种漂泊感。比如初平阳在北大读完博士之后,要到耶路撒冷去继续自己的学业。他之所以在故乡作短暂的停留,是因为要卖掉大和堂,以供自己在耶路撒冷的费用。再如秦福小大部分时间远离故乡,孤身一人在外漂泊,故乡成为她难以正视的地方。当他们终于回到故乡相聚时,但又不可避免地重新再次离开故乡。这里展现出现代人与生俱来的漂泊感。另外文中专门做假证生意的易长安,以及在《我看见的脸》中办假证的妇女,他们的职业是非法的,但是却耐人寻味。这让我想到与漂泊相关的另一个关键词是身份,它反映出现代人对于身份的焦虑感,通过假证来赋予他们身份,使他们得以固定,在这种虚拟中完成个人的归属,但这种虚假的归属终究无法挽回我们生命的疏离感。

徐祎雪:作者在创作时,试图对自身对生活的感受、体会和思考进行梳理的尝试,是建立在宏大的,类似史诗性的视野下的。初读这本书的时候,我的感觉也是,这是一个诗人在写小说。这里所说的诗人倒不是传统意义上史诗的概念里创作者或者传播史诗的人。将《格萨尔王传》口口相传的人们,讲述的是很久很久以前英雄的故事,是他人的故事。而《耶路撒冷》则仿佛是作者自己的故事,也是每一个读者的故事,它充满真实,带有饱满汁液的细节,这是文人诗歌的特点。一切都真切可感,句子干净、清楚,在该绵延不断的地方绵延不断,该跳跃的地方抑扬顿挫。且会有时忽然冒出一个有相当精彩的感受力和表现力的句子,是诗人才有的体会和感受力。这让我想到苏童,苏童笔下的"枫杨树故乡"。我不知道这是否是来自江南的水边人特殊的本领,能把文字控制得这么好,在情绪、环境的营造上。但从写作风格来说,比苏童有更强的历史感,立足点更为宏大,虽然视角是近切的,因此更有"史诗"的感觉。

  这部小说里的人物,每一个是一种类型。给我感觉比较特别的两个人物是杨杰和易长安。前者是一个开悟了的人。他是整个小说里活得最明白的那一个,当然,或许秦奶奶与他不相伯仲。但杨杰的心理过程在小说中得到了比较完整的展现,作者也通过这一过程表现了自己对于信仰和宗教这两个概念之间的区别的理解。相较之下,初平阳与"耶路撒冷"的关系似乎则有些虎头蛇尾。易长安的特别之处在于他身上的幽默和荒诞性。幽默与荒诞是在小说中不断隐现的内容,在一些时刻,作者会有意无意地把一些事件的严肃性取消掉。耶稣的解放鞋也好,安插在故事当中的调侃也好,这种建立严肃性、重要性,同时又自我消解的处理方式,让我觉得,作者是在透过写作进行与自我密切相关的思考,两者的关系是相当圆融的。

刘欣玥:再次谢谢则臣师兄今天来参与我们的讨论,谢谢杨老师让我做压轴发言。今天大家谈了很多,谈得很细,而且打开小说的面向都不太一样,这再次印证了《耶路撒冷》确实是一部很扎实,野心很大的小说。读完《耶路撒冷》的时候我想起的是写作《情感教育》的福楼拜,他说"我要写的是我们这一代人的精神史和道德史",福楼拜做到了,则臣师兄无疑也做到了。大家已经谈到的我就不再多说,这里就补充两点。

首先回到"70后"这个媒体概念或批评术语这里来,则臣师兄建构"70后"的话语意识很明确。在我对70后作家有限的阅读经验里,直接把"70后"或者这种十年代际划分自觉拿过来使用的长篇小说,《耶路撒冷》是第一部。作者对这种代际划分的有效性的认可让我觉得很有意思。相比于80后,50后和60后作家,则臣师兄直接跳过了对这个命名的质疑或清理,一出手就是70后集体性的自觉。同样很有意思的是透过这部小说,我们会看到前后两辈作家很不同的创作姿态:如果50后、60后的写作可以称为是一种"受迫害意识的写作",把所有的错误都归结到国家、时代和历史身上,那么这里的70后写作显然是一种"原罪式的写作",他们一方面拒绝被大历史随意收编,一方面把所有的错误都揽到自己的身上。景天赐的死是大家的合谋,这成为了一群人成长的原罪,他们所有的焦虑和抵抗,都不是朝向外部,而更多地朝向个人的内心,这是一种赎罪式的成长和书写。

我最想谈的一点是《耶路撒冷》在建构一种全球化时代的美学,全球化这个问题刚才没有人提到,但是我觉得对小说至关重要。"到世界去"是小说的一个"文眼",连傻子也要到世界去,而且这一次的"世界",是明白无误的全球化世界,人物空间位移的疆域被一再开拓,如果说国际性的北京已经隐约暗示了这一不可阻挡的历史进程,那么反复出现的耶路撒冷,无疑实现了小说视域从中国到世界重要的一跃。对于"耶路撒冷"确实没有太多在宗教教义层面上深挖的必要,它是象征纯粹"信仰"的应许之地。"信仰"虽然是一个古老的话题,一直以来却不是中国人的关键词。所以,当它以耶路撒冷的面目出现时还是造成了很强烈的陌生化的审美效果。当我们今天在谈论"全球化"的时候,首先想到的往往是贸易全球化,金融资本的全球流通,城市的同质化,网络媒体带来同步性等等,却很少去考虑到信仰全球化的问题。《耶路撒冷》的与众不同在于,它告诉我们在网络、金融资本之外,信仰也是跨越国界一直将人与人连接起来的重要媒介。从资本全球化到信仰全球化,小说的视点有了一个看不见的"华丽的转身":这一次全球化的目光竟然不再投向西方的纽约,而是东方的耶路撒冷,回到了人类文明与宗教起源的地方。用耶路撒冷作为"缺席的在场者"讲述中国故事,这是一个东方古国和另一个东方古国跨越时空,在21世纪的全新对话。从纽约到耶路撒冷,正是这种目光的转移给予我们一个重新思考全球化,或者说建构全球化美学的启示,这其中也包含了重新定义"信仰",重新定义人的"存在"的起点。我刚才去听了哥伦比亚大学宗教系的马克·泰勒教授的一个讲座,里面有句话让我印象很深刻:What is to be? To be is to be connected. To be is to be related. 这是网络化全球化时代对于"存在"的全新定义,而且信仰的回归对于全球化、对于个体存在意味着什么?这是《耶路撒冷》在全球化视野之中需要处理的问题,因为每个人已经不能置身事外。

杨庆祥:请则臣做最后的总结。

徐则臣:刚才说到诗,我的确写过诗,很多蹩脚的诗人最后都成了小说家,有才华的就一直写诗。欣玥全球化美学讲得特别好,这也是我为什么要给舒袖单列一章的原因,一个是初平阳的戏份比较重,我必须要让舒袖给他分担一下,否则初平阳的章节会无比的长。第二个是,只有把舒袖引进来,我才能谈北京,否则我没借口谈北京,而谈北京恰恰是全球化的问题。在这样一个时代,你已经不能无视全球化和全球化背景下的北京,在北京又装着没看见北京,我做不到。

杨庆祥:好,因为时间关系,今天的讨论只能到这里,很多有意思的话题被打开了,还可以在后续的阅读和研究中进一步展开。谢谢大家的参与!

理想批评和理想读者
——李敬泽《致理想读者》

时间:2014年6月24日下午
地点:中国人民大学人文楼二层会议室

杨庆祥:大家好!今天是联合文学课堂的第三次活动,"三"这个数字在中国的文化中有非常特殊的含义,"三生万物"。所以这一次我们来讨论一个非常特别的文本——著名批评家李敬泽的最新批评文集《致理想读者》。我很早就开始读李老师的文章,大概2005年,当时我还是一个硕士,在图书馆偶然看到李老师的《纸现场》,当时我并不知道李老师是谁,但看完之后,非常震惊,我忽然发现,批评文章原来也可以如此有趣和有力。当时我正处于文学史训练阶段,偏向考据式的东西,比较枯燥。李老师的文章给我打开了另外一扇门,并且与我思考中的某些东西产生了契合,这让我记忆深刻。后来我又陆续读了李老师的很多文章,其中的况味悠长,经常让我心驰神往。

具体到今天要讨论的《致理想读者》,我先谈几点个人想法,供大家参考。

第一,我认为要了解90年代以来的整个文学场,李敬泽是无法绕开的一个人物,他可以说是90年代以来最重要的批评家。大家看过这本书,基本就能了解90年代以来中国当代文学所有的最重要的问题,比如说"非虚构""文学的思想性""短篇小说的问题"等等。通过李敬泽我们可以了解到一个非常完整的文学现场。我们在大学里面接受的文学史教育,都是几经"过滤"后的文学,吃的

"粮食"太单一了,那么在李敬泽的书里,你可以吃到很多的"杂粮",而只有多吃了"五谷杂粮"的人,才能长出好的思想,提出好的问题。我们很多的中文系的同学,甚至很多高校的搞现当代文学研究的学者,都不知道"文学现场"为何物,离"现场"非常遥远,常常自行虚构一些"伪命题",这是有很大问题的。因此,我认为,回到一个完整的"杂草丛生"同时又充满生机的"文学现场",非常重要。

第二,我认为通过这本书的阅读,我们可以写一篇大文章,思考一个大问题——"论一个批评家的修养"。我们常常说,好作家是十年一遇,作家常有更替,但是十年你就能碰到一位好的作家,无论是以什么样的方式出现。但是批评家不是,他可能常常是三十年一遇、五十年一遇甚至更长久的时间。虽然对一个好作家的要求很高,但是在另外一个层面,其实对一个好的批评家的要求更高。我们做现当代文学研究,主要集中在作家作品上面,很少考究与之共生的批评史。而实际情况是,作品,尤其是经典作品,都是经由不同时代不同批评家反复"读"出来的,我们常常忽视了这个问题。从李敬泽的这本书中我们可以了解,一个好的批评家,一个真正可以称之为批评家的人,应该具备哪些修养。他阅读了很多的作品,不同于很多批评家是拿理论套作品,他基本上可谓"踏雪无痕",这是一个高手的方式。他的来路、趣味、判断、知识背景,都非常复杂。

第三,我们可以往前更推进一步,在我们当下这个精神充满喧嚣、充满困境同时又充满可能的时代里,好的批评应该是一个什么样的形态,这是值得在座各位思考的问题。什么是好的批评,批评的目的、功能是什么,这些问题都需要思考。很多工作都需要我们做,但是我们没有去做。我们缺乏这样的意识,我们常常在我们的文学教育和文学阅读中把批评家撇到一边,这也是很有问题的。我读完这本书的一个感觉是,其实 90 年代的文学史是以李敬泽这样的批评家为中心的漩涡,他以巨大的能量聚集了一大批作家在他的周围,这是一个富有创造力的时代应该出现的图景,作家和批评家之间出现了强烈的、频繁的、有效的互动,70后作家群体的出现,"非虚构"问题,都和他的"发力"、他所在的位置有很大的关系。在座的诸位都是批评家或"未来批评家",我们应该以什么标准来要求自己,这是个问题。

这就是我的简单开场白,下面大家自由发言和讨论吧。

一

薛子俊:我想说的和杨老师刚才提到的"现场感"有关。刚刚看完李敬泽老师的这本《致理想读者》时,就和杨老师感叹说:"此人太智慧了!"(笑)"智慧"其实是一种洞见,是一种富有现场感的眼光。我上小学、初中时"不学无术",别人中午看《今日说法》,我都看《娱乐现场》,至今对那个栏目的口号记忆犹新:"我们了解娱乐界!"今天在座的有很多人进行所谓的文学研究已经有些年头了,但是我们有几个人能够拍着胸脯说"我们了解文学界"?这就是李敬泽说的:很多研究者喜欢"大惊小怪",比如"非虚构""打工文学",作品老早就出现了,但是风潮一上来,研究者就跟着概念跑,而这些作品最初的动因、最内在的价值很可能就在这种"捕风捉影"中模糊了——这种"大惊小怪"的文学研究,怎么可以说是有效的?程光炜老师、杨庆祥老师一直在强调当代文学研究的"历史化",我现在突然觉得,其实"历史化"就是一种"现场化"。"现场"这个词听起来充满"喧哗与骚动",但真相只有一个,好的批评家、研究者要绕开那些盘桓在现场上空的雾霾,一举击中作品的要害——以"打工文学"为例,人们后来可能会赋予这种文类许许多多的价值与意义,但对于李敬泽而言,他关注的就是这批作者的能量、这些文字的热量——作品是否打动了你?如何打动了你?所以对我而言，阅读《致理想读者》是一次返璞归真，是一次"不带理论的旅行"。李敬泽的批评很清澈见底，没有太多的概念，但能够让你看清作品冰山一角之下的庞大存在。

不过说实话，我最喜欢读的，还是这本集子里面的访谈，在很多问题上给我提供了不同的视角。别人唱衰文学期刊，他却对记者说，其实报纸也很危险啊！别人热炒"80后专辑"（《人民文学》总第600期），他却提醒我们，每一个时代都应该推出每一个时代的年轻人，这不过是常态罢了。所以我觉得他很聪明、很睿智，这种聪明来自于对现场的观察与了解。

最后我还想说一点，那就是"编辑的手"。我觉得李敬泽作为一名编辑，他不仅是一个现场的观察者，更是一个操盘者。

杨庆祥：应该说是操盘手，编辑就是文学的操盘手！

薛子俊：他是大操盘手！我看了这本书之后才发现，我被他们这些人骗了，很多作品都是被编辑改过的。李敬泽老师有一次问徐则臣，雷蒙德·卡佛的作品改过的好还是没改过的好？回答是：改过的好。所以我觉得，我们对文学创作不要再抱有一种"本质化"的想象，也就是说，文学不是铁板一块，创作不是浑然天成，它们的背后有很多纷纭复杂的力量，包括编辑，他们很多时候就参与到创作当中。这实际上要求文学研究、文学批评对对象要有更复杂的想象。孙郁老师经常说，要把对象复杂化，我觉得大概就是这个意思。不要太天真！

杨庆祥：本科生有些时候很天真，觉得作品就是作家"独创"的，其实每一部作品背后有很多"看不见的手"，有很多看不见的力量会加入到作品里面去，这就是对象本身的复杂性。

丛治辰(中央党校文史部讲师)：我觉得刚才杨老师谈的几点很有意思。刚刚说到"文学现场"的问题，很多文学的东西，看上去浑然天成，但是背后有着复杂的机制和运作，这是需要我们了解清楚的。而我想回应的是庆祥兄所说的第二个问题，有关于文学批评的问题。当我在阅读《致理想读者》的时候，我特别感兴趣的是第一篇，他在里面几次说到一句话，就是"我无力按照'伤痕文学'、'反思小说'、'改革小说'、'寻根小说'这样的脉络来叙述我们从80年代到90年代的发展"，那很有意思的是，李敬泽果然在这里面梳理出了自己的一套发展脉络，而且是紧贴着作品走的。这个脉络很有意思，比如说语言的紧致，比如说到马原的时候，他不说是85年的文学新潮、先锋小说、现代派和后现代派进入中国，他说的是"语言变得干涩"，实际是有批判意味在里面，这也和我最近一直在思考的问题有关，那就是我们的文学发展到现在的这种状态，尤其是一些不好的东西，恐怕和85年之后留下的一些文学遗产是有关的，那代人曾经为中国的文学做出很大的贡献，但是相应的会产生一些负面的影响，那就是他们压抑了一个传统，重新树立了一个传统，这个传统里面可能有着在当时不能预料的东西，而到现在发酵了，使文学呈现出现在的气象，去大众化的、精英趣味的、向西看的，等等。这些都产生在85年的小说里面，而敬泽用了另外一个方式，把这件事揭露出来了，就是关于语言本身的问题，关于小说的写法的问题。

我们学院派批评家是很擅长理论阐释的，我们对理论、对文学史都很熟悉，我们以一种学者的勤奋态度在做批评。我们擅长的路线常常是，在批判一个作家时，恨不得把作家所有的作品拿来看一遍，再建立自己的谱系。而我觉得敬泽这样的作协派批评家，是最聪明的批评家，他的路线是单刀直入，可能是他的聪明、并且在文学现场打滚这么多年，对于我们常常勤勤恳恳去做的事情已经非常熟练，但他们的重点并不在于寻找脉络或者建构理论或者把作品当作理论的注脚，他的妙处在于他直接解剖作品。他会把他解剖出来的这个点纳入他那个位置所关注的一系列话语体系当中。比如他在评价《哦，香雪》时，他会用比较细节的角度去讨论，并且他认为80年代到90年代的第一部作品是张承志。其实作协派也有一套话语体系和方法，不像是指导者，更像是和作家心心相印的人，一种编辑的眼光，这是一种真的会对作者产生作用的眼光。学院派讨论的问题都是学术内部的问题，对作家没什么用处。而像敬泽这样的批评，真的是能够对作家产生影响的批评，这个小说的结尾怎么样写更好，词语怎么修改会更好，这是编辑者的思路。我也听过很多作家说过，敬泽对于他的小说的修改是真正有用的，敬泽和他是一种知己的关系，而不是相对于学院派来说是一种材料和物化的关系。这些也是学院派出身的学者、也是在座各位需要注意的问题。

我们在学院派里面接触到的是一套话语体系，但其实我们各位接触到这套话语体系时也相当片面。比如像人民大学这样的学校肯定是有自己的学术传统，那你们接触到的就是人大传统的话语体系，而我在北京大学接触到的就是北大传统，不同的学校接触到的批评话语体系都是非常不同的。而李敬泽是另外一套话语体系，他常常是一刀切进去，并且切到一个非常重要的角度，这个角度让作家也服气，让读者也服气，这是一个编辑者的角度。但是还有别的角度，比如像徐则臣这样的角度，他本身是一个写小说的人，他会从一个小说创作的角度去写评论，当然他也是一个编辑，他的方法看上去和敬泽很像，但是又有不同，他有着一个小说家特别在意的问题，而敬泽就特别在意作协这样一个文学组织者有关的问题，比如文学的脉络、如何推动文学内在动力这样的问题，而徐则臣就更为关注比如小说的张力这样的问题，甚至他可以很有自信地说小说写到某个程度时就是内在动力推不动了。而我们这些学院派的学者，在一些研讨会上，可能还会说这样写是为了什么什么，徐则臣就很不屑地说就是作者写到那里写不动写不下去了，这就是他们谈论问题的不同角度。

　　我还提供一个思路以供大家思考，想想在学院里面能不能有这样的文学实验？其实真的是有一套本土叙事传统，我们可以去接触。古典文论里确实存在着一些话语，我觉得是现在也值得一用的，包括小说、诗文的评论里都有一些话语，这些话语都是我们古人经过反复雕琢去塑造出来的话语，为什么就要比现在的一些话语和结构体系弱呢？我们能不能去谈论一个小说的风骨和意境？还有一点也是我在敬泽的这本书里看到的，就是，除了这种话语体系的传统资源以外，其实我们还有另外一种传统资源，就是形式的传统资源，我不知道各位写评论是什么样的。我喜欢读小说，尤其喜欢阅读长篇小说，一部长篇小说能够给读者带来的是一种生命体验，这往往是你写文章写不出来的。当我们写文章的时候，我们常常要拉出一个结构，这个结构里我要谈论几点问题，我要有逻辑的展开，我要有文本分析，有自己的论述，在这个过程当中我们当然发掘出一种智性的快感，但我们同时也磨灭掉了阅读的快感。有本杂志《莽原》，里面有一个版块叫"小说评点"，这是我接过的做得最爽的一个活儿，当时李洱发过来一本香港作家的小说，要求像古代一样对小说做出评点，做出批注，我对于这本小说所有的美感、质疑、困惑都呈现出来，我不需要解读这本小说怎么写，我只是把我想到的都写出来。但是这种方法在现在的学科体系里面非常不入流。但就敬泽而言，一是因为他聪明，二是因为他的能力游刃有余，三是因为他的范儿在那里，所以，里面有几篇文章，比如《呼伦贝尔之殇》的序言，他常常是做片段式的批评，但是常常就是在这种片段式的批评里面出来了传统点评式的东西。我们可以把这种东西不扔掉，我们可以把现代的这种文体和传统的点评式的精神结合起来，这也是我在读《致理想读者》的时候想到的一个问题。

二

杨庆祥：《致理想读者》的第一篇确实很重要，我当时读完也是非常惊讶。我以前在很多的场合也曾说过，刘心武的《班主任》不能作为新时期文学的起点，而李敬泽很早就说过这样的话，并且把这种观点往前推进了一步，提出了张承志是起点，这点我非常同意。张承志当年写的《黄泥小屋》，和当时整个的文学是完全不一样的。如果把张承志作为起点，你的心理就能接受了，你的审美也就能接受了。这就是很有意思的话题。从这个角度看，不能简单地说李敬泽是作协的批评家，他是一个有纵深感的批评家。批评家一定要有纵深感。对于学院派来说，都是把作家和作品当作标本，而标本都是死东西。而李敬泽式的批评，他面对的都是活体，自身也是活体，两个活体在一起，那就是交流、对话和碰撞，那就是心灵和心灵的沟通。你对着一个标本和死体，你自己也就成为了一个标本。

李壮：前几次联合课堂都是讨论小说，这次听到要讨论李敬泽老师的文学评论集，感到十分吃惊。我首先想到的是柏拉图。柏拉图对世界的理解，是首先有理念，现实之物是对理念的模仿，艺术作品表现事物，则是对模仿的模仿。相类似地，我们如果把文学称作对生活的阐释，那么文学评论则是对阐释的阐释，我们今天再来讨论李敬泽的评论集，那就成了"阐释之阐释之阐释"——对于许多西南来的同学，发音平翘舌不分，单是念出这个句子都会疯掉。

事实上这个句子恰恰让我想到李敬泽的评论文章。他的文章所使用的就是这样的语言：出现的都是常规词汇，但能够在精心的排列和设计之中呈现出戏剧性和准确性。刚才丛治辰老师谈到了

"刀",我觉得很贴切。玩游戏的人都知道,电脑游戏中不同的角色会有不同的攻击属性,我觉得评论家写文章也是这样。有的人是物理攻击,抡着大锤,百米冲刺过来把你一锤抡倒,在评论家里这大概要属那些1234点列出来然后埋头论证的人;有的人是魔法攻击,站在远处念念有词神秘兮兮,有点像大家刚才说到的那种满口福柯伊格尔顿的家伙。李敬泽则是穿刺攻击,就是用弓箭、用刀,快而精确,极具穿透力。刀客的素质,正是优秀的评论家应当具有的素质:举重若轻、不留痕迹。他从你身边经过,看似没有惊天动地放大招,但你一转身,发现身上溢出一线红色:他已经戳中了要害。

这种感觉我在李敬泽的很多文章中曾经读到过。例如他对阿乙最新小说集《春天在哪里》的推荐,根本不扯某某主义某某性,直接从"好小说具有某种气味"开始讲,把我们带入对阿乙小说的身体性认知之中。再如他为甫跃辉小说集《动物园》作的序,以"甫跃辉真是郁达夫的转世灵童啊"这样一句"玩笑话"开始,而后通过对比两人面对都市经验时的反应,迅速接通了两个时代之间地缘政治学的共通与差异,把甫跃辉的写作放进了一个有效而具体的坐标系。类似的还有《2012,我的阅读笔记》这一篇,谈到刘震云的《我不是潘金莲》,李敬泽从一个私人性的事件——建议不要叫这样一个不严肃的名字——入手,最终却谈到了"小说"与"大说"、公共话题、经验可能性等重大问题。

这一例子还显示出李敬泽评论文章的另一个特点:词语的魔术。"小说"这个词语已经被我们使用得毫无感觉了,说到与之对应的概念,我们会想到诗歌、散文、非虚构,但李敬泽突然抛出一个"大说"来,一下子就把整个概念给陌生化了。这种手法在李敬泽笔下来得出其不意,但又往往使用得十分准确。李敬泽就像一个语言的魔术师,灵动、飘忽,总是在意想不到的地方现身,甚至常常跨越学科的边界。以《2012,我的阅读笔记》一篇为例。说到马原的《牛鬼蛇神》，李敬泽写到作者"老实得如同记流水账，而且坚决不做假账"——会计学。写到经验作为负担，"医学上有一种病叫'肌无力'，我们的病是'心无力'，被洪水猛兽般的至高无上的经验压垮了"——医学。"建立一种内心生活，找到内心生活的表意系统，这是中国小说自现代以来的基本志业，革命尚未成功，同志仍需努力"——又成了文学的革命历史学。这样敏捷的语言和词汇系统，显示出一种内在的自由。"人们用普通话说大话办大事，用方言柴米油盐家长里短，当小说家用方言时，他看世界的眼光必定有变，不变不行，因为人就活在语言里。"这是李敬泽自己的话。语言绑定着看世界的眼光。方言与普通话之辨如此，拘束与自在的评论语言亦如是。

　　语言问题深究到根子上，其实都是姿态的问题。在这里我想吐槽一下评论界的总体风气。现在很多时候，评论界、作者、读者之间难以形成有效的互动，一团和气，同时又自说自话。就拿刚才丛治辰老师提到的那种满口"福柯""伊格尔顿"的风气来说，理论建树的高人当然需要，但不能大家都那么脱离实际地说话。我身边就有很多人，理论功底很厚，越钻越深越远，但一张嘴说话谁都听不懂，分析梅西踢球踢得好都得用后现代哲学理论。化用沈浩波的一句诗，他们真的是在通往大师的道路上一路狂奔了。但如果大家都这么狂奔，很容易出现一个问题，那就是你可以跑得很高、跑得很远，但最后大家只看见你的屁股，看不见你的脸。这种情况最终会导致批评的失效。李敬泽的文章之所以特别耐读，就是因为李敬泽的文章能让我们看得见他的表情。他也站得高，也站得远，但是他不是拿屁股朝着读者，他是拿脸对着我们。在《庄之蝶论》中，李敬泽说《废都》那些著名的空格方块是一种"精心为之的败笔"，因为在这些方块之中，庄之蝶这个人物溜走了。李敬泽自己的评论文章恰恰相反，在那些嬉笑怒骂的文字之中，李敬泽是在场的。透过这些文字，我们能够看到他脸上略带戏谑却深藏忧患的表情,这使他的文章充满了情绪与生命的质感。具体而言,李敬泽的文章中时时可见潇洒的自黑、戏仿、调笑,以及自我阅读感受、情绪体验的坦诚剖白。他的言说腔调独一无二,从身体感受进入文本细节的本事极其了得。这看上去简单,其实困难极了——没有充足的自信和才情,一个评论家怎么敢把自己的表情直接暴露在读者面前?还是躲在那些大概念大理论以及八股文风的后面安全一些。

这种潇洒与坦诚,使得李敬泽的文章中透露出一股子"痞"气。当然,不是骂街打架那种痞,而是酷酷的痞、有范儿的痞、西装革履的痞。这种痞,需要才情,需要性情。李敬泽在文字之中表情鲜明,然而不装。换言之,他有姿态,但不做姿态。归根到底是两个字:真诚。

刚才我讲的都是李敬泽在具体的文章语言、写法层面的姿态。事实上,李敬泽在对整体文坛现状的考量、评价上,也是姿态鲜明。集子中有一篇文章,叫《视角与"花岗岩脑袋"》,还有一篇文章叫《"短篇衰微"之另一解》。两篇文章都痛斥了当下文坛缺乏活力、僵硬顽固的模式化思维,读来让人忍不住拍手称快。事实上李敬泽自己的视野很宽,他一直致力于发掘有潜力的青年作家,而且不断尝试从新的作者定位中(如媒体人出身的写作者、底层出身的写作者)有所发现。李敬泽把那些严重滞后、思维老化的杂志、选本、评论家称为"花岗岩脑袋"——李敬泽说这些石头脑袋急需破开。这让我想起了我的家乡。我在青岛长大,青岛盛产花岗岩,由于靠海,也多礁石,至于礁石是不是花岗岩质地,我没有考证过。但毫无疑问的一点是,海滩上遍地的沙子,都是从那些坚硬无比的岩石身上破碎下来的。海浪一遍一遍地拍打,花岗岩也好、海礁也罢,最后都得破碎。这也跟文学的革新发展类似。问题是今天,80年代那样冲天涤日的文学大潮已经不可能重现了,那么在一个文学总体"退潮"的时代,我们如何打破那些禁锢思维的"花岗岩脑袋"

呢？我想，要靠种子。外力难以打破的东西，植物的种子常常能够以生长的力量从内部打开缺口。这颗种子，这种内在性的力量，就是我前面反复提到的、在李敬泽身上不断显现的东西：敏感度极高的语言，以及真诚的品质。

杨庆祥：你讲得非常好，也让我想到了李敬泽的批判里面有一个很关键的问题，那就是"内在性"的问题。当外在性的力量消失的时候会是什么样的？80年代就很有问题，80年代的作品、运动、思潮貌似很强大，其实更多的是被外在的、无关的力量推动起来的，所以其背后其实非常虚弱，没有内在的力量，很容易被击倒。而我们现在这个时代所面临的问题是，既然没有外在的力量推动，那我们就必须从内部发展，这种力量会更持久、更尖锐。如何把这种"内在性的力量"建构起来、召唤出来，这也是批评很重要的功能。

丛治辰：我很理解庆祥兄所说的这种"内在性的力量"，就像在这个第8页中李敬泽提到的一点。我们一直在说85年的文学的转向，比如说文学由外部向内部转，但是就李敬泽在这本书里面的意思，好像并不这么认为。他之前说《哦，香雪》中"天真、细节和对天真与细节的歉疚"，这就是孙犁的那个传统。孙犁的传统在我看来也是中国文学传统叙事的传统，就是在细节中有对生活本身的一种把握。那在他谈到马原的时候，我相信他的意思是，那时候内在的东西，其实在内在的旗号下被赶走了。比如他说，从马原的小说开始，"支配着从'五四'以来文学语言和文学叙述的一些基本价值，比如诗意，比如比喻，比如事物向意义的升华，比如一种直接的和权威的声音的自洽、连贯和圆满"，其实这都是内部的东西，但是"被尽数打破。现在开始的，是干燥的语言，似乎它的志向仅仅是捕捉事物。这也是一种不再由强大主体统治的语言：它的规则是内乱,是断裂、对比的冲突"。就是说,我们已经丧失了传统的那种从内部暴露事物的可能性,对语言的掌控力丧失了,而变成了这种,看上去的,也是我们一直说的"文学内部",这是摆脱了意识形态的结果,但是二十年过去了,我们再回头看,这套东西可能对文学的损伤和增益是一样的,不过我们走上了不同的道路而已。

杨庆祥:目前的批评和创作,尤其是作家们观察事物的方式有时候过于被社会所裹挟,很多时候都是以一种外在性的视角去观察世界和书写人物,其实文学更应该从内在的角度去观察和书写这个世界,这样才能真正找到"那一个"或者"这一个"人物和故事。如果作家都从一个外在的视角切入,这样的话其实你观察事物的视角和社会学家、历史学家没有区别,你不是一个文学家的观察视角,文学的观察视角应该是从内往外看。

丛治辰:不过,我觉得敬泽在这里还是表现出了一个微妙的悖论,如果是让我用几个词总结这本书的话,我觉得第一个词就是渊博,或者说脉络。他之所以敢这么写,因为他真的是读了很多东西,他处在这个位置上,从编辑到权威批评家,那么多作家在他的身边,他可以说是对这个文坛了若指掌,所以他才敢这么写。那么,第二个是准确,我们所谓的要刀一击而中,这就是准确的力量,不管你是哪个派的批评,你要准确地做到这一点,那都是高手。还有一点恰恰是自由,就是我刚刚说的文体的自由,也像你们所说的他出入于各种学科之间,社会学、文化学、金融学。当然,我们可以这么说,他不需要我们这么端着,我觉得看他的文章很不爽的一点是,为什么我们写一个文章那么难,思考半年,想一个角度、题目,而他就那么就来了,我反而觉得不是他的范儿、他的资历,我觉得是他本身作为一个批评家、作为一个人的自由姿态。他的渊博、脉络和准确,已经把一个批评家应该做到的做到了,那剩下的,我觉得是他留给自己的,不是属于批评家的,而是属于文学、或者属于一个鲜活的人的部分。我为什么不可以把批评写成这样?为什么不能把批评写得像传统小说评点那样地有趣和才华横溢?他是把才华展露在批评之上,这是让我特别羡慕的一点。或者是和各位一样,处于青年批评者的阶段,需要为自己找到那个道路,而不是一辈子苦巴巴地做批评。我觉得要做到像他这样自由的状态,那是一种人生境界,那就会很愉快了。

三

杨晓帆(华中师范大学文学院讲师):我读李敬泽的批评的时候,一个很重要的感觉就是肉感、情色感很重,情感不是为了让你去体验高潮,而是为了让你感受到那个格调或者氛围。我觉得李敬泽的评论不像是刀子,他在你身边走过,你可能没有任何感觉,但是内脏俱裂。这就是我认为的虚碰虚的东西。你能看到,他非常强调感觉,而且那个感觉是非常强调身体性、肉体性的。他是在以一种身体的方式体会作家的技巧,以身体的方式把他所看到的文学里面的细小的东西呈现出来。

其实我在阅读李敬泽的书时一直在想到底什么是理想读者的问题,什么是他的理想文学观的问题。我的感觉是李敬泽的文学观非常有现代感。他喜欢中短篇小说,今天我们很多大批评家经常会说中国文学不行,因为没有好的长篇,但是李敬泽似乎在认为,好的短篇和中篇是我们这个时代最急迫需要的好的文学,他会很强调语言的感觉和"内在性",所以他会谈到"内在性的困境";他会谈到城市的问题,城市中的陌生人的问题,他整个的文学观可以说是建立在一个非常具有现代感的视野之上的。

杨庆祥:晓帆刚才讲的观点我非常认同。为什么"有范儿"的人都会比较喜欢李敬泽的批评文字,因为他们都是有现代感的人。实际上,我们的很多作家、批评家是没有现代感的,是活在现代的古代人。李敬泽批评中一个很重要的观点就是"有限的个人"。我觉得现代文学观念其实有一个基本的要点就是"有限",即"有限的个人"和"有限的文学",而我们现在对作家或者批评家的要求都是"全景化"或者"大历史"等等,这些都很有问题。我们已经不可能像19世纪那样拥有大百科全书式的知识和智慧,那是不可能的,时代已经发生变化了。

杨晓帆:李敬泽谈到长篇小说时也说过,现在追求的长篇小说只能是反经典意义上的长篇,当时阅读时这个观点非常冲击我,其实他是非常清楚地知道我们这个时代已经没有总体性了。他有一篇谈论冯唐的文章《无托邦》,读了也是非常震惊,因为今天我们常常讲的是"乌托邦""异托邦""恶托邦",但是他提出的是"无托邦"。一般我们会说后革命时代我们没有乌托邦了,我们就不要再有那种大理想,但是他的"无托邦"并不是说我们不再用那套话,他还是会用那套话,但是他会建立在一个新的层面上。

杨庆祥:当然,我也要稍作辩驳,因为没有一个文学观念会比另外一个文学观念更新,所以在这种意义上,"有限的个人"和"有限的文学"是一种文学,但是"无限的个人"和"无限的文学"也可以被想象,我觉得应该有这样一个区隔。

沈建阳(中国人民大学文学院硕士生):我读李敬泽老师他的书,觉得很亲切。之前有一次交流,李陀老师就问过我们,说,你们为什么学中文?那时候晓帆师姐也在,我说因为"不确定"。说得很玄。这就等于没有说。但是看了这本书之后我觉得,李敬泽老师在书里一直强调,当下文学最大的问题是"言不及义","言不及义"有两个方面：一个方面从作家出发，就是，他用了好多个词，叫作"空转"或者是"生活经验空转"，或者是"材料写作"——之前我们的小说工作坊讨论时老师们也有提到过——包括写作惯性，匠气，生活和思想的匮乏，有的只是有限的生活经验或者是早年的生活经验，一直在那里空转，一直没有新的东西，包括好多书它写出来之后，提供的其实是常识，就是没有新的冲击你的东西。从批评家的角度讲，批评的话语太陈旧了，你只要看了它的关键词你就会知道它后面是怎么展开的，也就是提供不了新的经验。他读作品，就是像罗兰·巴特讲的，你只用一个方法去读作品，就是读了100本书，你也只读了一本书，就是方法没有更新。所以我讲这个"言不及义"应该是两方面的，作家方面他"不及物"，批评家同样如此。我最近就在看《鹿鼎记》，有五本，我看到第三本，我就有一点受不了了，就是它的情节你看一个开头，你知道它后面会怎么写，这样就没有惊喜，虽然通俗文学有它自己的价值。

杨庆祥：说明你的审美趣味最近有了提高。（笑）

沈建阳：现在好多所谓的"纯文学"它们写出来其实也一样，你看了一个开头，你大概会知道下面怎么写，因为有一个套路在这里，轻车熟路的，就是李老师这里说的"打滑"。我觉得"不确定性"是小说的一个精神，就是它一直要给你提供一个新的经验。现在如果问我，"你为什么喜欢文学？"我有另外一个答案，可能更玄，但和今天的讨论无关

杨庆祥：答案是什么？说一下。

沈建阳：我觉得是自由。

杨庆祥：哦，自由。其实建阳说的这两个，我还是认可的。因为刚才我们提到，包括李敬泽的批评文字在内，好的作品，好的批评家，一方面就是它有不确定性，你会发现李敬泽所有的东西都很飘忽，他移步特别快，像闪电一样，这也是一种现代感，各种穿插、穿梭；另外，快是因为它轻，轻是一种自由，因为它已经把一些东西——如思想性、历史感——内在化了，内在化了它就会自由。你可以海纳百川，但是最后你不能因为海纳百川变得非常臃肿、沉重。要从这"重"飞起来，这才是艺术和文学。

沈建阳：就是王小波很喜欢的卡尔维诺所言的小说的精神。

杨庆祥：对。比如李敬泽会希望村上春树获诺奖，原因在于村上的"轻"。

沈建阳：飞鸟和猛兽。

杨庆祥：因为飞鸟是轻的东西。我当时也是希望村上春树获奖，因为我觉得这个"轻"对我们的文学来说特别重要。现在我们是轻没轻起来，重没重起来。重到一个极点它也会变轻，轻到一个极点它也会变得很重，这是一个辩证的关系。

樊迎春：前几天接到讨论会的通知我就很焦虑：我不知道如何做一个批评的批评。刚在前几个同学的发言中我突然想到一个题目：武侠小说与李敬泽。我读的李敬泽的书只有《为文学申辩》和这本《致理想读者》，但给我一个很明显的感觉是，李敬泽就像是武侠小说里的"水上漂"，从水上缓缓而来，没有很大的声势和动静，就像老师和同学刚刚说的，没有很晦涩的理论，也没有和你动刀动枪，但内行人一看就知道，哦，高手来了。当然，我百度了一下李敬泽的照片,发现他跟"水上漂"的形象不太符合,我觉得"水上漂"应该是闻一多那种瘦骨嶙峋的,李敬泽老师还是很圆润的。古人云,相由心生,我也在李敬泽的书中读到很多圆润、饱满的东西。刚才建阳说的那个问题我也想回应一下,就是去年李陀老师问我们,为什么喜欢文学?当时我也在场,读李敬泽的书让我想要再次回到这个问题的起点,就是我们究竟为什么都选择文学这个东西。我觉得李敬泽至少回答了四个问题,即何为文学、文学何为、何为读者、读者何为。

我觉得李敬泽首先是个"文人","文人"这个词在今天某种程度有被曲解的嫌疑,我想回到"文人"最初的定义。何为文人?《诗经·大雅》有"告于文人",这里指的是周之先祖,《毛传》有言"文人,文德之人也",这里指有文德的人。何为真正的文人,我想现在也没有人能给出标准的定义,我个人认为真正的文人起码是要具有人文情怀的。"人文"一词来自西方文艺复兴人文主义那一套,主张对人的个性的尊重,自由平等自由价值等普世观念,但加上有中国特色的"情怀"二字,我觉得含义又发生了质变,"情怀"本意指心情,情趣,兴致,胸怀,所以我觉得"人文情怀"就有了一种超越单纯的个人、个体,上升到对普遍的人类的关怀。我记得在一部好像叫《如来神掌》的电视剧里,有一招叫"悲天悯人",这招的名字起得好,颇具佛家的色彩,说明学武本质不在伤人而在救人,所以只有这种慈悲和对普遍人类的同情才是至高武功,才是终结邪恶和暴力的手段。另外我想到的是杨老师的《80后,怎么办》,我在不止一个场合听到年纪比杨老师大一些的老师说杨老师这篇文章有抱怨和不能吃苦的嫌疑,我记得杨老师都笑而不语,我自然是不敢发言,但我觉得其实这种评价有失公允,我觉得这种写作并不是抱怨或者说不能吃苦这种浅层次的问题,也不是人已经在北京高校稳坐副教授的杨老师的个人悲喜,而是也有一种"人文情怀"在里面,一种超越了个人经验的,带有一点"悲天悯人"色彩的对一代人普遍存在的问题和困境的关怀。我觉得在李老师这本书中,这样一种情怀也时刻透露出来。在谈到文学性的时候,李老师说文学性最根本的前提是"众生平等,忠诚地容纳最广博的人生经验",这样的对人类的关怀和对广博人生经验的关注正是我认为的成为文人的根本条件,即"人文情怀"。看到这里,我觉得李老师说出了我几年前做出放弃经济学改投文学时心底最真实的声音,用《孟子》里的话说,"夫子之言,于我心有戚戚焉"。我有点和李老师殊途同归的欣喜。

加缪说,要了解一个城市,比较方便的途径不外乎打听那里的人们怎么生活、怎么相爱、怎么死去。我觉得这句话很好地概括了文学永恒的使命。具体来讲,就是李老师在书里说的抵抗马尔库塞说的人的单面,恢复对人性、人生的丰富性认知,扩展人的内在性。不管是什么时代,什么世事,文学都应该也完全可以履行这样的使命。正如李老师在书中多篇文章里提到的,只要在物质和欲望之外,我们还有精神上的需求、困惑、欲望、梦想,我们也有对自我、对世界认识和探索的冲动,文学就会万古长存。我在这里还想提一个老掉牙的观念,周扬1981年在全国优秀短篇小说奖颁奖典礼上的发言,主题是"文学要给人以力量",剔除当时的意识形态因素,我觉得这句话在今天依然具有参考的价值。描述人们的生活、相爱、死亡,丰富人的认知,扩展人的内在性,我觉得这都有一个终极的目标,那就是让人生活得更好。文学是让人生活得更好的艺术。这是我个人对何为文学与文学何为的至高理解。

这里涉及的另一个问题就是李老师在书中对当代作家写作困境的思考。李老师说"我们高度关注现实、关注生活,但问题是,这未必意味着我们能够'贴近'它,我们提供的可能仅仅是表象,而不是经过思想探索的'真实'"。"大家就比较老实,动不动叙写一个村庄的百年史,从民国写起,写得也很努力,但我很怀疑这有多少意义。"我觉得这两段都说得很精彩,从我个人的感受说,我一直觉得当代主流的或者说一线的作家在我们的文学做出卓越贡献的同时其实也给了外界,或者说国际社会一些遮蔽和误解,尤其是莫言,他作品中一贯的"审丑"或许真的符合现实,或许是迎合西方对中国的想象,但我都觉得其中缺少文学最本质的东西,或许是我之前说的"悲天悯人",或许是老师说的"不能贴近现实"。

最后说说"读者"。读完这本书之后,我就觉得需要学习"我们现在怎样做读者"这样一课,李老师在书中提出理想读者的定义是"拒绝承认生命和生活中有一条路、一种表达的人,不愿让精神僵化的人"。其实读到这里,我可以斗胆归结李老师这本书这么多文章的一个共同诉求,即认识文学的多样性、丰富性,关怀平等众生的人生经验的广博性、内在性。

杨庆祥:迎春今天说的我比较认同,我们会发现,在李敬泽的"有范儿"的背后一定是有着非常坚实的东西在支撑着他,这种东西从哪里来?这种眼光从哪里来?了解这些非常重要。也就是说,他有他非常坚硬的内核,就像迎春说的,在本质上,这是一种文人的情怀。虽然他常常在自黑和调侃,但往往就是在这种自黑和调侃中,你会发现他有着对文学非常执着的观察,我觉得这一点是非常重要的,就像玩世不恭的人其实常常有一种隐秘的关切。

四

张凡(北京大学中文系博士生):对于你们的观点,我想回应一下。大家都已经有了对这本书,对李敬泽的一个非常独特的认识,我都非常赞同。而我对于这本书和对李敬泽的看法,还是用关键词来展现,第一,这是一种关怀,之前从编辑的角度出发认为他是一个操盘手,更多的时候我觉得他是一个推手,是使90年代文学一直往下走的一个推手,他在90年代后的中国当下文学中的角色更多地像茅盾在上个世纪二三十年代的那个角色。虽然这一部书是他写过的文章的一个集子，但是有大的脉络、视角以及内在的完整的逻辑，我认为，其实他是在不同的场合做一件事情，做一个总结性、使命性的事情，这是李老师自己独有的胸怀。第二个关键词就是问题，从书中的目录上可以看出，90年代以后当代文学场域是一个非常多元的场域，而李老师的优势就在于，他是一个眼光特别敏锐的洞察者。他是一个全国性刊物的操盘手，他在观察文学的时候，有一个非常宏观的视野，就像各位所说的"刀"，我觉得是"温柔的一刀"，就是这"温柔的一刀"，反映了李敬泽式的、非常带有问题色彩的批评。他正是把这些问题罗列出来，体现出了当代文学依旧是非常丰富、多彩、多姿的场域。第三个关键词就是"距离"，李敬泽老师很好地保持了作家与批评家的互动，正是这种有效互动，为我们提供了一种范式，要与作家、批评家保持一种互动。李敬泽老师的文字，就是一种"感性的美德"，从美感到美德。

杨庆祥：张凡帮我们矫正了一下"操盘手"的概念。李敬泽的文字确实有一种"性感"和"肉感"，就像你在最后用了一个非常学理化的说法，是"感性的美德"。而且李敬泽还有一个特点，有一个记者问他为什么很少激烈地否定一个作家或作品，他回答说我为什么要这样做呢？因为对于当下而言，建设性是更重要的。他也讲到了我们的一个传统，就是在不停地毁坏。毁坏太容易了，而让一个东西成长起来，让一个内在性的东西生长，让一个天才成长，那都是太难了，正是这些地方，体现了李敬泽的包容和对人性的悲悯，他能理解人性，人性正是如此，你要去理解它，文学也是如此，你也要去理解它。

沈建阳：关于"众生平等"，这里有一段话，我想念一下，我特别喜欢。在写冯唐的那篇《无托邦》，他写道："正如在医生眼里，人在产房里一样,推进炉子的时候也一样。在搓澡师傅眼里,人在澡堂里一样。深知众生平等,做了彻底的唯物主义者,方做得成癫和尚,酒肉穿肠,呵佛骂祖。"

李屹(中国人民大学文学院硕士生):谢谢杨老师给我这个机会,我想谈一点,尼采当时批评瓦格纳(《瓦格纳事件/尼采反对瓦格纳》)和当时的德国音乐时专门谈到了"文体"问题,批评也是分文体的。某种意义上,批评的文体和文风比作品的问题其实更重要,这一点在《致理想读者》这本书中显现得非常明确,我特别喜欢这里面的三个栏目,"视角""勘探"和"影响",反而是他与记者对话的地方我不太喜欢。在"勘探"系列中,能明显感觉到他在读作品时有自己的价值判断,而且他的价值判断是建立得非常高的。

我会联想到俄罗斯的三位批评家,一个是巴赫金,巴赫金对历史小说的批评明显能让人觉得是和俄罗斯当时社会历史发展有关,另外一个是写《金蔷薇》的帕乌斯托夫斯基,李敬泽老师那一代人肯定是读过这本书的。李敬泽老师在这本书中其实很有这种方式,我相信他在作协忙了一天以后他没有去打开电视机,应该是捧起一本书来看,或者是哪个青年作家又在找他写序。

杨庆祥:倒不一定,他特别喜欢看《来自星星的你》。(笑)他是个"星迷"。

李屹:那其实还是跟社会不能脱节,这种方式我觉得是带给他一种敏感,我们说的温柔啊犀利啊其实应该是他一直以来的一种生活习惯,一种作文的习惯,这种习惯很重要。那我想提的第三个俄罗斯作家,就是别林斯基。我们一直在说需要天才,需要一个天才作家……

杨庆祥：嗯，我们发现别林斯基的姿态和李敬泽是蛮像的，批评的姿势和姿态，一种观察文学场景的视角。

李屹：对，很少有人说别林斯基是一个天才，但我要说别林斯基是一个发现天才的天才。那李敬泽老师能不能有这种能力，那就看他喜欢的一些作家如须一瓜、甫跃辉能不能成长起来。那这需要靠时间去界定。

怎么去写小说、怎么去读小说，这个小说到底是好作品还是坏作品，大家在讨论它在争议它的时候，李敬泽老师很明确地站出来说我就是要看它，看它之后我用我的想法去告诉你们我的评论，而不是要走向极端。看这本书的时候我就经常会想到杨庆祥老师和陈晓明老师在《新京报》上写的关于《第七天》的评论，那个版很好玩，是我特意拿来珍藏的。那个版中间是余华自己关于《第七天》的评述，左边是陈晓明老师的评论，右边是您的评论《小处精彩、大处失败》。关于《第七天》的评论，就能展现出来我们关于现代批评的问题。因为很多时候我们不是在说好说坏，而是在说这部作品不符合我们的批评口味。

罗皓菱（《北京青年报》记者）：你讲的其实提醒了我，李敬泽其实有很强的文体意识，他其实很清楚自己答记者问答的时候用的是一种文体、语体，在自己有个性化的批评中用的是另一种文体和语体，在做新的作家推荐时可能又有另外的一种文体出现。我倒觉得这种方式可能很好用。当然正如庆祥老师说的，我们回避不了这种"权力场——文学场"，但它可能更有效，当然这也要求你能一眼看出来，他有哪些东西是有方法的，那些东西是逢场作戏的，我觉得这种文字感觉很重要。

杨庆祥：所以李敬泽的批评的分寸感是特别特别精准的。他的理想读者就是你要理解他,你要去留意,他有很多的留白,包括其中的暗语和幽微的地方。他需要你再次去进行揣测、再阅读。而不是说他直接给你一个判断,其实他在周边给你挖一些坑,留给你去探险。

李屹:《致理想读者》是一个批评文集,但他把"读者"放在标题上。李敬泽老师这本书到底是要怎样的读者?或者说,在这个层面上,读者何来?我们是否需要更多的读者?我在读李敬泽老师这些批评文集时,觉得他的批评是有连贯性的,这种连贯性可能就是我们刚刚说的"内在性的力量"。但是我觉得他不是一个向读者述说的批评,或者说,他明确知道自己是不可能有所有的读者的。因为在当下的文学现场,读者是有分层的,读者也在权力生产当中。所以李敬泽老师留下的空白是为了引起读者的倾听。其实好的批评也是在选择它的读者,这个时代需要一个建构和引导性的力量,如何让我们的批评能更好地打开。李敬泽老师这种文体和他一直以来在那个位置上不断推动的东西,我觉得可能比这个书的意义要更大了。

杨庆祥:接下来请李琦发言,这是我们这次讨论会中最年轻的同学,本科三年级学生。

李琦(中国人民大学文学院本科生):各位师长刚才都讲得很精彩,我就讲一点自己的想法。最开始看到《致理想读者》的题目,也以为是对读者提出的要求,读了之后才明白是对作者的要求。作为专业的评论者,我们会从理论层面评价一部作品的好坏,但作为普通读者来说,阅读的目的就是在于获得心灵的美感与享受,能否直抵人心才是对他们而言最重要的标准。李敬泽谈到中国的孩子们在最关键的阅读年龄段只能读教科书,承担巨大的课业压力,但国外的孩子们却可以阅读大量经典。我想这也与我们中国缺少质量较高的儿童文学有关,中国的作家擅长回溯历史,直面现实,但较少能从孩子的立场出发,用儿童的视角看待这个世界。这样成长起来的一代人,很难成为李敬泽所说的理想读者。刚才老师们也提到了《来自星星的你》,我认为它之所以大火,编剧出色的想象力功不可没。中国的儿童文学急需这样有想象力的作家出现,从小培养对文学的热爱,才能成为理想的读者乃至理想的作者。

陈雅琪:我就回应之前大家讲的两点,然后补充一点。一个就是建阳师兄讲到的,李敬泽老师的批评有一种不确定的姿态,我想到的是,他的这种不确定是一种开放式的视角,我就想到村上春树在《何谓自己》里面讲到的"开放性的环",他的这种评论是会吸收很多不同的东西,同时我们在阅读的时候又会感觉它释放给我们更多的东西。然后就是大家讨论到的"内在性的力量",他其实有一篇文章就叫《内在性的难局》。我理解他这个内在性就是要把状态做一个更加细节化的描述,就是他可能会把一些无意识的东西变成有意识或者是语言层面上的东西表现出来。

我想补充的就是,文学批评可不可以避免之前那些老套的写法,给我们一些美感的东西,李屹师兄刚刚讲到巴乌斯托夫斯基的《金蔷薇》,正好我最近也在看,我特别喜欢里面一篇,叫《夜行的驿车》,其实作者是想讲想象对生活的影响力,但是他没有用那些很理论化的语言来表述,而是写了一个安徒生的故事,写安徒生从威尼斯到维罗纳的一次旅行,在晚上的这样一个旅行,因为蜡烛用光了,坐在车上的人有安徒生、一个上了年纪的阴沉沉的神父和一位披着深色斗篷的太太,途中上来三位天真质朴的女孩。在夜晚这样一个时刻,因为是在郊外,所以感官敏锐,声音和气味强烈,得到一个想象的时机,安徒生敏锐的洞察力,能够在漆黑的车厢中准确地描述出那些素昧平生的女人的性格与命运。故事中安徒生用想象力为女孩们编织了一个美丽的梦,故事外作者为读者带去了奇妙的感觉。我想这样一种感官上的内在化的感觉,是不是能应用到文学批评上?

董丝雨:拿到这本书的时候,我翻阅了目录,然后挑了我最感兴趣的这篇《〈红楼梦〉:影响之有无》,我们也看到,这本书大部分是停留在当下的,我反而特别想知道,一个当下作家如何解读中国古典尤其是《红楼梦》这样的小说?他的第一部分就完全吸引了我,他说《红楼梦》虽然是一部小说,但是从来没有获得小说的地位。我们常常讨论《红楼梦》,甚至把这当作一个学科,但是常常是想找出小说背后对于现实的影射,我就想到了刘心武对于《红楼梦》的解读,把每一个人物都在现实中找到了原型,那么这种研究和批评的意义在哪里?然后往下翻时,李敬泽老师谈到了《红楼梦》对于现代小说的影响几乎没有,他认为,在某种程度上,《红楼梦》作为一部小说的意义被我们忽视掉了,这样引发了我们的思考,我们现在解读一本小说特别是古典小说的时候,我们是不是应该更加注重它与当下的某种联系,而不是在故事堆里探寻和考证。

在这本书里面,李敬泽老师也对我们当下的作家提出了一个要求,他说曹雪芹之所以能够写出这样一本小说,首先因为他是一个最引人注目的作者,同时他也是一个隐藏最深的作者,就是说,在《红楼梦》中可以随时看到作者的影子,但是又会觉得这就是一本虚构出来的小说。这也就说到了我们在面对一个小说时的一种姿态,我们是不是也应该像曹雪芹一样,隐藏在里面,但我又时时地站出来,让人们不能忽略我。李敬泽老师还有一个非常精彩的观点叫作"虚无之悲",对于整个《红楼梦》,李敬泽定义为"悲感",当我们批评一个小说或者作品时,是不是应该也怀有一种"悲感",而不是当作一种消遣。

杨庆祥：当作家或者批评家自以为控制了一部小说时，他恰恰会非常失败，因为他会在写作的时候、阅读的时候遗失了"有限性"。有些东西会在永远无法抵达的时候才会产生美感和悲感，这就像是李敬泽所说的"虚无的悲感"，这是很重要的认识。年轻的时候我们常常会自信满满，意识不到人性的虚妄或者自我的有限，当我们意识到这点的时候，作为一个文人，或者是现代人才真正诞生了。

杨晓帆：李敬泽老师在书中也说了这样一段话："我一向认为，《红楼梦》是一部现代主义小说，贾宝玉堪比加缪的《局外人》，但贾宝玉与局外人不同的是，他于一切有情。没有哪一部小说对此在的世界如此贪恋但又如此彻底地舍弃，这是无限的实，亦是无限的虚。正在此际，可以看出我们和《红楼梦》之间的隔膜，我们可以无限的实，但我们却不知何为无限的虚。"我觉得这就是迎春讲过的"文人的情怀"，我虽然说李敬泽的现代感很强，但是他的现代感又不是无限地往现代趋近，他批评小说不是做索引和考据，他也不是在追求历史化或者历史感，他是一个具有当代感的批评家，他有着当代的焦虑和悲悯，我们的生存都是"无限的实"，但是他强调的是一种中国古代的生存状态是要有虚的那一面，他就会把这种东西在小说中读出来。我觉得读了这篇关于《红楼梦》的批评，再看他的《庄之蝶论》，就特别能够看到他的现代感，以及他背后传统的谱系学，这反而是我们现在特别缺乏的。

杨庆祥：你们有没有意识到，李敬泽的那种作为一个现代人的"现代感"，其实特别符合现代刚刚诞生之时的状态，就像波德莱尔说的："现代性就是过渡、短暂、偶然，就是艺术的一半，另一半是永恒和不变。"一半是永恒，是过去，一半是当下，转瞬即逝，这两面很有意思。他的"现代感"和"文体感"，都是很有谱系的东西，这是值得研究的。所谓的传统,是活在当下的东西,否则所谓的当下,就是无根的。

樊宇婷:我比较关注的第一点是在书中李敬泽提出一个纯文学和类型文学的分类的话题。这个跟我原先想的很不一样。我们课本上现在学的主要是纯文学,我们对其形成信任,这便构成了所谓的纯文学的权威。但李敬泽说:纯文学是一种"建构","在中国文学和世界文学的全景中它是一种罕见的例外"。类型文学反而是大众阅读的主流,而且有些类型文学作家更具有内在性(比如他所认为的安妮宝贝)。这就颠覆了我们以往所具有的对一些作品的文学地位的传统认识,也揭开了另一个为我们忽视的文学世界的帷幕,从而让我们重新审视自己的阅读。第二个就是他在《我们太知道什么是"好小说"了》这篇文章里面所提到的关于对一部好小说的评价,他几乎点到了我们所能认识到的关于当代小说写作的所有问题。比如他所分析的:作家没有能力面对这个世界有所发现而提出自己的看法;有"我"的叙事太少;作家的写作越来越"匠气";写作缺乏"直指人心"的力量等。第三点,就是他的评论站得非常高,不但看到作家,而且看到评论家存在的问题。比如他说到的:评论家的眼光还放在熟悉的、著名的作家身上,对偏僻的写作关注不够,对角落的写作不屑一顾。他尖锐地指出评论家也是为"习惯"所支配的动物,他们对新作也缺乏一种把握。在《谁更像雷蒙德·卡佛》这篇文章里,李敬泽引用了卡佛《大教堂》中的一段话,其中有一句"文学能让我们意识到自己的匮乏"。我认为一部优秀的评论集也能让阅读它的人感到匮乏。

杨庆祥:你是不是读完这本书后,发现以往的阅读面原来是多么窄,多么局限?

樊宇婷：对,对,很多都没有读,感觉自己读的很少,落在角落里的反而是一大批。第四点是一个关于文学的现场的问题。我感觉我们现在所接触的固化在教科书中的作品论述更是一种文学的"过去式"的描述,更具有时间的分隔性。而李敬泽他在《人民文学》做主编,接触的都是刚出炉的文学作品,是带有热度的作品,因而他的文字也带有温度,是即时的,这就将我们的视点从文学的"过"场引向文学的"现"场。

蒋一谈（作家）：上个月拿到这个书,第一反应就是一句话,有什么样的读者,就会有什么样的作家。也只有有了真正的理想读者,一个国家才会有真正的理想文学。可是,在这些年的中国,我们的教育,我们培养的学生,或者说未来的文学爱好者们,绝大部分都是一批寻找答案的人。可是文学恰恰不能给你答案,文学里面没有答案。它让你在不断的迷惑中寻找着一丝光亮,然后继续去迷惑,继续去寻找。另外一点,我觉得李敬泽先生并不是一个批评家,不是文学家,他是文体家。我读过他的《小春秋》,包括手上的这本书,我们可以打开目录数一数,《庄之蝶论》《谁更像雷蒙德·卡佛》,这种表述是不一样的。《小春秋》与这些更是截然不一样,他是把古典情感化入了当代,让我们有一种身临其境的感觉,这是需要具有很高深的功力的人才能做到的。另外一点,李敬泽也在《花城》杂志发表了他的短篇小说,某一天他可能会出版他的短篇小说集。一个大作家,他必须是文体家,是复杂的作家,什么都能干,小说能写,戏剧能写,随笔能写,诗歌能写,日记能写。所以,我也希望,我们的批评家要对作家、对作品更加严厉。第三点,我抽时间来这次会议的目的在哪儿呢？因为我是文坛圈外人,我和李敬泽交流的机会也不多,我想借这个机会表达一下感谢。我在出版《鲁迅的胡子》之前,我的朋友把我的小说给他,希望他能写一个推荐语,当时他很忙,我们本不做希望,但是后来他真的写了,写了之后我们也没有见面。在那时我没有在文学期刊发表过作品,我的朋友把我的两篇作品投给《人民文学》,最后一关就是由李敬泽把关的,他说两部作品都非常好,把我的两篇作品都发表了,这是我的第一次经历。第二次我的经历是在出版了《赫本啊赫本》之后,我一度很疑惑,偶然的机会见到了李敬泽,我把我的困惑告诉了他,他说你前三部作品都是具象的,你后面的作品应该写虚的,并说了三个字——"七宗罪",说完之后我就说我明白了,所以后面才会有《栖》这本书,以及现在的《透明》,这就是原因和后果。他的眼光真的很准确,所以更加坚定了我就要按照这种气息去写作,这也是李敬泽给我的信心。谢谢这个场合!

杨庆祥:因为时间关系,我们今天的讨论就到这里。《致理想读者》大家说了很多,但毫无疑问,理想读者不在书中,而在历史中。持续的阅读造就了经典,持续的阅读也造就了那个大读者。我突然想到辛弃疾的名句:众里寻她千百度,蓦然回首,那人却在灯火阑珊处。那个理想读者,一定以及肯定是——一个美人。

久在樊笼里,怎得返自然?
——李少君《自然集》

时间:2014 年 9 月 21 日下午
地点:中国人民大学人文楼七层会议室

杨庆祥:这是联合文学课堂的第四次活动,前三次的讨论以小说为主。诗歌是非常重要的文学体裁,而且参与我们课堂讨论的各位都在写诗,所以我希望能够加强对诗歌的讨论。我认为我们还可以进行一些跨界讨论,只要有好的作品、合适的对象,我们可以一步步扩大联合文学课堂的讨论领域。今天,我们讨论的文本是李少君的《自然集》。

大概在三、四年前,我开始关注李少君的诗歌,他的《草根集》让我觉得非常有意思。后来他出版了《自然集》,我认为"自然"一词比"草根"一词在表达和概括上更好。李少君的诗歌展现了这个时代中人和自然的关系、人对自然的态度,这也是在现代过程中中国人面对当下生活时的态度,比如逃避和寄情山水,李少君都做了特别的表现。此外,我们还可以讨论李少君的诗歌和中国古典诗歌传统、和西方现代主义诗歌传统的关系。我们在阅读李少君的诗歌时,会很自然地联想到中国的诗歌传统,联想到王维。但同时我还会联想到华兹华斯,他在写《抒情歌谣集》时所遭遇的历史语境好像和今天的我们还有着某种关系。另外,还有一个重要的文学现象,在最近几年,以西川、欧阳江河、北岛、翟永明为核心的诗人群体,都开始写作长诗,比如欧阳江河的《凤凰》、西川的《万寿》,他们认为只有长诗才能与时代精神进行真正对话,我很同意这个观点。但另一方面,我也认为诗歌应该有非常丰富的形态,就像《自然集》中的很多短诗,就有着很独特的情趣和寄托。我认为,作家找到契合自身的写作形式是非常重要的。

一

李宏伟(作家出版社编辑、著名诗人和小说家):刚拿到《自然集》的时候,我想大家会和我一样,首先从"自然"一词展开联想,联想到山水田园,联想到现代社会的工业污染问题。但我有一个问题是,在中文语境中,"自然"概念在什么时候变成了"大自然"的概念?我们都知道,清代以前"自然"概念大体上延续老子《道德经》中的描述,即道家提倡的自然而然、冲和自然的状态,此时并没有一个外在的世界、一个与之对应的物质的世界。"自然"何时成为"大自然"?在我的考察中,并没有找到确切的时间。我查阅了黎锦熙在1937年编撰的《国语辞典》,建国之后这个词典仍被使用。我查阅的是1962年商务印书馆出版的版本,但其五项解释中并没有"大自然"这个意思,仍然是老子的"自然"观念。而后我又查阅了前几年出版的《现代汉语词典》(第五版),这里就有一个很明确的"自然界"义项。在写作者的词语使用中考察词意的转变,尤其是很多从西方语言体系中借鉴而来的一些概念,我认为是一个很有意思的现象。

李少君的这本诗集中,我想细读的是《春之共和国》,我很感兴趣的是诗中词语的错位使用。比如,开头两句是"江南是春之共和国/也是世界上福利最多的共和国",通常认为,"共和国"和"福利"都是现代化的概念,而在中国的传统语境中"江南"和"春"是比较封闭的概念,这些词一经组合却呈现出很大的新意。我还私自对这些词做了替换,比如用"王朝""帝国""联邦"和"联合国"去替换"共和国"一词,就会发现无法构成诗意。另外,"福利"和"共和国"这两个词的兼容也很有趣。在下面几句诗中,"青山绿水是一种福利/鸟鸣莺啼也是一种福利/清风明月是一种福利/美味佳肴更是一种福利",虽然有着很多的传统的诗意蕴含其中,但也显示了李少君对于现代性的追求。诗集后面有一个访谈,李少君自己对于诗歌创造的理念有着清楚的介绍,他强调要把我们作为现代中国人的"自己"好好表现出来。在现代语境下,要用一种理解的、诗歌艺术的方式来呈现形象、表现"自己",这其实很困难。后面四句中出现了"青山绿水""鸟鸣莺啼""清风明月"和"美味佳肴"之类的词语,在一般的诗歌写作中,诗人们会自觉规避这些约定俗成的语言,而李少君采用一种重叠式的使用。在我们的细读之中,这种使用其实是对于人的感官的拓展,五官都会得到调动,开始时可能是一个静止的客体,但是你一步步往下读,从"青山绿水"到"鸟鸣莺啼"到"美味佳肴",在整个画面中开始出现了人。再读到最后两句"此刻,桃花灿烂,赏桃花是一种福利/此刻,美女如云,看美女也是一种福利",初看是"福利"的罗列,但诗歌的视角逐渐由"观看"转变成"观看者",这个"观看者"正在看"桃花"、看"美女"。其实,这里还有一个反转,"美女"不仅被"观看者"所看到,"美女"也可能在"观看"这个"观看者",也可能是在看"青山绿水""鸟鸣莺啼"和"美味佳肴"。我觉得这样的层层递进非常有意思。

杨庆祥:我也认为"自然"概念很重要。我们现在使用的"自然"是一个习惯性的概念,很少对此进行仔细的区别。在李少君的诗中,"自然"到底是什么?或许他自己也不太清楚。我想进行简单的区别。第一,"自然"可能是一个没有意志的、客观存在的自然界,是康德所谓的"自处的世界"。第二,除了无意志的自然界外,还存在着一个有意志的自然界。比如"我看青山多妩媚,料青山见我应如是",这个"青山"就是有意志的、被人格化的"自然"。在李少君的诗歌里,纯粹的、无意志的自然是很少的,大部分是有意志的、有人格的"自然"。这两者都涉及外在的概念,除此之外,还有一个从老庄哲学里延续下来的"自然",这个"自然"是什么?我认为是生存的智慧,这是中国人生存中最核心的哲学概念。在这个意义上,"自然"就是"智慧","大自然"就是"大智慧",是每一个人存在的状态。所以,在《春之共和国》中,"美女"就是一个"自然"、一种存在方式。在其中一首诗中,李少君还写到一个穿着黑丝袜和紧身衣的三陪女,但是这个女人在一个有生存智慧的人的眼中也是一种美、一种另外的生存状态。所谓"万物齐一",就是这种生存智慧。

此外,我们还能发现,李少君大量使用了我们习以为常的句子,这对于现代诗歌来说是特别忌讳的,并被认为是有问题的写作。一些千篇一律的语言如"清风明月"和"美味佳肴",都是没有完全被具象化的语言。但是在李少君的大部分诗歌中,我们不会反感,反而非常认同。这其实涉及一个问题,即现代诗歌传统和古典诗歌传统的区别。在古典诗歌中我们常常使用这些成语,但是在现代诗歌中我们常常使用一些更为具体、细节化的词语。但是,为什么李少君的诗歌语言会让我们觉得具有现代性或者构成诗意?我们可以进一步讨论。

陈华积(中国青年政治学院讲师):这种习以为常的日常语言出现在李少君的诗歌中,并不让我们反感,我认为李少君有一种化腐朽为神奇的力量。我也在琢磨这个问题,并希望做一些个人的解释。首先,我认为李少君有一种很平和的表现形式,大量使用俗字俗句,这和李少君的世界观有很大关系。在后面的访谈中,他认为自己是"野生的",和大自然有着非常亲密的联系。因此阅读他的诗歌,我们能够感到灵性,能够发现我们在观察大自然时很难感受到的灵性。我想到了梭罗的《瓦尔登湖》中的自然界,就连动物也都具有人性和人情,我认为那是一个自成系统的生态世界。在这样的意义上,李少君使用了非常简洁的语言,以一种"以物观物"的视角来切入我们的现实,开辟了一个独特的自然系统,这个系统与我们以人为中心观看世界的系统很不一样。在这本《自然集》中,我个人比较喜欢的是《青海的一朵云》,它能很好地体现作为一个现代人的李少君对于自然的热爱,也包含了他对于现代性的批判。诗中"我突然有一种冲动/我想在一朵白云下打坐/在草原上席地而坐/静默,在此隐居、念佛、修禅",能够感受到"我"和"云"的互动,非常的和谐和融合,阅读起来很有新意。

罗雨(北京大学访问学者、诗人):我顺着大家谈的"自然",说说我个人的看法。我一看到《自然集》这本诗集时,便想到了《瓦尔登湖》,想到了生态诗,想到了老庄的自然观,还想到了李少君的随笔集《在自然的庙堂里》。我以前写过"生态诗"方面的文章,所以我以为李少君的诗应该也属于这类,以为他是对现代文明的批评,对现代文明危机的忧虑与抵抗,然后寻找解决的路径,但读了诗集之后,我发现不是这样。正如他在《访谈》里说的,他不是抵抗与拯救,而就是"自然",那他的话语场域里的"自然"是指什么?我想他的"自然"应该是一种原发状态,一种天然的自然状态,不加任何雕饰的一种原初状态,是一种物我合一、天人合一吧。这可能跟他在海南这个地方生活有关吧,由于海南像个空中花园似的,这种生活经验让他在自己的诗里构筑了一个"自然乌托邦",是一个充满生存理想的理想乌托邦。我在读他的诗的时候注意到了几个非常有意思的意象,最吸引我的是"隐士",他有好几首诗写到隐士,如《隐士》《新隐士》,标题直接就写"隐士"。而《云国》等许多诗里也出现了"隐士"意象,《都市里的狂奔》这首诗里则出现了一个"都市的逃犯"的形象。这就让我想到了"大隐隐于市",李少君生活在现代都市,但是农村生活经验和海南生活经验让他形成了"大隐隐于市"的生存观念,让他更加亲近自然。这成为他的一种生活状态,一种生存智慧。他在诗里一直试图塑造一种"静"的氛围,如《我有一种特别的能力》里他这种特别的能力便是"安静",《寂静》《鸟群》《春寒》等诗里也有"寂静""幽静"等,都是他亲近自然的一种表现,在这个浮躁的时代,人心躁乱,他却寻找一种"安静""寂静",这也是他"自然乌托邦"的一种追求吧。

彭敏(《诗刊》编辑、诗人):这本书名叫《自然集》,确实是对李老师诗歌一种绝佳的概括。李老师的诗多写山水自然草木鸟兽,带有很强的天人合一的旨趣。很多诗人也写自然,但自然在他们那里是一种用来和现实进行对抗的工具,写自然是为了指涉自然的反面。但在李老师这里,自然本身就是一种现实,自然的和谐静美与内在自我的宁静祥和水乳交融,并不产生冲突和矛盾。以上说的是"自然",再来看"集"。当代诗人的诗集通常都会取一个比较现代比较酷炫的名字,比如《大意如此》《饕餮之问》《只有大海苍茫如幕》《命令我沉默》等等,但李老师这本书却踏踏实实地叫《自然集》,让我们想起《花间集》《江湖集》以及鲁迅的《华盖集》《而已集》《南腔北调集》等等,这显示出他所秉持的其实是一种高度复古、回归传统的写作状态。这本诗集中的诗,显现出一种陶渊明式的冲淡平和和柳宗元式的繁华落尽见真淳,语言轻松直率自然流淌,注重对自然意象的使用和诗歌意境的营造,抒情主体没有沾染现代主义诗歌那种痛苦撕裂生涩硌应的弊病,诗的氛围也比较舒适惬意,很少出现紧张感和对峙感。即便写到伤情处,也被一种内在的温柔敦厚的心性所节制,不至于激烈地漫溢开来。诗对于李老师来说,似乎是一种情致和雅兴,诗里涉及的情感也都是作为艺术品来精确地营造和琢磨的。即便其中一些较为浓烈的题材,也都被淡化处理。比如写一群男子深夜围殴瘦小女孩,一条小蛇被压扁在马路上,父亲回忆自己在战争中与战友交换车辆导致对方被炸死而自己活了下来,等等。

杨庆祥：刚才彭敏提到的是《深夜一闪而过的街景》这首诗，这首诗一共两节，第一节是一个充满对抗性的场景，一群男人在殴打一个女孩。在现代主义诗歌传统中，这样的写作必然有一个带有强烈表达欲望和控诉欲望的现代抒情主体，但这首诗的处理完全不一样。在第二节中，当"我"拿着钢索去充当拯救者的角色时，回头一看却发现什么都没有，一切虚空，镜头一下子由实景回到虚景，这是李少君诗歌写作的一个基本技法，其背后是李少君的心性。这样的心性决定了李少君"观看"的位置和姿态，有别于一般的现代人心性结构。我们不是站在高处往下看，也不是站在低处往上看，而是站在人群中互相看，我就是你，你就是我，这就是李少君的诗歌状态，一种全部打开又全部分散的状态。

二

李壮：刚才庆祥老师说到华兹华斯，非常巧，我阅读李少君《自然集》的时候首先想到的也是华兹华斯。华兹华斯的形象确实很符合我们关于"自然"的本能想象：一个诗人在英格兰的湖边孤独漫步，吟诵一些浪漫主义的抒情诗句。但是进一步想，你会很容易就发现李少君与华兹华斯的巨大不同。这其实涉及如何理解"自然"这个词。在我看来，李少君的"自然"决不能从简单的字面意思加以理解，它至少有三个层面的内涵。最直接的，当然就是字面意义上的"自然"，作为对象的"自然"。在这个意义上，李少君与华兹华斯毫无疑问是十分契合的，华兹华斯写湖、写山，写云朵与水仙花，李少君写的是南渡江、敬亭山、众多古老安静的小镇，二者的确相似。

但你深一个层面去看，马上就看出二者的不同来了。华兹华斯在《抒情歌谣集》序言里面有一个著名的表达，叫"诗是强烈情感的自然表达"，然而你去读他的作品，他的表达其实是不那么自然的。

毕竟华兹华斯是19世纪的诗人,他的浪漫主义诗风在形式技巧上还是很有古典风味,音步、韵律都很讲究,所以我们读他的作品(当然你得直接读英文原文)的时候,感觉他始终是端着一种大诗人的自我想象,在湖边很有风度地踱步:一二三四,一二三四……像绅士散步一样,优雅而有节奏感。李少君的诗歌则不是这样,他不是散步,而是像个孩子一样,在江边、山脚撒欢了跑:没有什么节奏或形式的约束,随性而起,一切由心。《自然集》里大都是这样充满野性、潇洒恣肆的语言。这是李少君诗歌现代的一面,当然更重要的,是自由、自在的一面。这其实涉及第二层的"自然",就是修辞风格上的"自然"。我们看过很多精雕细琢的现代诗歌,修辞繁密、充满技巧,但精神上不自由,不是欢跑的脚步,而是充满表演性质的刻意舞步。读惯了那种诗,再读李少君的诗歌,你开始可能会不适应,但回味一下,就会感觉到一种很特别的舒适度;就好像你天天看够了成熟稳重、娴于应酬、西装领带的公务员青年,突然在街上撞见一个手拿冰棍、边跑边笑的熊孩子,那种感觉其实是很亲切的。这种修辞层面上的特色,其实关涉到第三个意义上的"自然",那就是其诗作在整体存在状态上的"自然"。李少君的诗,有一种浑然天成的气在,自在、天真、通透,整体呈现出一种放松的状态。这让我想到李少君在2004年左右提出的一个诗学概念,叫"草根性"。这个概念,其实在很大程度上就是对"观念性"的反拨,是在抵抗、反对那种泛滥成灾的技术主义诗歌。草根就是自然。这不是说你去写草根,也不是让你非要像草根一样去零基础地写诗,而是要把草根的精神带入诗歌的写作。是什么精神呢?草根沾着土、带着绒毛、鲜嫩透亮、顶好还要沾着清晨的露水,转换到写作上,其实就是自由、真诚、充满生命感。或者用一个已经被评论家们玩坏了的概念:及物,或者说,及身体。这其实就是整体状态上的"自然"。

当然我们说"草根",草根何以被感知?或者说它何以可贵?

其实需要有一个外力来与它发生接触。我们拔一棵草,去看它的根,只有你伸出手指,轻轻地接触草根上的绒毛和泥土,你才能把草根的生命力转换成真正的身体经验,你才能够在奇迹般的这一次触碰中间把草根的气质和生命感坐实。这根手指是什么?就是李少君在诗作中经常跳出来的那个"自我",或者说诗中的抒情主体。这个自我的东西在《自然集》中高频率地闪现,它会把文本一下子做一个抽离,产生一个变调。比如李少君在写完了不同状态下的南渡江之后,会加一句说,看了又能怎么样?然后自己回答,看了心情就会好一点点。再如写雷雨,最后要落在雷雨没来我倒来了,我比雷雨还要猛烈。这样的做法,在很多诗歌写作中是大忌,因为这个自我的、主体性的东西往前跳得太猛,毫不节制,把整个结构都给带垮了。但是在李少君的诗里,这样的处理就不显突兀,甚至是最可爱的元素之一,原因何在?我觉得还是跟李少君诗歌的整体气质有关。你整首诗都是有跳跃感的,像小兽一样自由奔突,最后有个东西再往前跳一下,也就没有什么;你整个作品都很坦率天真,最后有一个直白的抒情出来,反而调子更合适。这种跳出来的东西,我觉得可以称作是一种"平凡的闪光",它很简单,甚至有点莽撞,但是跟诗歌整体的调子很和谐。打个比方,这就像歌手唱歌,你这里拔一个高音上去,好不好听,不取决于这个音本身好不好听,而在于它接在前面一整首歌后面合不合适。今天很多诗人写诗,都是只能唱中音或只能唱高音,技术很好,但空间不大;李少君的这种"平凡的闪光",就是增加了诗歌语言的跨度,就好比唱歌里面拓宽音域;你闪这一下、拔这一下,是从自然的叙述、描摹中加入一剂喟叹的元素,控制力好,就恰到好处。这里我想到了北岛回国后写的那首《黑色地图》,结尾是这样两句:"告别永远比重逢多/只多一次";李少君的这种处理方式我觉得可以化用一下:抒情永远比描摹远,只远一步。

另外,我觉得有必要简单谈一下李少君诗中的中国古典美学。

这里我想讲两点。第一,是李少君的诗歌在某种程度上重塑了中国古典式的言/歌传统。他的诗歌的节奏,是在说话,而不是在纸上雕琢,因此就生动、有人气儿,或者说有气息的在场。这是大自然的节奏,而非都市的节奏;更接近古典性,而非现代性。这让我想起前一阵读过的云南诗人李森的诗集,他也是试着在恢复《诗经》的抒情方式,有一种歌吟的节奏和气质,让我们想起《国风》里的许多作品。李少君的作品,有时也给我这样的感觉。第二,就是"从线到圆"。我们所习惯的现代诗歌,往往是像单反镜头一样,一直往上推,推到山河、推到星空,一路憋着气要往神性和崇高上走。这是一种线性的推进方式,这种方式流行,因为有技术就行,容易写出效果,可复制,风险要小一些。李少君早年的作品中也常见到这种写法的影子。但《自然集》中的李少君往往采用了某种"画圆""画弧"的方式,抒情往前走,在途中弥散掉了、不知所终了,甚至更极端地,绕了一圈又回去了。看几个典型的例子。比如《致——》,世事、江山,谁也不如我一往情深;接下来笔锋一转,说"一切终将远去……都会消失无踪",很虚无;结果最后结尾又一下绕回开头:"但我的手/仍在不停地挥动……"再如《四行诗》,讲的是何处安放的问题,开始是西方人把灵魂安放在教堂,作者表示怀疑,他更愿意把身体安放在山水之间。然而仔细一想,山水之间也不行,他还是想把自己安放在"有女人的房子里"。短短四行,从屋内到屋外再回屋内,从安放灵魂到安放身体最后其实又到了安放灵魂(有女人的屋子看似是一个"身体"的问题,其实深究起来还是一个"灵魂"的问题,不然哪需要"有女人的屋子",直接安放到东莞就好了),绕了一圈,好像又回来了,也没有给出什么惊天动地的顿悟或结论。比较有意味的还有我很喜欢的《傍晚》一首,写了自己喊老父亲的场景,这个场景里有很多"圆"和"圈"的诗意结构,如"我"喊父亲,喊一声,就把暮色推开,喊声一停,暮色又围拢,这实际上是以主体的身体与自然的呼吸做推手,完成了一次能量的交换、循环;这首诗还写到了回声,这也是一种"圆圈"式的抒情想象;此外,我们读这首诗会有感觉,很大程度上是因为我们都有类似的体验,不过不是我们叫父亲,而是相反:小时候我们出门去玩,玩到天黑,父母出来喊我们回家吃饭。这到了这首诗里面,就完成了一个时间的置换与循环,变成了"我"叫衰老的父亲。这种时间意义上的圆,是很动人的。最后还举一首诗,就是《敬亭山记》。这首诗的"圈"的意味也很典型。作者一再说"我们所有的努力都比不上……",好像是在消解,但后面总会有一股执拗的抒情,把"爱情""浪子""魂归"之类的命题凸现出来,好像又在建构。尤其有意思的是,第三节,李少君说我们所有的努力都比不上敬亭山的一个亭子,"它是中心,万千风景汇聚到一点/人们云一样从四面八方赶来朝拜"。这使我们想到什么?很显然,史蒂文斯的《坛子的佚事》:"我把一只坛放在田纳西/它是圆的,放在山巅/使凌乱的荒野/围绕着山峰排列。"这是一种聚拢的秩序。谁知到第四节(最后一节),李少君又用"李白"的意象把这种秩序消解掉了,他写"畅饮长啸",然后就忘却古今,"消泯于山水之间",一切又都消散掉了。

这种画圈般的结构推进,在肯定与否定、建构与消解之间不断游弋。它显示出这些看似明快、天然的诗歌背后的复杂和犹疑,在体现着内在的悖论的同时,也显示出一种内在的真诚。这种反反复复显示出许多说不清的东西,李少君的许多诗作,正是因此而显得深情。同时,这种内在的复杂也显示了作者一颗充满现代性体验的矛盾灵魂,它使得《自然集》里这些作品显得更加真诚、更加丰富,具有多重的意味,尤其是避免了使它们成为粗制滥造的仿古作品。换句话说,绕圈其实是另一种抵达,而这种圆圈形的抵达是东方式的,在我们传统的美学价值判断中,它无疑要高于无规则的原子布朗运动。在这种独特的圆形运行轨迹之中,自我的耗散,最终变成了自我的完成;而耗散与完成的二律背反及奇妙统一,恰恰是

"自然"这一意象在哲学层面的至高真谛。

杨庆祥:刚才李壮提到的两首诗,我也非常喜欢。相比较而言,《傍晚》更自然、不刻意,《敬亭山记》前三节很自然,最后一节有点刻意,这两首诗体现了李少君的写作美学。我们基本都是在现代诗歌的传统里进行写作,其实现代主义诗歌有一个结构主义的基本背景,比如"春天所有的树木飞向鸟",这首诗表面的声音和图像并不是其真正的意义,它真正的意义在于背后的意识形态、历史背景和背后整个的巨大的文化所指。但是,德里达在批判结构主义时认为它完全是文字中心主义,于是我们又回到声音和图像,继而借鉴老庄。回到这首诗,你会发现它把结构主义的深度模式消解掉了。李少君在恢复诗歌的声音和呈像,他在一种自然的状态中把它们拎出来。所以我觉得李少君的诗歌需要有不同的读法。如果用现代主义方式去解读,就会发现李少君的诗歌没有一个严格的隐喻系统,但其实他恰恰是在消解现代主义。在谈李少君的诗时,我觉得应该慎用"自我"一词,因为这是一个非常现代的概念,李少君的全部写作可能都在消解这个"自我"。他会把"自我"打扮成各种人,比如《疏淡》这首诗的前面完全是古典式的写景,但在最后一节他说"但最重要的,是要有站在田埂上眺望着的农人"。"农人"的出现就是李少君在消解"自我",将"自我"一片片地洒落。现代主义诗歌中的"自我"是一切向"我"汇聚的"自我",这样的写作很工具化,我们目前的很多写作基本上也是这样的方式。

沈建阳:我说一些自己的阅读感受。朱熹在分析《诗经》的时候,分别解释了赋、比、兴。他认为赋就是敷,"敷陈其事而直言之者也",比如《豳风·七月》,讲农人一年四季的劳作;"比,以彼物比此物",比如《魏风·硕鼠》,和硕鼠告别,其实有别的意思寄托;

"兴,先言他物以引起所咏之词",比如《周南·桃夭》,先写桃花浪漫,引出对出嫁女子的祝福。更多时候,这三种方法是混合在一起用的,而且解释也有所不同。前面都是卖关子,我是想讲李少君诗里的赋比兴。用赋敷成的比较明显的我找了两首(诗集里大量的叙事诗都有敷成),一首是《平原的秋天》,从秋天写到白天,夜晚,进而夜更深一点,像海浪一样推到你的面前来;再有一首《鹳雀楼上观黄河》,我先后在山东、河南都看过黄河,而如今在鹳雀楼上看到却别有一番景象,仍然惊心动魄。这两首诗写法上有一个变化,其实后一首已经有对比在里面。在对比上,我觉得李少君的诗里用得更多的是对比,不是比喻。古往今来,鹳雀楼上看风景的人很多,"我"不断地变换角度,看见了新的风景,对"风景"的看法,杨老师 2012 年在《当代作家评论》上发的《在自然和肉身之间》有很清楚的分析。分界总是很让人着迷,我小的时候最感兴趣的一个问题就是,相邻的两个村庄都下雨,那道隔开两种天气的线会在哪里?而且有分界和没分界也不太一样,没有分界的像《平原的秋天》,春夏秋冬,四季轮回,昼夜交替,循环出现的东西会带来安全感,夜渐渐深了,可以安然入睡。但是分界往往带来变化,对比就无处不在,古今的、城乡的、年幼和年长的、昨天今天的……我觉得这才是李少君诗关注的重点。看《自然集》的时候,我一直有想到一个字,就是"闯"字,字形是马出门貌,从马,在门中,本义是"猛冲,突然直入",就是突然,在诗里相对应的表现就是变化的发生。翻看诗集,我们很容易看到,常常会有一组动静的对比,或者说动静之间的过渡,比如《一块石头》:"一块石头从山岩上滚下,引起一连串的混乱……"再比如《夜宿寺庙》,"梅花鹿蓦然闯进……"变化总是能带来异样的风景和感受,像李少君在《寂静》里写的,"寂静,总是被敲打出来的"。最后说兴。如果讲,三种手法里,赋没有什么变化,比更强调对比,兴也有变化。不像朱熹讲的"先言他物以引起所咏之词",倒像禅宗公案里的当头一棒,截断众流,而且往往在发言之前就洞悉对方所思所想,并以这个方式不断展开交锋。我们看《偈语》,"从交加大雨抵达明媚晴空",这是我们前面讲的分界和变化,诗在听到迎面的鸟啼声中戛然而止,结尾和题目照应,又回到开头。再比如《寂静》篇,最后一句急停,如蛙入古池,用动的方式回答什么是静。还有《何为艺术,而且风度》,最后爆发雷鸣般的掌声,才解释了题目的立意。这三首诗,要读到最后,不再往下,被当场喝住,得回过来意思才明了,回过头来发现之前的看似无关的写景状物都有了物我齐一、众生平等的感觉。

让我疑惑的是"隐士"这个概念,我觉得真正的隐士应该像《寻隐者不遇》里写的"松下问童子,言师采药去。只在此山中,云深不知处"——应该是寻不着的人。要是轻易就找到了"隐士",对"隐士"和寻找的人来说都会很尴尬,我觉得这是这种诗歌写作的难度。

杨庆祥:用"赋比兴"来考察李少君的诗歌,非常有意思。刚刚讲到"分界点",一个异物的闯入导致了风景的变化,我认为理解这点特别重要。我觉得李少君的诗歌中有一些灵动的东西,而在技法上怎样激活起这种"灵动"呢?他总是在平静的画面之中有一个突然之间的"破",如果没有"破",李少君的写作会变成一种复古式写作,这对当下来说是没有意义的。而恰恰是"破",能把当下带入古典情境中,使得两者都活起来。这个对于异物的"进入"和"破"的书写,不仅仅是在诗歌中,在小说的写作中也同样重要。

三

樊迎春:读惯了艰深晦涩的"现代诗",似乎每一句每一个词都需要做几百几千字的解读,初读李少君,很不适应。整本《自然集》读完,还是有些别扭。有想要大肆赞扬的冲动,但觉得又有很多理由去批评；有想要大肆批评的冲动，又觉得似乎有不少闪光和意韵。

　　李少君自己曾提出"草根"写作的理念，并给出过相当完整详细的解释，在这里我不作赘述。北大的吴晓东教授则评价他的诗作是"生态主义"，并指出"去人本化和去人类中心的自然构成了生态主义思考问题的核心，生态主义因此也是一种理性主义，主张以一种清明的理性精神介入生态与自然"，这是把李少君的写作上升到一个流派或者思潮的高度。李少君也确实写了很多山山水水的诗，不乏批判现代文明对自然侵袭的作品。如杨老师在评论中所说，"山水在概念的层面上依然留有汉唐的遗色"，但我觉得今天写山水的已经不是王维，不是杜牧，而是现代人李少君。他的笔触带有很多现代的痕迹，虽然不乏古典的气质和风韵，但有时候会显得稍微牵强。他有不少的诗以"寺院""隐士""新隐士""自道""抒怀"这样的标题命名，很多诗中也表达出"寄情山水"的志愿，但我读来总觉得有几分"言不由衷"，或者说有刻意为之的嫌疑。《山中一夜》里，"它们的气息会进入我的肺中／替我清新在都市里蓄积的污浊之气"，《山间》中"汽车远去／喧嚣声随之消逝／只留下这宁静偏远的一角"，个人觉得太过直白，有"为赋新词强说愁"之嫌。还有一些句子显得多余，如"青山兀自不动，只管打坐入定"（《春天里的闲意思》），"依靠三塔能否镇定生活和内心？／至少，隐者保留了山顶和心头的几点雪"（《云国》）。于是我想，李少君是否以"草根""自然"和浅显直白作为面具来掩饰什么？

　　杨老师在那篇评论《在自然和肉身之间》中有一段话似乎解答了我这个疑问，他说"在现代资本日益管控侵蚀一切的当下，自然山水还有多少美感可供我们去想象和书写？如果心和身也已经成为一个二元对立的结构体系，我们时代的审美和哲学是否还能够通过一种想象的方式达到自然天地的合一？"但我觉得杨老师在这里把李少君给升华了，认为他是"以某种反讽的形式向我们展示的一个不可解决的悖论"。李少君确实是以自己的发现美的眼睛捕捉到了生活中的一些"山水之美",也确实表达了对现代化侵蚀山水自然的无奈和心痛,但我觉得李少君止步于此,并没有更多的思考和沉思,他的思想和观念没有更进一步。传统文人都是热爱山水的,李少君自觉或不自觉地给自己贴上这样的标签,但这种"热爱"似乎单纯地停留于他自己说的从小在农村长大,曾在山坡上把胳膊摔脱臼,曾是山野中疯玩的野孩子,于是很自然地歌颂山水,歌颂穷乡僻壤风景胜地的真善美。我觉得这个层次还是比较浅的。他也并没有给身心二元对立这个结构体系更有建设性的思考,甚至也缺少"掷地有声"的力量和美感。

李少君这本诗集中真正让我觉得写得好的倒是一些"佳句偶得"的诗,比如《傍晚》,一件简单的喊散步的父亲回家吃饭的事,"我每喊一声,夜色就被推远一点点/喊声一停,夜色又聚集围拢了过来","父亲的答应声/使夜色似乎明亮了一下";"我的心可以安放在青山绿水之间/我的身体,还得安置在一间有女人的房子里"(《四行诗》);"从背后看,他巨大的身躯/就像一颗孤独的星球一样颤抖不已"(《黄昏,一个胖子在海边》);"我只要一提杆/就能将整个大海钓起来"(《垂杆钓海》),很有画面感,也有想象的空间,颇有"清水出芙蓉,天然去雕饰"的自然质朴。

杨庆祥:迎春给我们提供了一个批评反思的角度,但是我认为,有时候我们可能在用另外一个武器来处理一个并不适合这个武器的问题,用现代主义这样一个结构性的阅读经验来要求一个不在这个范畴内的作品,比如用现代主义的结构经验来处理李白的作品,是需要反思的。有时我们需要跳出自己的阅读经验,尤其读过很多的理论之后。其实,在李少君"冲淡"和"随意"的背后,有一个非常痛苦的现代灵魂融合其中,所以他才以这样的姿态去面对世界。山水自然其实蕴含了巨大的悲凉。有时,我们需要换一个角度去审视文学。

严彬(《凤凰读书》主编、著名诗人)：写诗不同于打靶,如果打靶打中十环,有可能带有碰到的成分,但如果写出一首好诗,那绝对不是碰到的。读了这部诗集后的感受,用一个比喻来形容就是"一棵玉兰树上开了桃花"。我特别喜欢《南渡江》这首诗:

> 每天,我都会驱车去看一眼南渡江
> 有时,仅仅是为了知道晨曦中的南渡江
> 与夕阳西下的南渡江有无变化
> 或者,烟雨朦胧中的南渡江
> 与月光下的南渡江有什么不同
>
> 看了又怎么样?
> 看了,心情就会好一点点。

诗人有一种天然的趣味和敏感在里面,这是诗人的心音,温暖又细腻,也是诗人和普通人之不同。再如《轻雷》中:

> 几十分钟过去,我问雷阵雨来没
> 她说没来,正在院子里散步
> 我说雷阵雨不来,我就来了
> 她说是呢,你比雷阵雨还要猛烈呢

读来感觉细腻而有情趣。我觉得李少君是一个能够写出好诗的诗人。我们读诗,有时会觉得这个诗人是一个聪明的诗人,有时会认为他是一个锐利的诗人,但读完少君老师的诗,就是觉得他就是一个诗人,一个很有古典特质的诗人。我非常喜欢这样的趣味,是一种真诗人的趣味。

董丝雨:我觉得李少君描绘自然的方式有些简单,但又比较特殊。"简单"是指他的描写非常直观,甚至是完全的、逼真的反映,没有矫揉造作的过分修饰。"特殊"是说这样的写法在现代很少见,可能会引来诟病。刚刚的讨论中,我想到南朝谢灵运的山水诗,他大多集中于对山水景象的细致描摹,很少有主观情绪的流露,所以有人评价他的诗歌"寡情"。初读李少君的诗,我也有这样的感受,他的写法并没有给我带来期待。但后来我想这可能就是他写作的目的之一,他希望"自然"在他的笔下呈现出一种非常原始的本真的状态,这才是一个真正的自然。他笔下的意象都是非常常见的自然事物,比如云、鸟、草、花和溪流,一方面可能会让人觉得比较俗气,但另一方面又会让我们感到亲切。后来我又读了李少君的访谈录《我与自然相得益彰》,我觉得想明白了,诗人他并不是想单纯地描写自然,他在自然之中把"人"的概念涵盖进去了。比如说他谈到创作的自然启蒙来自童年和故乡,家乡的宽阔天地培养了写作的想象力和美感,尤其是对自然的追求。他还说,由于湖湘文化的影响,又为了适应社会工作,他追求自然的生活时,一方面严谨严肃,另一方面又浪漫幻想,所以我觉得他本身就是一个矛盾的人。他童年在乡下生活,长大后在城市中接受现代文明的熏陶,所以他想在诗歌中将这些融合。我觉得他在尝试,但是并没有做好,他虽然描写了自然事物,但是这种描写的意境中缺乏"境"。

我比较喜欢的一首诗是《春天里的闲意思》,这首诗把人和自然比较好地融合在一起:

云给山顶戴了一顶白帽子
小径与藤蔓相互缠绕,牵挂些花花草草

> 溪水自山崖溅落,又急吼吼地奔淌入海
> 春风啊,尽做一些无赖的事情
> 吹着野花香四处飘溢,又让牛羊
> 和自驾的男男女女们在山间迷失……

他在描写自然的时候加入了人的元素,比如"戴帽子""牵挂""急吼吼""无赖"等。"春风让自家的牛羊和男男女女",说明他把牛羊和男男女女放在了同样位置,达到人与自然的融合。这首诗的第三句"溪水自山崖溅落,又急吼吼地奔淌入海",让我想到《旧约·传道书》中的话"一代过去,一代又来,地却永远长存。日头出来,日头落下,急归所出之地。风往南刮,又往北转,不住地旋落,而且返回转行原道,江河都往海里转,海却不满,江河从何处流,仍归何处"。两个意境很像,达到了人与自然的完美融合。

李剑章(中国人民大学文学院硕士生):这部诗集名字是《自然集》,对自然也有强调和突出,这种强调是在一种对照的前提下发生的,可以说是跟都市文明作了一个对照而出现的。诗歌中也提到了现代都市的一些印迹,比如电视、手机、微博和微信等。这样就像是为了要表现给都市看,所以才要把这杆自然的大旗展现出来,这是第一个方面。第二个方面,这里面相当一部分的诗都有一个转折,往往发生在诗歌的后半部分。而且,这些诗虽然以抒情为主,但是从书中能够看出类似叙事的内容,分析情节内涵和表达情绪之间的联系,这可能是一个值得探究的问题。第三个方面就是不同诗人的不同风格有其内核所在。李少君的诗和古人的诗是有区别的,如果拿"诗中有画,画中有诗"的王维来对比的话,这本诗集中不曾出现"江流天地外,山色有无中"这样的句子,不曾出现"行到水穷处,坐看云起时"之类的句子。古人融入自然的状态是"人走在路上、心在歌唱",但现代诗却是"心走在路上、心在歌唱"，或许不如前者踏实。诗不一定完全是情感的艺术，但至少跟情感有着千丝万缕的联系。在情感方面或许可以做这样一个比喻：鲁迅写的诗是烧一壶120℃的热水，冷却到30℃给人喝；郭沫若的诗是烧一壶120℃的热水直接给人喝。但李少君的诗却像直接烧到30℃给人喝。

李壮：我这里还有李少君老师20年前的一首诗和10年前的一首诗，阅读之后就会发现，他原来的诗属于充满神性的那一类。第一首是1991年写的《那些消失了的人》：

> 只有那些从人群中消失了的人
> 才是我最怀念的人
> 他们匆匆离去的背影
> 在我脑海里留下最深刻的印象
> 他们曾和我一起哭、一起笑
> 转眼却已天涯海角
> 还带走了那些放纵的欢乐与痛苦
>
> 只有那些突然失踪的人
> 才是我最牵挂的人
> 他们总是在意想不到的时候
> 干出意想不到之举
> 让你疯狂或兴奋
> 而那些活着的人
> 在你身边转来转去
> 让你心烦意乱
>
> 只有那些已经走出了我们世界的人

才是我最害怕的人
他们常常不请自来
在黑暗中凝视着你
让你不得安宁
你若有不善之举
他们会用最明亮的眼睛紧盯你

只有那些死去了的人
才是我最亲爱的人
和别人总是萍水相逢
只有和他们
我们最终会走到一起

这首诗一层层地往前推、往上推,感觉像在慢慢推到星空,这种感觉类似里尔克的诗,和《自然集》很不一样。此外,还有一首他在2004年写的《神降临的小站》:

三五间小木屋
　泼溅出一两点灯火
我小如一只蚂蚁
今夜滞留在呼伦贝尔大草原中央
　的一个无名小站
独自承受凛冽孤独但内心安宁

背后,站着猛虎般严酷的初冬寒夜
再背后,横着一条清晰而空旷的马路
再背后,是缓缓流淌的额尔古纳河
　在黑暗中它亮如一道白光

>   再背后,是一望无际的简洁的白桦林
>   和枯寂明净的苍茫荒野
>   再背后,是低空静静闪烁的星星
>   和蓝绒绒的温柔的夜幕
>
>   再背后,是神居住的广大的北方

这两首诗和我们今天读的《自然集》很不一样,就像有一个长镜头,不断地往前推,其中有我们熟悉的意象和神性的表达,这样的诗歌很符合我们文学史教学中的诗歌审美,但和《自然集》做对比的话就很有意思。

杨庆祥:这种神性姿态包含了后殖民主义中的因素,中国古代的诗歌里面就很少出现,也不存在那种巨人式的浪漫主体。《自然集》中还有一首《虚无时代》,我认为可以作为李少君这本诗集的点题之作,这首诗很观念化,却是他对于写作观念的直接呈现,体现了他在一个"虚无时代"中所抱有的一种"山水信仰",一种以山水、自然为宗教的信仰。沈从文说要"建一座希腊小庙",在里面供奉"爱与美",李少君十年来相继有《神降临的小站》和《虚无时代》,《自然集》就是爱与美的表达,其实我们每一代人都需要努力去建构自己的信仰。沈从文要建"希腊小庙",李少君也在书写这个自然庙堂,杨键的《哭庙》中"神庙"已经没落,这些其实是一个大课题:我们还可不可以建立起爱与美的自然小庙,来安置我们无处安放的灵魂呢?

另一种小说美学
——老村《骚土》

时间:2014年10月26日下午14:30
地点:中国人民大学人文楼7层会议室

杨庆祥:欢迎大家来到联合文学课堂的第五次讨论会,这次我们讨论的是著名作家、同时也是著名画家的老村的作品。下面首先请工人出版社的老师为大家介绍一下老村作品的出版情况。

王学良(工人出版社社长):我是工人出版社社科文艺分社的负责人。工人出版社文艺分社主要是出版文学类和社科类的图书。文学类的图书最近几年主要是名家的作品集,名家的原创作品,还有他们的代表作。

老村是从20世纪80年代末以《骚土》成名,三四年前我们因出版名家作品而结识。2000年后,他的《骚土》再版,其他的作品也不断地出新版或再版。工人出版社当时有一个整理老村作品出作品集的思路。从前年开始,老村在他的作品结集出版之前对其进行了认真的修改。本来是打算出版八部小说,但由于还有两部小说尚未修改完毕,因此这次只出版了六部:《骚土》《黑撒》《妖精》(原名《一个作家的德性》)、《冷秋》(原名《我歌我吻》)、《撒谎》等。其余两本,《骚土》的后传《撩人》和《骚土》前传《饥人》尚在修改当中。因此,这次只出版了老村的六部长篇小说。以上是文集的出版状况。第二是老村在整个工人出版社的出版体系中是一个很独特的作家,他没有加入作协,其实自上世纪90年代离开电视台之后他一直是体制之外的人。还有,从他的小说、散文和画作中,我们甚至可以看到民国时期大师陈寅恪提出的"自由之思想,独立之人格"的气质,我们为能出版他的作品深感荣幸。老村作品的出版情况就介绍到这里,下面工人出版社左鹏编辑会对老村具体的作品做一些介绍。

一

杨庆祥:我是通过周明全兄的介绍知道老村作品的,曾放了相当长一段时间没有读,后来看了这个版本,一口气读完,感觉的确很好,也很激动,认为这个作品很值得一读。刚才王社长讲得也很有意思,在已有的"文革"作品里老村这部是非常独特的。也许有些同学并不了解,《骚土》这部作品是1989年开始写作的,但孕育写作的过程花费了十年的时间,即他的这部作品是从80年代就开始孕育的。但与80年代整体的文学思潮是相左的,即使与85年以后的"寻根文学"相比也存在着很大的差别,虽然表面上有很大的相似之处。以"寻根文学"代表阿城为例,我们过去认为阿城的语言非常传统,从中国古代白话中借鉴了很多资源,但是后来我们会发现阿城的语言是被"知识分子化"以后的语言,而老村的语言更接近我们表达的本色。从这一方面来讲,我认为阅读老村的作品可以丰富我们对80年代的认知,也可以让我们对整个中国当代文学史有一个更加立体的认识和评价。当年我读张炜的《古船》,觉得这部作品挺丰富的,现在再读《古船》,觉得这部作品很概念化,是一部越读越薄的书,因为它只是通过概念把几个人物编织起来,相对而言《骚土》丰富性要更多。这是我要讲的第一点。

第二点就是我觉得我们可以讨论老村作品的文体和语体,明全已在他的文章中谈到了这一点,就是"什么是好的中国小说?"好的中国小说一定是有它独特的文体和语体的。比如老村的作品《撒谎》《骚土》,这两部作品是完全不同的文体和语体。《骚土》完全是《红楼梦》式的文体,是网状的,这个在贾平凹的作品中也有。而《撒谎》则是一个线性的文体,是一个人完整的一生。老村的丰富性绝对不仅仅是他提供了这样一种传统的说话方式,还在于他有非常现代的一面,这两者都给我们提供了可以琢磨的地方。老村曾自嘲是"地摊作家",我觉得这点没有必要自卑,"地摊作家"没什么不好,赵树理当年也是个"地摊作家",走的也是与当时的文学作家完全不一样的路。只是后来他被政治征用了,我们才认为他是主流作家。其次是语体,老村作品的语体很独特,一种是《红楼梦》式的语体,还有一个是"毛语体",《撒谎》是对"毛语体"的征用和反讽,这个是对中国当代文学写作的贡献,因为至今还没有一个人会用一整部作品对"毛语体"进行征用和解构。我很奇怪,老村的作品的气质与90年代文学评论界的审美标准很契合,可为什么90年代评论界没有对老村的作品有着足够的重视,进而做出丰富的评论呢?《撒谎》中的阿盛这个人物很值得讨论,比如他和阿Q是什么关系?他和堂吉诃德是什么关系?也许大家没有注意到,《撒谎》其实是对《小二黑结婚》的反写,阿盛其实是另一个"小二黑"或者说是"阿Q"。最后,老村作品中的历史意识和文化意识也特别值得去注意,如他对中国传统乡绅文化的关注,进而对中国传统集权主义文化的反思,特别是对集权文化对人性禁锢的反思是很有深度的。

周明全(云南人民出版社社长助理):我只说一下《骚土》所反映的关于"逆向写作"的问题,最近关于萧红的电影《黄金时代》的热播也反映了这个问题。《骚土》写于80年代,当时正是先锋文学大行其道的时候,大多数的作家都在这样的文学思潮的引领下写作。但老村却在西宁这样一个边远的地方创作出《骚土》这样的作品,这部作品酝酿了十年,包括早期的《狼崽》等中篇的内容在《骚土》中都有影子。但所谓的"逆向写作"并不是与时代相反的和与时代对抗的产物,而是作者对文学本身的一种坚守。如萧红,抗战时期很多文人去延安,但是萧红并没有;当时很多人写抗战题材的小说,但是萧红也没有写这样题材的小说,而是写了《呼兰河传》。现在我们认为《呼兰河传》是极具价值的一本小说,但是现在有多少人能记得那些抗战题材的"中国好小说"? 这个概念是我2005年提出的。我曾一遍一遍地读《骚土》,而且读了它的各种版本,它给我留下了很深刻的印象,特别是他小说中的古典韵味。中国百年以来受西方小说的影响太深了,比如先锋小说。其实在大量一线作家作品中都存在模仿西方作品的痕迹。这也是刚才杨庆祥老师提出了为什么像张炜的《古船》会越读越薄,在一个大的文学运动过去之后,人们对这些作品就失去了再咀嚼的兴趣。但是老村的作品则是一个越读越厚的作品。我读《骚土》不下十遍,每次读都会收获一种新鲜感和陌生感。因此我们很有必要反思有没有"中国好小说",如果有,那么衡量的标准是什么?我曾撰稿探讨了"中国好小说"的八个层次,从技术层面做了一些分析,这些可以供大家讨论。另外,一个问题一直困惑着我,像老村写的这些优秀的作品多年来为什么没有受到足够的关注?我对这个问题作了一些简要的分析,一是可能与老村的性格有关,他一直在体制之外,这种孤僻的性格与他个人的人生经历是有一定关系的。上次开阎连科的会议,我写了关于中国作家入世与出世写作的问题。当时针对阎连科和老村,我也做了一个分析。另外一个原因,我认为与中国百年来一直倡导"革命"这种激进的思想有关。老村的作品也写"文革",但是却是相对很平和的一种叙述态度。在一个激烈的年代这种作品可能很难引起关注。

刘涛(中国艺术研究院副研究员):我自己推断老村名字的来历,"老"可能与老村的思想资源有关,与传统有关,因为晚清以来的思想都是求新求变，一直到现在也是这样，向"老"求的比较少，我猜测是不是有这个因素。另外"村"这个字，应该是与庙堂相对的，这从某种程度上反映了他个人的站位和立场。所以老村这个名字合起来反映了老村思想资源和价值立场的一种紧密结合。《骚土》这部小说的志向是很大的，对土地要有一个命名，以"骚"来命名土地，有另外一个作家曹乃谦，也是长期没有受到关注，他的作品《当黑夜想你没办法》，所处理的时间段也是"文革"期间，写的主题是"食""色"两个层面，他所关注的是日常生活的层面。虽然我读这部作品时，感觉很不错，特别是他的语言非常好，用他自己的话说是"土得掉渣的语言"，但我并没有感到特别满足，因为它沉浸到日常生活中太深，基本是对"文革"日常生活中"食""色"两个层面的描写。《骚土》处理的时间段也是"文革"时期，但是他作品中的"色"多于"食"，较之于《当黑夜想你没办法》，这部作品更超脱出日常生活一些，而不仅仅是沉浸在其中。比如说他的小说的开头有一个类似于《红楼梦》的大的格局，又提到《黄帝御女图》，黄帝是中华汉民族一个非常重要的象征，《史记》第一篇就是《黄帝本纪》，清末《民报》创刊号就有黄帝的像和关于黄帝的文章，这些和《骚土》都是有关系的，可能也跟80年代弗洛伊德的一些思想有关，反映了80年代西方的思想资源介入的影子。

　　《骚土》也可以和人大阎连科老师的《坚硬如水》相比较，也是处理"文革"问题和男女问题，但是阎连科的《坚硬如水》是比较概念化的写作，它有两个层面：地上和地下。地上的层面是革命，地下的层面是性爱，他试图通过地下的层面来颠覆地上的层面，来达到一种对大时代革命、信仰的解构。《骚土》在某种程度上也有这样的痕迹，如到村子里的季工作者也是拜倒在石榴裙下。但因为老村写这个村庄人物头绪繁多，除季工作组外还有社会上的各色人等，充实了整个村庄的丰富性和复杂性，可以说这部小说是体大虑周的作品。此外，还有一个比较，青年作家冯唐写了一部小说

《不二》,我对这部书的评价是:《不二》是黄书却作道书状,里面写到了韩愈、五祖、六祖,题目也叫"不二",似乎有复杂的想法,但意义还是很单薄。但是《骚土》却是在"色"之外寄予了深刻的寓意和写作者的反思。老村作品的语言和结构非常独特,20世纪很少有像老村这样的作品。如果有可相提并论的那是阿城,阿城在云南流浪时随手带着《庄子》,他的作品也深受影响。莫言的《生死疲劳》形式上采用的是章回体,但是语言上还是原来的一套。老村作品的语言和结构达到了统一,整体的风格可看出他受传统文化濡染很深。另外,这本书的出版也非常坎坷,从他的写作、出版、修改、再版、再修改,从这个变化可以看出来90年代文学思潮的一个变化。而老村的人生经历也是大时代在个人身上的投射。

原帅(中国人民大学2014级博士):我在人大图书馆用老村老师的名字作为检索条件,发现图书馆只有5本书,都是《骚土》,标注了不同年代的版本,有足本,有删节本。90年代这些作家写的第一部作品都是他们写得最好的,老村也不例外。读完《骚土》,我认为大概有两个关注点:一是老村用非常纯粹的民族语言的叙述形式来描述1966年那个特殊的年代革命的问题,他的语言充满了乡土气息,也许可以用"土得掉渣"来形容;还有一个问题,我们常说一个作家的作品借鉴了民族传统文学,那么这个民族的传统文学又是什么呢?我感觉这个说法还是太笼统了。其实中国古代的传统文化层次非常复杂,每个时代接受的文化遗产的来源都各不相同,各有所选择。程老师说研究一个作家我们要先研究一个作家读过的书,才能明确作家的思想来源。因此我们在评价老村的作品时也要深入了解老村思想借鉴的来源才能对他做出相对全面客观的评价。

杨庆祥:其实我在想一个问题,老村用的这个形式,和《林海雪原》的形式有什么区别，或者和《吕梁英雄传》的形式有什么区别？刚才原帅说老村这个形式更纯粹，可能有这样一个因素在里面：就是像《林海雪原》或《吕梁英雄传》那样一个简单的章回体小说，背后还是有政治的东西在里面，有"延安讲话"的东西。我们发现在老村的形式背后还是一个历史或者文化认知的东西，而且这个里面会形成特别大的张力，当你用一种非常纯粹的，完全是《红楼梦》式的语体来写1966年的当代历史的时候，你会发现这中间出现了很大的张力，这是一个特别有意思的地方。

徐刚（中国社会科学院助理研究员）：我想谈几个小问题，首先是形式。在《骚土》后记里对这个小说有非常清楚的外在形式的概括，包括本土传统的表达、中国小说中国语言，这样一种风格式的东西，我觉得他的概括是非常有道理的。但是，我还看到，这部小说的开头有一个楔子，这是传统小说非常常用的一种手段。讲一件非常奇怪的事，以引出自己想说的东西，然后通过这样一件事来交代"骚土"是一个什么东西，这是中国传统小说非常常见的一种手法。用老村自己的话说就是"扯一派胡说而引玉言"，这是超脱于故事之外的一个讲述，让读者更容易把握作者的想法，这是一种非常外在的形式。另外，老村这种写作方式也是非常有意思的，小说不是围绕一个主人公的有核心情节的叙事，它实际上是一个人物叙述引出另外一个人物。这就像我们读古代小说，例如晚清的《老残游记》，也是一件事引出另外一件事，一个人物引出另外一个人物。读完后你会发现，很难判断到底谁是主人公、谁是主要人物、谁是次要人物，这其实是一个人物群像，作者通过这样的方式想表达一个想法：在这块土地上呈现一个整体的乡村的风貌。但这样的结构实际上有一个弊病，很多人批评老村的小说，比如批评他思想性不够，对人物内心开掘不够，所以我觉得问题可能是小说结构造成的。我们说小说有内视角、外视角，这部小说是非常外的视角,几乎是一个上帝的视角。第三人称是一个非常全知的视角,他能够知道一切事,写出来的事太多了,而没有通过一个人物的内在的视点对人物的内心进行开掘。这样的话人物内心我们是看不见的,我们很容易理解成小说缺乏内在的深刻性,或者说缺乏人物内在世界的客观的效果,我觉得是这样一种结构造成了我们对老村小说这样的一种阅读方式,这是对他的形式的一个看法。

另外,从内容层面来讲我觉得小说是很有意思的,包括庆祥谈到的一个问题,《骚土》的表达实际上是批评"文化大革命",小说有非常明显的80年代气息,主题有非常浓厚的时代情绪。比如在前言里提到几个关键词:封建、落后、文明、打开国门、走向世界、自由、专制,通过这些词汇我们很容易梳理出老村在这个小说中所接受的一套价值理念,也是我们所熟悉的80年代的价值理念。但是这部小说一方面在批判"文革",另一方面在批判国民性,通过批判国民性来实现一种政治批判,或者说反过来通过政治批判来实现国民性批判,两者是互为表里的。这里面就可能会出现一些问题,比如说,小说运用的视角就是我们熟悉的外来者介入的视角,这是我们在"十七年"小说里,比如说土改小说里非常常见的,比如《山乡巨变》里就有一个党的代表过来,实现村子的土改等政治实践活动。《骚土》也是季工作组来到村子里,要在"文化大革命"的背景中实现个人的政治实践。我总是习惯把老村的小说和贾平凹的小说做一个比较,读这本小说会想起贾平凹的《古炉》,《古炉》实际上是对《创业史》的一个重写。《古炉》里有一个外来的力量,改变了一个古老的村子。这个村子原本是一个古老而宁谧的村子,代表了传统的中国形象,但革命介入乡村,使得原本和谐宁静的地方、静止的空间突然被抛入时间的洪流,秩序被破坏,伦理被摧毁,外来力量把原本宁静的一个地方给摧毁。《骚土》有这样一个想法,但没有像贾平凹一样把乡村理想化,因为我们发现贾平凹在写《古炉》时,有一种后现代的东西,他需要一种文化身份,于是乡村被理想化,实际上乡村是一种藏污纳垢的所在。所以贾平凹在进行政治批判时,会不自觉地放弃国民性批判这个视角。但老村在处理这个问题时,一方面是政治批判,一方面也没放弃国民性批判,他在讲外来者视角介入乡村时,没有把革命之前的乡村理想化,这是非常重要的。之前的乡村也是一个非常落后的地方,比如借种,淫乱,通奸,对性的想法并不严肃,这其实是老村所理解的乡村生活的一部分,没有把它过分诗意化,他认为这就是黄土地上真实的现实、农民的日常生活,流露出一种哀其不幸,怒其不争的情绪,也是我们所习惯的国民性批判的视角。

"骚土"的"骚",一方面是"骚动"的"骚",革命是一种运动,是一种骚动。另一方面是我们所理解的性的"骚",村民的日常生活是和性有关系的,这是原生态的乡村日常生活的一种"骚"。它体现了小说的复杂性,也体现了乡村的复杂性。

同时,老村的小说还是有一些问题的,我想和大家探讨一下。比如他在《妖精》里写到游击队。一个叫费飞的作家探访游击队的历史轶事,这个游击队实际上就是一帮赌徒,一帮乌合之众,根本不是干革命的。这个实际要表达的就是:革命的历史是一个虚假的谎言。读者在这个地方可以体验到作家本人的一种愤怒,一种稍显简单化的判断。

杨庆祥:徐刚讲得不错,是文本细读的方法,他很多观点我很认同。但是我刚才听到其中一个特别有意思的地方,就是他说国民性批判和文化批判同时发生。这其实是 80 年代写作的一个隐性的结构,比如我们讲寻根文学,其实都是寻求文化根部的同时寻求一种文化批判,文化批判的同时进行政治批判,但是我跟你的观感稍有不同的是这个地方:我读《骚土》时为什么让我感到有点惊艳,就是因为我觉得恰恰是在文化批判这一块,他放松了,他这里主要集中于政治批判,而你讲的国民性批判在这里面我觉得相对而言是弱的,他放弃了这一部分的批判。而在《撒谎》里面,又重新在批判国民性,或者像阿盛这样一个人物。但《骚土》对乡民世界的描写没有道德和人性的审判在里面,我举个例子,181页写马翠花和铁腿老汉在一起野合,这两个很脏的人,在农村里很卑贱的人,好上了。我觉得这个很重要,它说:"枉论德行大如海,拿一只橹儿邀你,拿一方船儿盛罢",就是说虽然德行大如海,乡村里也有它的伦理,但是,"拿一只橹儿邀你,拿一方船儿盛罢",没关系,这些伦理都被抛开。这里面,我看到藐视道德以后的一种大自由,当然我也可能把它理想化了。因为乡村里有它的道路,乡村不是一个自在的世界,乡村有儒家的那一套东西,宗法社会嘛,毛泽东当年批判四根绳子,宗法社会是其中很重要的一个,男女不能乱来。但是你发现在这里,这个束缚被打开了,所以这是这部小说里让我特别惊艳的地方。

刘涛:我也回应一下徐刚和庆祥,我觉得这个国民性批判也有,以我读《骚土》的感受,作者对这片土地爱恨交加,没有把它理想化,也没有把它完全鄙俗化,不是特别概念的东西,里面的情绪,对这片土地的人物情感特别复杂。有国民性批判一面,也有爱的、恨的、生生不息的、乱伦的个人的情绪,我觉得对《骚土》的情绪是挺复杂的。

二

刘欣玥:各位老师同学大家好,我想顺着刚刚徐刚老师的发言继续说一点自己读《骚土》的想法。小说引起我注意的主要是两点,一个是农村的"文革"书写问题,一个是文本里出现的空间意识、文化景观和老村的历史观。

首先这是一个另类的"文革"叙事。我觉得在《骚土》里老村对

"文革"的思考是通过三组对位来呈现的：第一是刚刚讲的，展现在食色之中生机勃勃的"活人"和"鬼影"；第二是鄢崮村人的"切肤之痛"对应"文革"的"不痛不痒"，老村不惜让人物付出惨痛的代价来讥讽"文革"，毛主席语录不如粮食，毛主席像章不如黑女的女儿贞洁，无论是黑女，还是被枪毙的大害，以此讥讽"文革"的失效。其实小说里黑女被庞二臭奸污以后的激烈反抗和全家人的悲愤令我有些意外，在鄢崮村这样一个荒淫无度，道德伦理审判大松绑的地方还会有如此传统的对贞操的坚守，这也许也是老村对村民"又爱又恨"之处；第三是鄢崮村的"人间烟火""文革"的"不食人间烟火"，有如一台革命机器、不食人间烟火的季工作组，最后还是一点点被鄢崮村的人间烟火吞没了。

　　第二部分我想谈谈《骚土》中独特的空间书写。小说发生在一个偏僻的陕北山村里，鄢崮村的"崮"的意思是"四面陡峭顶端平坦之山"，鄢崮村的空间存在形态仿佛天荒地老，与世隔绝，它是被遮蔽和遗忘的，更像是当代中国社会的一个平行空间。像是一个平行时空。除此之外，它在发展的时间链条上也远远落后于革命中国，而且一点也不想跟上。毛主席说革命不是请客吃饭，但《骚土》里革命确实就是请客吃饭，只是轮番上演的围观看热闹罢了。革命的文化景观拆除了以后，黄土地还是黄土地，一切都不会改变。当代中国历史如果可以被照相术呈现出来，有明亮的取景框就一定有被遮蔽的暗角。《骚土》写的就是这个独自热闹的暗角。某种意义上，《骚土》讲述了一个"空间对时间的胜利"，鄢崮村历史不仅在时间上不是匀速前进的，在空间上也不是均质分布的，而且历史行进的方式也并不相同，可能在革命中国是"螺旋式上升"，是进化史观，但是在鄢崮村所代表的隐蔽的暗角，在这个偏居一隅的空间里，历史是循环的甚至是凝滞的，不流动的，而那里的人坚信活命和玩乐才是人生第一要事。在这个意义上，老村或许提供了一种理解历史的方式：整体性是一个谎言，集体是一个谎言，"万里江山一片红"是谎言,进步也是一个谎言。在一些特定的空间里,那里的伦常秩序,那里的世道人心对时间的抵抗远比我们想象的要顽固,它存在了成百上千年,不是十年"文革"可以撼动的。

除此之外我还想提三个小问题。第一是出现在小说里有一个一直追逐着大害的声音,在梦中和现实中都有,这个声音代表着什么?是农民承受的冤屈和苦难吗?第二个是小说的一个问题,叙事者的介入太多,控制力太强:比如巧合太多,几乎没有令读者意外的东西。这个空缺要用什么东西来填补?第三个是我的一个联想,因为《骚土》最早完成于80年代,老村也有意识地要写属于"黄土地"的文学,这不仅在题材和形式上还有他所塑造的在黄土地上活生生的人物群像,而"黄土地"更容易让人联想到80年代初出现的第五代导演陈凯歌的《黄土地》。戴锦华老师提到过当时的黄土地是一个被历史降维后的凝固的空间,历史纵深消失,黄土地呈现出一种二维的扁平的图像,在西方进步的蓝色文明对照之下是凝滞的、沉重的、充满束缚的。如果回到80年代的语境里,我们是否可以将老村和第五代的"黄土地"放在一起讨论?

杨庆祥:但是我有一个问题,你说把他的作品放在80年代的"黄土地",我觉得是不是被误导了,因为他的写作是从80年代开始的,我们就会把他的作品放在80年代的"黄土地"里进行讨论?其实我是觉得这里面有一个问题,《骚土》有的地方是不能放置在80年代的,它溢出了80年代,这也是它特别重要的地方。我们在80年代关于"黄土地"的叙述中,比如说路遥,包括陈凯歌,以及一些西部的电影,那里面的"黄土地"基本就是如你刚才所说的,与海洋文明对立的、落后的、封闭的、愚昧的甚至说没有什么生命力的非文明状态。那是一个预设的、站在西方文明立场上的框架,从而把我们的文明降格了,而《骚土》是在有意识和无意识中、更多地是在无意识中忠于那些土地上的生命和生活,因此它就溢出了80年代的文化框架。你会发现里面的人物虽然很苦，但是好像每一个人生活得都有自己的快乐，这种内在的快乐，这种可能是肮脏的生命的快乐，这种卑贱的快乐，我认为是《骚土》里面最本质化的东西，这也恰恰溢出了80年代的规范。

刘启民（中国人民大学2011级本科生）：从老村的自序里面，我们能够很明显体会到作者对于近些年来中国作家追求形式上的现代性的不满。而在我看来，不管作者自己承认与否（因为作者总是在那儿强调自己只是写了一些自己看见的东西，所以在标题里加了个"非自觉"），作者的《骚土》是对这种纯粹形式的、西方的现代性的抵抗，从外在的形式与内在的精神层面，都回溯到中国的传统中去，从中国民间传统吸取文化因子，以探索出我们东方的现代性。从外在形式上和语言上，这种对于传统的继承是一目了然的。比如语言上，很类似于说书人的话本语言，那种说书人的嬉笑怒骂，有时还自己跳出来臧否人物，时不时还以诗为证。这方面大家谈得比较多，我就不赘述了，我主要想说的是，《骚土》对于东方现代性的探索，可能更内化在精神层面。《骚土》在继承我们民族的精神传统时，就已经包含了现代性的因素。

傅逸尘（《解放军报》文化部编辑）：我刚刚听着各位所谈论的，有一个特别深切的感悟，我们把《骚土》这样的作品是否仅仅理解为一个文本，一个需要我们以各种理论加以解读的文本？我们在座的各位，从生活层面，从生活经验层面，是和老村所描述的这种生活方式极其隔膜的。包括刚刚刘欣玥博士所说的那点不理解，黑女被庞二臭糟蹋了，为什么会有那么强烈的反应，包括她的家人为什么会有那么强烈的反应，因为她是处女，她所承载的是她的家族、她的父母改变自身命运的一种希望，这对一个乡村少女来说是极其宝贵的一种资源，这种资源在没有被交换的情况下被凭空糟蹋了，她的反抗当然会极其激烈。这个资源不仅是文化层面的，还是利益和经济层面的,同时还是情感层面的,她所承载的东西非常复杂,却被轻而易举地交换掉,当然是无法容忍和无法接受的。

所以,我在想的是,我们作家去写作一个作品,读者去阅读一部作品,包括批评家去批判一个作品,我们靠的是什么资源?作家写作有自身的资源,读者有他们的阅读经验和生活体验,批评家有自身的理论资源,他们自身经过了系统的学术训练之后掌握的一套批评工具和批评策略。而我在想,老村的写作资源是什么?我在阅读这四部作品的时候,会发现,我所面对的是不同的作家,而不是我所想象中的老村。在我的想象中,我对老村的形象是非常熟悉的,包括我在看一些关于老村的模糊的影像资料的时候我觉得是熟悉的,但是我在面对他的作品的时候,我是非常陌生的,尤其是《骚土》之外的几部作品。刚才庆祥兄也说到一点,为什么我们在面对那样一段历史的时候,我们所采取的文学方式是完全不一样的,包括"十七年",《林海雪原》是那样一种写作方式,而到了《妖精》里面,为什么要去冒犯和颠覆那种既有的、革命的、政治的、符合主流意识形态的叙述?我认为这和作家的写作资源是有关系的。曲波在写《林海雪原》时面对的都是生活原型,他所写的是自己的生活,在关于如何去歌颂或者尽可能地粉饰当时的政治意识形态,他是有自己的真切的生活经验,那是一种生命本质的东西,我们不能简简单单地说这是那个时代的主流意识形态强加给他的东西,反而那个时代的作家会很真诚地认为这就是自己的生活,这就是生命,因此其所传达的生活观念、生命理念都是用鲜血和痛感的经验换来的,我们不能说他们所写作的那些就是不真诚的,或者我们现在跳开了一定的历史时空再去理解。所以当老村来处理他的生活经验的时候,我并不是特别感兴趣于文学形式层面的东西,他无论是用各种方言,还是向传统致敬,或者是章回体,在我们当代文学的文体实验和语体实验中都已经见怪不怪了,老村并不是仅有的或者仅见的,甚至说用方言写作的方式在我们的当代文学中是大量存在的。像老村的《骚土》,应该怎么理解?我自己有一种观念,这也是我近期阅读作品时会不自觉地思考的问题,我们看一部历史题材的作品,我们看的是什么?通过这样的历史题材的长篇小说,我想得到什么?其实我想看到的是历史本身,而不是一个传奇的故事。我并不是想知道这个故事多么好看、人物命运多么跌宕起伏,我只是想看看历史本身,比如《骚土》,我只是想看看"文革"的历史,那个特殊的历史时期内人们是怎么生活的。而老村恰恰就给我提供了这样一种阅读的满足。老村所写的故事里,首先没有明确的主人公,不是大害,不是季工作组,而是人物群像,然后也没有核心的故事情节,而是生活的流态,一种流动的生活。因此每一个人物的出场,并不是都带有象征意味的,并不是代表着一定的势力或者政治倾向,正是这种来自于老村生活经验的生活流态,让小说中的人都处于一种变动不居的状态当中,不见得是用文学观念所统摄起来的。

因此,对于一部长篇小说,从故事层面来讲比较需要一种极端的经验,无论是写"文革"、写战争还是各种传奇,实际上都是极端经验占据主流。所以我们现在日常阅读所见的作品,无论是长篇小说还是短篇小说,写谍战、写军事、写历史,我们看到的都是传奇,都是极端经验。我觉得对于极端经验的过度张扬,背后所隐藏的是一种文学观念和审美趋向的变化,体现了作家在用什么来写作、用什么来打量我们的生活,是用视觉化的符号去切割、去过滤、去重组,还是用文学的感官去收集、去体味、去想象、去触摸?我觉得这两种是完全不一样的。就老村先生来说,我觉得他给我们提供的乡村日常经验是毛茸茸的,是活生生的,他的作品中有很多丝丝缕缕的、枝枝蔓蔓的东西,我觉得这反而是较真实的东西。我有很多同年龄段的做编剧的同学,我常常会问他们,你们是怎么进入和研究历史的呢?是去做田野调查?还是去研究人物的家族传记?他们说都不用,只是用故事桥段就把这些问题都解决了。所以我们大量看到的也都是这些东西。

所以,我也在想,面对这种乡村题材,这种现实题材,这种历史题材,不管是披着军事的、谍战的类型化的外衣,最核心的要写出生活。而这也是我们这个时代的作家所最为稀缺的,谁敢拿自己的生活经验去硬碰硬地写出一部历史作品?但是我觉得老村的这部作品就是这样的,他的《骚土》给我最深刻的印象,恰恰不是这种文体和语体,而是这种生活的流态,是他对于日常经验的处理和提升,这才是我最为关注的。

杨庆祥:逸尘说得特别好,涉及了写作最基本、也是非常要命的问题。刚刚你提到了影视剧,我们会发现现在没有一部像样的有真正生活气息的影视作品。影视更多的是好莱坞式的奇观,其实现在所有的写作都变成了一种奇观化写作,而生活本身却被遮蔽掉了,这是非常要命的问题。

傅逸尘:我最近写的一篇文章,就是在讨论重建一种虚构叙事和日常经验的关联,我觉得这确实是需要我们作家和批评家重新思考的东西。

三

李壮:真正的民间的"笑",在主流的文学史中一直是被压抑的。老村的《骚土》在风格形式上,正是对这种充满民间生命力的"笑"的弘扬,尤其它又是处理"文革"这样复杂宏大的历史主题,我想这本书可以说是在某种意义上填补了中国现当代文学发展过程中的一处空白。

民间的美学风味,所依托的也必然是民间的语言形式。《骚土》一书的独特、难忘,很大程度上在于其语式的特别。《骚土》中的语言存在两个并行的维度。一方面，里面使用了大量的陕西方言口语，还有诸多说书、唱词等民间文学的元素，不避脏、不避俗，极富特点。另一方面，作品在叙事过程中又旗帜鲜明地抬出了另一番腔调，那就是明清小说的腔调：老村在《骚土》之中，很明显地试图要复活《红楼梦》《金瓶梅》的语言风味。《骚土》一书的语言是非常讲究的，节奏、韵律控制得极其到位，遣词造句也在细节处显出典雅，这种"雅"与那些底层人物的粗糙形象、生动土语形成了有趣的对比。这是《骚土》在小说语言上的一处鲜明特点："雅"与"俗"共存，胭脂味与尘土味并行不悖，并且相互融混。我有时也在想，胭脂味和尘土味融合在一起，到底是一种什么效果呢？开句玩笑话，似乎就该是"风尘味"了。就《骚土》这本书而言，这或许就是那股"骚"味：那是一种生发自土地，充满了欲望、躁动以及对富足生活的本能渴望的生命气息。

在语言自身的美感之外，这种特殊的语言风格还具有更深一层的意义。小说叙述者的这种《红楼梦》式的腔调，实际上是作为文本的另一层景深出现，它就像是一只手，提供了一种推力，借由美学风格上的独特，把故事本身给推远、再推远了。特殊的语言形式造成了审美上的某种距离感，我觉得，这里面存在着些许类似"陌生化"的意味。对历史以及个体生活细节的观照，因这种距离感而产生了某种间离效果；对那些历史事件、乡间人物的书写，也不再是扯在一起、滚作一团，而是具有了几分玩味的意思。这就使得《骚土》一书，变成了对历史以及在历史中磨损掉的往日生活的一次反刍。注意，是反刍，而不是反思；或者说，即使有反思，也是在反刍中完成反思。两者有何区别？反刍是用胃，像牛与骆驼一样，吃下去的东西，在四个胃里面来回翻倒，用身体最柔软的内部去摩挲、消化，直到碾磨成最细微的颗粒。而反思是用脑，从虚到虚，直通概念与结论。

我觉得《骚土》可以形容为"炊烟"式的文学。而这样的小说正让我想到特朗斯特罗姆的一句诗:"我,受雇于一个伟大的记忆。"不是受雇于意识形态,也不是受雇于某种概念或历史结论,而是仅仅忠诚于记忆和它的细节本身。

刚才说的都是赞美的话,但我在阅读过程中,也强烈地感受到老村的小说存在一些问题,我下面也来讲一讲吧。首先还是语言形态的问题。我觉得老村使用的这种《红楼梦》式的语言是一把双刃剑,一方面它使文本很有特色,并如前面所说,提供了一种推力、一种额外的审美维度,但在具体阅读中,这种语言风格却也经常让我感到不适,时常让我感受到某种与文本本身错位、脱离的感觉。老村的趣味和声调过多地介入文本,就导致作品有才情,却总显得有点味道不对。第二点涉及一个词,"混杂"。老村的小说中,我觉得缺少一点混杂、混沌的东西。有的地方过于清晰了:人物的刻画过于漫画化,你一看就知道后面会怎么写,而且老村有的时候还喜欢跳出来解释、评价一下。我觉得这对小说其实是有所损害的。这也就是为什么我对《骚土》的评价是"令人印象深刻"而不是"震撼人心"。

最后谈两个小小的地方。我觉得《骚土》里面,写到偷情的地方往往格外精彩,但写到爱情,就觉得有点火力跟不上。再者就是结构问题。长篇小说的尊严很大程度上来自于作品的结构,《骚土》《撒谎》的结构我觉得还都有些简单,这是我觉得不太过瘾的地方。

杨庆祥:这个问题也需要请老村老师回应一下,我之前在课堂上也说到过,50后的这一代作家,没有一个人写出一个像样的爱情,都是偷情和野合,这或许是因为他们的生命中并没有遭遇过真正的爱情。包括张贤亮笔下的章永麟,贾平凹笔下的庄之蝶。但也有可能在中国的文学传统里,偷情永远是有想象力的一件事情,写真正的爱情的时候反而会走向程式化,这是一个很有意思的问题。

李琦：读《撒谎》这部作品，就像做了一个荒诞的梦。作者以阿盛代指国人，肆意张扬的笔法，将"撒谎"写到极致。阿盛活在我们之中，是生活中不时出没的气功大师，是道貌岸然的某某名人，是国民劣根性的载体。这部小说中，我认为作者的态度是冷静的，用不动声色的笔墨写个人在与历史的发展同构时，产生的一个个荒诞的故事。用讽刺手法颠覆宏大历史话语，随处都有对宏大话语的戏仿和颠覆，读来有时忍俊不禁，有时笑中带泪。

樊迎春：关于"骚土"，其实开篇有交代，来源于神话传说，是当地人把存有古代稀世绘画山洞里的土挖出来沤田，这才把"一片锦绣繁华之地，富贵温柔之乡糟蹋得不成样子"，自此世风日下，君臣乱伦。所以且不说老村的"骚"字是否有屈原那样的悲天悯人，或者有白烨曾评价说的躁动不安，回归文本，我觉得首先可以肯定的是老村在这里揭露了作为历史主体，或者说作为他的小说主体的人民的贪婪本性，"骚"明显具有贬义，是人民的贪婪与自私惹了一身骚，也带来了后来诸多的苦难和悲剧。所以我觉得这个故事开篇就为整部小说奠定了一个隐形的基调，老村在描述这片土地上人民生的挣扎，死的苦难的同时有着内在的倾向性：每个人都是历史的受害者，每个人也都是历史的作孽者。这或许是老村要表达给我们知晓的他的历史观。

第二点我想说的是老村描写人物所使用的手法。我始终觉得文学作品最基本也最重要的原则是打动人，《骚土》里的人物，没有高大全的形象，甚至没有一个你可以明确定义为好人的人，但同样的，你似乎也找不出一个你可以明确定义为坏人的人。被政治洗脑的季站长满口仁义道德，私下也男盗女娼，但你又不得不承认他工作的热情；王朝奉自私贪婪，但时常良心发现，对大害心存愧疚；作奸犯科的二臭也有可爱之处……叶支书、吕连长，也都是这样。同时，老村也并未对这些人物做丝毫的个人点评与价值判断。其实这种人性的不确定性与多种可能性正是小说最吸引人的部分，或者说，是小说的内在生命。老村采用的手法不是精雕细琢，也不是一针见血，而是有点类似中国传统书法的草书。老村的人物描写是"群像"式的书写，这让我想到张艺谋的《金陵十三钗》，当时看名字时觉得，张大导演已经不满足一次推出一个谋女郎了，他要一次推出十三个，大手笔啊，但后来我们都知道，故事的主线、主角其实只是一个，最后红的也只有倪妮。但老村的手笔不同，他没有专注一个或者两个人物，而是比较像中国传统书法里的"草书"，汪洋恣肆，可能我们在《骚土》里看不到倪妮，看不到贝尔，但往后退一步，这幅草书我们虽然不能认清每一个字，但不得不承认，确实还是一幅不错的作品。甚至有点像医生开的处方，一个字也不认识，但拿回家了，你不敢扔，而且还知道，呀，这东西很重要。也因为这种草书的方式，"文革"叙事作为故事的主线就显得不是特别清晰。作为整个民族深重历史灾难记忆的"文革"在老村的书写下并没有多少惊天动地的感觉。除了一开始写到村里的老师受到冲击外，其他的描写都像一场闹剧。村里人还是过着廉价而清浅的日常生活。季工作组来村里，大家关心的并不是革命与造反，而是派饭到自家能挣多少好处，真正跟得上历史潮流的其实是邓连山，但先进如他，最终只是干部们眼中的"笑话"。老村描写的村庄，其实是与历史错位的，在这里，"文革"成为一种陪衬。甚至在我读来，老村似乎是以反讽诙谐的笔法写出了农民的智慧，以及生生不息的生命力。正如小说开头写的农民的贪婪和堕落，我在其中也感受到一些原始的力量，贞操，品德，政治方向等现代文明的东西在这草书的历史下显得有些廉价（针针，水花，芙能，邓连山替子生子），"唯将活命与玩乐看成人生第一要紧"，这也呼应小说开篇，回归到"骚土"的本义。这种"无为而治"的写作姿态我觉得是老村的优点，但我想可能同时也是限制其作品有更深广的人性关怀和可上升空间的最大缺点。

沈建阳：我谈一点自己的阅读感受和困惑。在阅读上，我感受最深的是老村老师的语言很出彩，整个作品的叙述语言是说书体的，在叙述上转换很自如，在一定的关节点上还有古诗古曲来总结，而且古诗古曲都很地道；在人物对话里也有好几种语言：有阶级斗争语言、市井语言、江湖语言，有意思的是这几种语言常常对话又对立，比如邓连山的变化就是一个触目惊心的例子——一条响当当的江湖好汉被阶级话语驯服得规规矩矩，而且还以此规训要求自己的家人。而郭大害是一个反面的例子，他沉浸在水浒好汉的江湖话语里，被阶级话语逮了个正着，造成了悲剧。

再谈一点个人的困惑，就是所谓的"中国小说"。这个说法近几年越来越多，包括莫言的"大踏步撤退"，还有一些类似的其他表达。我觉得这是源自延安文艺座谈会的说法，背后其实有一个大众文化兴起的背景，延安时期所谓的"大众化与精英化""普及与提高"，最后要发展出"中国作风、中国气派"的小说来，这本身就是一种现代话语。这些说法背后其实涉及了一个读者接受的概念，但是我们细想一下，这个读者其实是矛盾的，或者说是捕捉不到的。一方面，读者要能理解作品，能做出正确的辨识和反应，这就要求他有一定的文学修养（而不仅仅是识字能力），熟悉各种文学的成规，也就是说，读者不能是一张白纸，其实这样的读者恰恰是不容易受到作品影响的；另一方面，读者又被设想成天真无邪，容易受到作品影响，是一张白纸可以画最美的图画，而这样的读者可能并不能领会作品的深意。这等于对读者提了正反两个方面的要求，实际上可能是做不到的，"普及与提高"可能是一个很漫长的过程。

刘涛：我回应一下，沈建阳提的这个问题挺重要的。社会主义实践这个问题到底怎么评价确实特别复杂，老村老师有他自己的评价。刚才我们都说《骚土》是一部历史的作品，其实我更觉得它是一部非常现实的、表达现实的情怀或情绪、现实的立场的作品。

它是写"文革",借对社会主义实践的评价表达他对那段时间的看法,也表达他自己当前的立场、心态、情绪,但是社会主义实践没办法讨论,因为这是一个特别复杂的问题。

杨庆祥:建阳讲的这个特别重要,老村的作品其实是证明了你的观点,即社会主义实践即使是失败的,但社会主义已经改造了我们每一个人的生活和我们每一个人想象这个世界的方式:最典型的是邓连山,你们在座的还没有人提到邓连山。这个重要的人物大家都忽略了。邓连山以前是一个英雄,一个乡绅加豪强的代表,保家护国,但他被改造成一个能够记住每一页毛语录的人。由此可见,社会主义虽然在实践层面失败了,但在意识层面它是多么急剧地改变了我们的心理结构和意识结构。我觉得这是一个特别大的隐喻。再说老村这一代人,包括50后、60后,我觉得每一个人都被社会主义改造得非常彻底。

四

陈华积:我觉得大家的发言在很多点上给我们打开了《骚土》的研讨面向。一开始我感觉有点错位,觉得我们是不是以一种太学术化的方式讨论老村老师这样非主流的作品了,但后面听到大家对作品的评价和对老村老师提出生活、民间等观点,我觉得我们已经回到了讨论的重点。我先跟刚才的一些朋友交流一下我的看法,首先是李壮刚才讲到作品中人物或事件缺乏含混性,我觉得确实存在这样的问题。但好作品的标准不是单一的,像《水浒传》塑造一百零八个好汉,人物写得很饱满,但我们现在看它是扁平人物而不是圆形人物。但我们不能用现在的小说概念来要求《水浒传》,它为什么不能给我们提供一个圆形人物啊?可能圆形人物对人物的塑造会更加圆满,但这完全是两个不同体系的作品,我们应该有更多的标准来衡量,不能用我们常用的方式要求老村老师的作品。第二个问题是关于神仙洞的隐喻设置。看作品时我对神仙洞的设置拍案叫绝,它不仅仅是一个简单的比喻、一个楔子引出整部作品,而且赋予了整部作品以合理性。它后面写人物的偷情、乱搞,正是因为生活在这片土地上的人有了五色土几千年的熏染才成为这样子。它非常聪明地先给作品定了很好的基调,然后给我们提供了人物存在的合法性。你很难否定它对性爱民间写作的合理性。最后又回到神仙洞的书写,这让我们觉得更像一个寓言,它里面蕴涵非常多的东西,我们应该给它的价值做一个更充分的估算。第三个问题是结构的严密性,我和李壮的认识很贴近。它有些人物前面出现,后面就没有再出现了,好像很突兀,好像人物的出现只承担一个过渡性的功能,而不能参与到整体小说建构中。我觉得这有一点点遗憾。刚才傅逸尘老师提到生活流,生活的叙述和整体性叙述是否有点冲突,或是否可以更好地结合起来。

如果说《骚土》中人物设置争议不大的话,在另一部小说《黑脎》里面有一个人物板板娃,我觉得他的出现完全是为了引主人公刘载到山洞去见他父亲。后面这个人为了捡掉进池塘的烧饼死掉了,他就承担了一种过渡性的叙事功能,而不是参与性的。

杨庆祥:我打断你一下,当我们将人物设定为过渡性的时候,其实这里涉及作家的心态问题,就是作家是不是非常谦恭地面对每一个生命。因为生命本身可能就是过渡性的。你觉得你的人物是过渡性的同时,其实也意识到了自我的过渡性。为什么19世纪以来的小说包括《高老头》的人物都不是过渡性的,而是终结性的,从头到尾贯穿始终?因为作家的意识是以自我为中心。中国传统小说一个特别重要的美学,就是自我在小说里面是溃散的、分散的,它没有一个整全的自我。

陈华积：其实我是对这个问题产生疑惑,并没有否定的态度。刚才师兄讲他这样写也有其价值所在,确实如此。但我们还是要整体考虑老村老师的整体设想,这个我们先存疑。刚才徐刚提到政治批评和文化批评,这个观点确实很新颖,我觉得对很多80年代以来的作品都适用。比如写农村、写"文革",老村老师的作品就存在刚才师兄说的逸出。他的作品整体是逸出批评的框架,它并不非常在意国民性视角,至少他不是把它当成浓墨重彩渲染的东西,这一点我跟傅逸尘的观点较接近。我的一个依据是老村老师是以人物结构整体的小说,他并没有首先出现一些观念、思潮,而是在思潮之外写作。首先他对村庄的人物非常熟悉,通过一个个人物建立起网状结构,以此结构整部小说。看起来杂乱无章其实有序——写到哪一个人物引出哪一事件,从"文革"发生到最后大害牺牲,人物的安排非常严密有序。

我觉得庞二臭这个人写得真是太好了。他的身份是农村的一个剃头匠,可能我们现在觉得剃头匠在农村中无足轻重,他是农村中最常见的一些人物,但是他在农村社会结构中是非常重要的,因为他就是一个消息的中转站。《骚土》写了很多隐私,暴露了民众的生活隐私,并以此结构全篇。隐私、偷情怎样被发现的?庞二臭这个人,我觉得他像一个手电筒一样能够照到每一个角落。他的特殊性就是他是一个能很好地揭露这样一个既封闭又带有很强隐私的结构性人物。我听到一个关于理发师职业的调查。在我们今天的生活中,知道隐私、消息来源最多的是哪一行业的人?排在第一位的就是理发师。为什么?理发师给人理发的时候不断跟人家打听各种秘密,打听各家的事情,你坐在那里理发必须跟他聊天,很多时候我们去理发理发师会问你很多问题,所以理发师这个行业就是最容易刺探到人的隐私。排在第二位的是出租车司机。你一坐上出租车就跟他聊,二十分钟、半个小时,有时候路远是一个小时,很多时候你打电话毫无防备就被听去了,所以这种行业的人他知道的东西非常多,也正是这样的人他可以拥有多重身份。他消息很灵通,有点小聪明,很会投机,他在村里和隔壁村搞定了很多个寡妇,通过这样把各个家庭联系起来,整个村庄也就活起来了。看到这个人物时,我觉得真是拍案叫绝。以前我们的阅读范围里就没有出现过这样一个人。关于他最精彩的叙述是八王遗珠和骗婚,前者是整部书最精彩的一个核心。杨先生把一个据说是秦始皇时代能增强性功能的东西想变卖给庞二臭,后面就引起了一系列的反应。骗婚则把小说的整个农村社会空间撑起来了。

杨庆祥:我觉得华积这一点说得非常精彩,庞二臭不仅是一个人物,他同时承担了内视角的作用。你刚才讲偷情,作者不在场怎么看到他偷情呢?庞二臭在场就可以了。他的职业挺有意思,是一个剃头匠。他其实和大害构成了两个人物的极端,一个代表正义的,一个代表狡黠、奸诈的形象,但实际上,他的功能性作用更大些。

李剑章:《骚土》这部小说,更侧重于环境,因此可以被戏称为《鄢崮演义》,而《撒谎》这部小说如果被称为《呼儿海演义》,就不够恰当了,应该叫《阿盛传》,因为它强调的是人物而不是环境。相比之下,《妖精》如果被称为《费飞传》,可能又不妥了,应该戏称为《锅山梦》,因为它强调的是情节。

老村的作品当中,值得探讨的有很多,比如说梦境描写、情欲描写、饮食描写、语言风格、超现实元素,以及对传统诗词的借用等等。之前有人提过,《林海雪原》《吕梁英雄传》之类的小说"背后有政治",因此"不像《骚土》《撒谎》之类的作品那么纯粹"。我要问的是,如果说像《林海雪原》《吕梁英雄传》这一类的小说背后有政治,那么《骚土》《撒谎》一类小说的背后是不是真的没有政治?假如《骚土》《撒谎》一类小说真的像被认为的那样很"纯粹",那么这种"纯粹"是因为"没有政治因素",还是因为其他什么原因?《林海雪原》《吕梁英雄传》与《骚土》《撒谎》之间的区别,真的是"有政治"与"无政治"的区别,还是"此政治"与"彼政治"的区别?

袁满芳(中国人民大学2014级硕士):我有两点内容想和大家分享。第一点,之前的发言者们都隐约提到了"英雄人物"等字眼,我的发言也是在围绕《骚土》中的"英雄"这一话题进行。这一本文很大程度地借鉴了中国古典文本如《水浒传》《红楼梦》和《聊斋志异》等小说中的因素,并且将民间乡土日常和历史革命叙事进行了紧密的契合,使得这部长篇小说的叙述非常流畅自然,全篇读来会有一气呵成之感。我觉得这必须归功于作者老村敏锐地捕捉、巧妙地建构了这三者之间的内在联系。在我粗浅的阅读感受中,《骚土》对于不同层面的英雄形象的塑造或许也是这种内在联系中的一环,我姑且分为传奇英雄、本土英雄和政治英雄三种。首先是乡土传奇式的英雄群像,《骚土》这一小说画卷最早展现在读者眼前的是张法师、杨济元和张铁腿这三个人物。他们是乡土世界的古老的英雄,代表着一个过去的世界,即"过去的英雄"。其次,小说虽然展现的是流动式的生活状态,但是作者尤其着重地叙述了两个人物,即大害和季工作组,而他们恰恰就代表着两种不同的英雄形象,即"本土英雄"和"外来英雄"。

在这三种英雄都纷纷出现危机、甚至完全失效的情况下,在整个乡土世界的日常生活和伦理秩序被动摇的情境下,谁会成为乡土世界的英雄呢?小说的后面部分开始着重写到了庞二臭和贺斗根这两个人物,我觉得可以称之为"流氓英雄",完全是逢迎革命、闻风而动的投机者。乡土内在蕴含着一股骚动不安的力量,"文革"又是一个躁动的年代,对于"英雄性力量"的期待和向往,使两者在某种程度上构成了同构与合流,但也产生了抵牾,甚至互为拆解。

丁琪（中国人民大学 2014 级硕士）：《骚土》采用了散点叙事的模式，用季工作组进村发动"文革"这一线索，串起了两个叙述的世界：一是季工作组进村后发动的一系列"文革"活动，一是"文革"前村子的事件和人们的活动，其实，还有第三个世界，就是作者议论所代表的中国几千年的历史。

《骚土》中有大量的性描写，也是展现农民苦与乐的一种方式。文中有一段写造物主造人时，要人有繁衍的义务，怕人嫌生活太苦，繁衍生息太累，便在其上加了些人生的快乐。所以性背后其实含着一种苦和无奈，富堂媳妇针针巴结季工作组，只是为了利益。崔寡妇和庞二臭，也含着寡妇生活的清苦。许多女人和男人进行肉体交换，但往往受骗，比如叶支书和黑烂媳妇水花，只因黑烂打扰了他的兴致，就没有给黑烂记工分，其实水花已经付出了肉体的代价。之所以需要用这种非正常的方式来交换，正是因为正常的渠道已经被堵塞，是一种无奈之举，又含着对当时官员、权力的一种反讽。性在文中是人类最原始质朴的一种乐趣，村落的封闭，愚昧，另一方面也是一种返璞归真的象征。

陈锦红（中国人民大学 2014 级硕士）：我阅读的是《黑脉》。由于时间关系，我简单谈谈这部作品的结构特色：小说开头第一句话是"这是上个世纪的事了"，这就奠定了小说讲述的时间点是"现在"，而故事的发生是回溯到"上个世纪"。第一章就写主人公刘载出狱，第二章的时间又往前追溯到刘载出生这一时间点，这就造成了两重叙述时间空间，整部小说就沿着刘载出狱回家途中所见所闻和刘载的成长经历这两条线索直线性交叉发展。到小说结尾，叙述时间回到 1986 年春天的一日，即小说开始的叙述时间，形成了首尾相互衔接的闭合时间结构。因此，作家在叙述故事时获得了更大的时空转换视角，可以自由地穿梭于过去和现在，既拓展了小说叙述的想象和跳跃空间，又一定程度缓解了单线索叙述给读者带来的视觉和心理审美疲劳。这种想象空间还体现在对主人公的幻觉描写,也就是大家说的梦。《黑脎》有两处重要的梦,一是梦到他所爱的女人香芝,一是梦到他的父亲。这两者都是他现实生活中不能实现的东西,这两个梦都预示了刘载命运的转折,成为对心理描写的一种补充。

朱敏(中国人民大学2014级硕士):我想讨论的是《妖精》这部作品。戴维·洛奇说,元小说关注的就是小说的虚构身份。元小说以暴露自身生产过程的形式,表明小说就是小说,现实就是现实,二者之间存有不可逾越的差距。揭示艺术和生活的差距是元小说的一种功能。整部作品实际上就是元小说,作者通过元小说的形式反过来消解了作品。元小说作为独特的叙事策略和形式在作品中起到的作用,在我看来是作品的中心点,不仅详细说明"我"的《妖精》的写作过程,文中还叙述了另一部作品中的作品——《锅山风云》的创作过程。这样,作者实际上对两部作品都进行了消解。消解的结果是为了打破既定的所谓"真理"。"……也许,曾经的历史,以及我了解的费飞,还有另外的脚本?"——读到全文的最后一页的时候,在"我"的"二十年后的补记里"的这句话,我觉得实际点出了老村全篇的主旨。

左鹏(工人出版社资深编辑):我今天是来向各位老师学习的,理论高度是不足的,就仅从出版角度来谈谈对于老村老师作品的认识。首先,我们之所以出版老村老师的作品,主要出于一个概念,就是亚洲文学的传统,或者是东方文学的传统。我个人认为,这是一种节奏非常缓慢、淡化情节的甚至略显闲淡的风格传统,比如日本紫式部的《源氏物语》,以及后来的川端康成,还有印度获得布克奖的作家拜阿特的《隐之书》。在中国,继承了这个传统的作家有沈从文,而后文学为工农兵服务、文学服务于政治,这种传统就在逐渐消失了。改革开放之后,文学又为市场服务。所以德国汉学家顾彬才会说中国文学的语言不好,我认为他的这一批评是对于中国文学的根本性批评。我们出版社在对中国当代文学进行筛选之后,我们认为,老村继承了这样的传统。第二点我想谈的是老村的语言以及情节的控制力,有的作家是没有控制力的,比如北岛在诗歌里直接说"我不相信",他自己完全无法控制自己的情感,以及余华、莫言和贾平凹的小说等等。我觉得作为文学家,在一定程度上应该对于这种不可控制做出规避,我觉得老村老师在这方面做得非常好。我们工人出版社之所以重新出版这些作品,并不是一味地重复,也是遵循了老村老师的意见,他认为他之前的小说语言有一些控制不住,在过了多年后,他对一些语言进行了删除,这也是我们再次出版小说的一个目的。

老村(著名作家、画家):谢谢大家,光是阅读就是一个非常繁重的任务,更别说还要分析。感激感激再感激,感激在场的每一个人。我这么多年来一直在期待一批读者,今天看到了,我内心特别舒服。这是我今天要聊的最重要的一点,其余就是讲两个问题。

第一个问题,就讲一个故事。在我刚当兵,大概二十四五岁的时候,在青海那个地方,祁连山的西面,翻过祁连山到东面,就是夹边沟了,我在夹边沟的对面。夹边沟的对面当时也有高级知识分子,"高知"都在那儿开荒地。现在我们看到的门源的油菜花,那个地就是那些知识分子在那儿干的。我刚当兵就到那个地方了,到了那个地方以后,和一个当地的也是搞写作的朋友——那时我们都对写作很热情,80年代初期嘛——在河滩上散步。脚一踩,一下子把我半条腿陷阱去了。一看那个踩到的棺材,棺材板子就比手机厚了一点点。棺材有多大呢?就像书这么宽,大概三十公分。一个一米八,或者一米七八的大高个,最后饿得就成了个骨头架子装进去,然后一个一个排着。我们散步的时候,一不注意,脚一踩就是一个棺材。我这个朋友是劳教队的。他给我看了一本相册,这一本相册是一个上海的死囚留下来的。这个相册一页一页地记录着他这个家族曾经度过的雅致和精致的生活,一个知识分子家庭。看完这个相册以后,我就特别地悲哀。我悲哀的是什么呢?并不是我觉得这个知识分子怎么了,而是我的父母亲没有像这样生活过一天。我的那片土地上,那么大面积,没有人这样生活过一天。所以从此就确定了我以后的表达:我要把这段历史、这段记忆写出来。这是我觉得重要的一点,实际我承担的使命就是这一点点。

当时《骚土》我还没来得及修改,就赶快出了,因为害怕审查,夜长梦多。那是 2004 年的时候,在书海出版社。社长敢出版,他就出了《骚土》,结果后来倒是也没事。但是出了那本书以后,我拿到手里,突然就掉泪了。因为这事儿本来不应该我来干。从小我就不承认我是一个聪明的人,在我们同学里头,我不是一个真正聪明或者有灵性的人。所以这些都不是我的责任,我不可能承担世界给我的那么多责任。但突然发现,这一本书最后让我写了,我就特别伤心。我本来可以生活得很好,比如说我要在部队混下去的话,最少能弄个团长、师长干干。我在部队十二年,连级干部转业。但最后把《骚土》这本书交给我,非要让我来做。现在回头说这件事,我发现,我和中国当代的写作为什么拉开了距离,就是这次对我刺激特别大。我同时发现,近一百年来,几乎都是知识分子的叙述,他们掌握着叙述的权力,但他们同时很矫情。就像刚才左鹏说的一样,在我们很多更高级的知识分子身上,可以备着好几条毛巾,一天用几条毛巾。所以我就觉得,能不能把农村的东西说一说。并不是我非要说这个,而是我要看到他们生命的那种价值,我们要承认最底层的生命是有价值的。

这是一个问题。我想说的另外一点是《红楼梦》,它的哲学主题是"空"。我呢?我的哲学主题是"实在",就在土上。它是一个实在的东西,非常美好,我不希望这种美好消失。《红楼梦》的

"空"写得很美,很艺术化,我想我用"实"的方式写,也很艺术化。现在大家只能看到《骚土》,下半部一直懒得改。我现在天天在画画儿呢,我想以后再做,但是我会赶紧在春节前把这个做完。一个好的小说的形成,尤其是对历史有点责任的小说,一般都得经过很长时间的打磨。这是一个很长时间的过程,甚至不是一个人的过程。我有时候觉得把这个事情交给我一个人来干,有点荒唐。

今天谢谢大家,真是谢谢大家!能见到你们这批读者,确实是我的巨大的幸运,我在和庆祥和明全一块聊天的时候,就说想不到80后、90后能够理解我。但是我想不通的是,50后和60后对《骚土》读不进去。我想不通这一点,甚至替他们感到惋惜:你们这些最高端的知识分子,居然没读到这个时代里头最精致的一本书,我替你们感到遗憾。(笑)谢谢大家!

从爱中拯救历史
——文珍《我们夜里在美术馆谈恋爱》

时间：2014 年 11 月 30 日下午
地点：中国人民大学人文楼

杨庆祥：欢迎各位来参加联合文学课堂的第六次活动，这次我们讨论的对象是青年作家文珍刚刚出版的小说集《我们夜里在美术馆谈恋爱》。

我年初才读到文珍的作品，从《十一味爱》开始。其中《气味之城》《北京爱情故事》等作品触动了我。我不知道各位在读文珍的作品时是什么感受，我读她作品的感觉就好像在看王家卫的电影，《重庆森林》《2046》等等。小说的镜头感特别强，而且往往是慢镜头、长镜头，有特别充沛和浓郁的文艺青年的气息和情绪，这是她部分作品的一个特质。在这样一个非常快的现代时间里，作者用这样大量带有镜头感的书写，向我们呈现了一种爱和一种慢。我有时候感觉到文珍是在刻意恢复我们对于生活的一些古老的感受和古老的爱。《十一味爱》里面的爱看起来没有什么章法，其实背后都是有来头的。我们能够在一些古老的文本和古老的故事里找到它的前身。

读者可能很喜欢这种细腻、婉转又风格化的作品。昨天晚上看微信，刘欣玥说她看文珍的作品看哭了。我能理解，这也说明文珍是一个善于营造小说叙述空间的高手，特别有代入感的读者，一不小心就被她的情绪左右了。我觉得这是特别重要的一点。有时候我们在专业里面待的时间太久了，包括硕士生博士生，会失掉对文学作品基本的感知能力。一个作品能不能感动人，这其实是一个基本的出发点，但是我们有时候往往把这种东西给忽视了。我们讲形式，讲内容，讲结构，讲逻辑，但是我们唯独没有想到的是一个作品首先要让人感动。你都不感动了，那你怎么对它进行判断分析？

但从专业的角度，我更关注像《录音笔记》《安翔路情事》《普通青年宋笑》《到Y星去》《我们夜里在美术馆谈恋爱》等作品，为什么呢？我觉得这些作品处理的是更复杂的经验，更复杂的关系。在这个更复杂的关系和经验里面，我觉得它们和我们当下直接产生了互动。以前我跟文珍有过交流，她比较喜欢讲一个词叫"情怀"，我觉得这个很少见。年轻作家在一起交流的时候，他们大部分都是跟我谈文字、细节或者是心里的某一个小东西，一个小情绪，但是很少有跟我谈情怀的。我觉得这些作品里面其实能看出文珍有一个更大的野心，或者对自己的创造力和想象力有一个更高的要求。在这样一系列更有情怀，甚至是大情怀的作品里面，她把她个人的经验和我们当下的生存状态勾连起来，提出了很多问题。当然她不一定用非常完美的形式把这个表现出来，但是她提出了很多重要的问题。

我看《我们夜里在美术馆谈恋爱》的时候，很想写一个评论，但是我到现在还没有写出来。我当时想的题目是《从爱中拯救历史》，因为我觉得这里面涉及了特别重要的东西，就是我们这一代人，这一代更年轻的人，目前的状况。什么状况？我个人觉得是一种被抛弃，被放弃，被驱逐，被刻意遗忘的状况。没有人来收拾你，你想被收拾都不行，就完全是这样一个放任自流、不管不顾的状态。那么，在这种情况之下，我们怎么来拯救自我？这个特别重要。因为没有上帝来救我们，没有社会来救我们，也没有导师来救我们。导师已经死了，李洱写过《导师死了》。这些东西都没有了。那么这个时候怎么样来完成自我拯救？我不想讲"自我救赎"，很多人喜欢讲"救赎"。救赎是说你有罪,有罪才救赎。而我个人认为我们这一代人是没有罪的。我们没有原罪,没做什么坏事,没有对历史做错什么事情,但是我们却要承担历史和世界的罪。这是我们最大的一个讽刺和悖论。

我记得村上春树在他的《海边的卡夫卡》里面,也讨论过这个问题。那个叫乌鸦的少年,他其实不需要去承担罪恶,因为这些罪和他没有关系。但是后来他发现他要去流浪,要去完成一个自我拯救和救赎。他碰到了图书管理员大岛,他问:我为什么要承受着一切?我母亲为什么要抛弃我?我为什么要承担这世界和历史的罪?大岛说:你知道俄狄浦斯王吗?俄狄浦斯为什么要忍受那么多的罪过,是因为他太优秀,因为太优秀了,所以要承担这个罪。所以大岛就说,这里面是一个巨大的反讽。我觉得看文珍的作品,不能仅仅是看到她那种情绪的、自我经验的东西,更应该看到的是,这样的表面之后其实有一个巨大的反讽和荒谬的地方。正是因为有这样一个反讽和荒谬的基础,她才想拼命地通过爱去抓住什么东西。在文珍的小说里面,人物都是自闭的人,但是这些人其实都有强大的爱欲。用一句流行的歌词讲,他们就是不停地要,但是又要不到,然后又不停地逃。这里面有循环往复的一种追逐,一种逃避,一种索取,在这个里面,我觉得体现了我们当下这一代人,包括我们这一代写作者,所面临的一系列难题。我就先讲这么多吧。大家自由发言。

一

李云雷(中国艺术研究院副研究员):先说几句吧。因为刚从外地回来,书还没有拿到,我看了几篇电子稿。由于我跟文珍算是比较熟的,她读硕士的时候我们在同一个学校,我觉得很难把《我们夜里在美术馆谈恋爱》单纯地当成一部作品来看,我会把对人的理解与认识，带到作品里去。所以我想先听听大家怎么说，再发表看法。再多说一句，我特别喜欢联合文学课堂，从第一期开始，我就特别关注。希望同学们多来。

丛治辰：据说我们现在已经形成一个风气，要说就要说三点。我不说三点，我就想到哪说到哪。我是读着师姐的小说长大的，师姐的小说写得那么好，两三位师兄和师姐都是我们可望而不可即的前辈。文珍到北大来读书时，我正在上大三，那个时候就读师姐的很多东西。前两天我又把《十一味爱》翻出来看了一下，里面有个别篇目我之前没有看过。我一直想问文珍，她是怎样编排她的文字顺序的？她的文字顺序显然不是按照写作时间、发表时间来安排的。如果说从质量上，反倒是见仁见智。有的篇目质量好一点，有的篇目质量稍微差一点。这种设计是如何实现对读者的召唤功能的，我也不知道。可能书的中间部分是最先写的吧，如《沙拉酱》和《果子酱》之类的，这是我最早读到的东西，那个时候感觉很惊艳。听师姐讲过，那时候她特别喜欢读黄碧云。不管是不是黄碧云，都能看到许多感怀悲伤和女性的意味。那时候，几乎所有的人都说文珍的小说是向内的。而且我会觉得《果子酱》《沙拉酱》的好在于作者把一个方向做到了极致，也就是把向内方面做到了极致，并且脱俗。但是后来文珍的小说越来越丰富，不像早期笔下的人物只有单面。我现在觉得，处理这种双面的、异化的、分裂的人物，成为文珍的一个主题，几乎每一部小说的每一个人物都是这样。这种分裂的、异化的、双面的人物一定跟城市有关，跟现代有关，跟消费有关，等等。我觉得，可能最重要的是回到文珍自己的关怀。

文珍也有大量作品以北京为题，但我总觉得她写北京，跟一些男性写北京是不一样的。她不是从外部来看北京城市，而是从内部。她始终关注人性的复杂，从这个复杂撕开来，撕开的是一个时代的复杂。这是我觉得特别出色的地方。我再把《十一味爱》和这部小说结合起来看的时候,我就觉得,特别佩服,也特别感伤。感伤的是,我在早年读师姐的书时觉得她的小说是我们可以企及的。但后来我发现,文珍的小说越来越复杂、成熟,拥有的东西很多同龄人难以企及。同龄人的小说,我也看过很多。第一,我觉得他们做得那样精致的不多;第二,他们做得那样有情怀的不多。而且我觉得尤其难得的是从《果子酱》出发,最后到了《普通青年宋笑在大雨天决定去死》,最后到了《我们夜里在美术馆谈恋爱》。这两个作品,让我觉得特别惊讶。

这两个小说集里也有一些小说我是不大以为然的,包括一些所谓的名篇,我也没有那么喜欢。我特别喜欢这刚提到的两篇与我的个人兴趣有关。我觉得原因是这两篇有武侠气,女孩子写小说最难的是有男子气,这两篇小说读起来有那种冷兵器铿铿然的感觉。倒也不是因为它讲了一个男性比较容易接受的大历史或者一个大时代,而是修辞方式、观察事物的方式、那种构造情节的位置,都跳出了原来的窠臼。比如《普通青年宋笑在大雨天决定去死》,首先那种叙述的节奏,与她以前的小说不大一样。文珍非常擅长经营"慢",但她的这种"慢"还不是像我以前开玩笑说怎么判断女性主义,女性主义就是缓慢的,乃至于停滞的。所谓女性写作,就是不断的慢、不断的慢,让人受不了。但是,文珍的慢,是一种微妙的慢。她会在大家意想不到的地方,一下子慢下来。在《普通青年宋笑在大雨天决定去死》里,一开始两三页基本上就把小说的主题给讲清楚了,就把这篇文章写干净了;把一个 80 后青年,一个现代青年,在这个世界上的困难都写清楚了。但后面仍然能铺衍出那么多内容,而且一步比一步难走,却还走得更扎实,最后他获得了一个心灵鸡汤般的结尾,但其实一点都不心灵鸡汤。最后是救赎,最难的就是那个救赎。也就是,宋笑到底要怎么办呢?最后他得救了,但我觉得这种得救是难得的、超越性的。

接着说《美术馆》，刚开始我读《美术馆》其实非常不耐烦，前面两三页，似乎又回到《果子酱》了，回到早期女性的纠纠葛葛之类，包括我记得最烦的小说是《衣柜里来的人》，因为我对这个题目很期待，但读起来发现充满了一种让我非常不耐烦的自恋情绪。我在读的时候，不断从各个人的角度去想这篇小说的合理性，但最后还是无法战胜我对这个题材和这个故事本能的不耐烦。开始我觉得《美术馆》这篇小说怎么回到了作者从前的叙述模式，但让我觉得惊艳的是，它兜兜转转，兜兜转转，然后讲述了一个非常大的故事，实际上，后半部分的很多东西已经不再是小说了。在后半篇的故事里面，政论性很强，简直像《激荡三十年》的小说版。但是，如果不是一个小说技巧非常娴熟的人，这篇小说就会显得非常说教、无趣和僵硬。文珍的本事就在于，她把这样一个宏大的东西和她个人的小表情结合得如此之好，并且如此通透。读到三分之二的时候，我也特别害怕这个本来是两个人在美术馆里很猥琐的故事，变成了家国大梦，但到最后五分之一的时候，作者忽然说，那些其实也是虚妄。她把撕开的大口子忽然一下子收束了，又这么可信。她收束的是：哎呀，我说的那些东西都是我找的理由，实际上都是一个小姑娘青春的虚妄，想要抓住青春最后的尾巴。但当她兜兜转转讲述这么一大圈，收束到这样一个位置时，你会发现，似乎收束起来了又似乎没有收束起来。她之前讲的所有东西都在这一句话里面发酵了，使这句话变得复杂。

处在这个时代里的这一代人的一个代表，她怀着这样一个梦想，去做了这样一个选择，实际上使之前讲的所有的故事，所有的细节，每一句话，都与这个选择协奏。她不是一线情怀，而是小说中的每一句话，都对一个关键点起作用。所以这个小说是越读到后面越觉得惊艳的一部。

然后我还想讲一下，有一种小说也让我很关切，就是有一些情节很恶俗的，就是通俗剧，用文珍的话说，叫作"小言"，我估计这个

"小言"是"小言情"的意思。但我发现,从《十一味爱》到这种小说,师姐越来越厉害,让我不能望其项背,她把那种特恶俗的、特小言的东西加了自己的变化,这种变化是非常妙的。读《我们究竟谁对不起谁》的时候,我也觉得非常漂亮。从叙述层面上来讲,我是非常喜欢这个的。这部小说没有什么大主题,只是一个同性异性之间的小故事。但我觉得非常漂亮的地方在于,她讲故事的能力比我们要强太多太多。一个故事出来,我能有各种各样的想象,而且让我觉得妙的地方在于,她牵出几个线头,每一个线头都特别恶俗,每一个线头牵出来之后,你立刻就会有一个想象说:就是这个事。这样的危险就在于,她要收束这个线头,这个线头要收束得让人心里愉快,让人觉得有说服力。读者现在都很聪明,你不能让读者觉得"什么呀,这就是我猜中的某一个答案而已"。但她最后用轻巧的两个情境,就把所有的线头收拾干净了,并且又留有余味,而且我觉得那个情节还是比较可以的。我觉得我在看到三分之二的地方,就已经猜到结尾了,但我读到的仍然是一个出人意表的结尾。从小说叙述层面上来讲,读到那篇的时候,我觉得师姐是了不起的,比过去了不起。我先拉拉杂杂说这些吧。

季亚娅(《十月》杂志编辑):这个集子给我的时候,《普通青年》和《气味之城》是我去年看过的,有一些是最近看的,我印象比较深刻的是《录音笔记》。我记得文珍在 QQ 里跟我说,这其实是她的一个写作试验,她想写一个关于各种感觉的作品。我是这样理解的:色声香味触法,七种感觉。看了《录音笔记》之后,我觉得这个非常棒。

我读到这部小说的时候,想起去年我读的另一个中篇,那篇小说处理的是一个失聪的主题,就是我们这个时代如何听不见,丧失了听力。然后我在这想,当有很多比我们年龄更大的作家,由于他们的处境,由于他们已经获得了成功,他们听不到这些声音的时候,其实有一批人,在记录很细小的声音。我突然想起加缪有一个很著名的隐喻,他讲了一个打电话的故事。他说,现代性就好像是什么?就是一个玻璃亭里,有人在打电话,你看着他在那狂喜,你看着他在那大叫,但是你不知道他在说什么,因为你跟他隔了一层玻璃。可是能听到他说什么的人却远在千里之外。看到这个之后,我在想,这样一个写作,这样一个叫小月的姑娘,她悉悉索索像一个小老鼠一样,谁都听不见她的声音。但有一个人听见了,通过写作的方式,文珍把它听见了。我有时候在想,现在写作如果说还有什么意义的话,可能就是记录这些微小的声音。这是我当时读《录音笔记》时觉得特别好的一个地方。

我看到李敬泽写的序言,李敬泽老师是我非常崇敬的批评家,也是我们的前辈,但我觉得他说得实在不好。他说文珍是个小巫,祝她早日变大巫。我觉得他没有把这个集子看完,没有看到《我们夜里在美术馆谈恋爱》。我看到这个以后非常震动,同龄人当中能有人写出这样的小说!我当时的感觉是,好像以前我们从文学、从艺术可以获得一个东西,其实有一个向度,叫作"真"。就是求真,真理的"真",这个向度其实在我们当下的生活中被极大地忽略了。不是没有这个真,而是这个真所导致的,我们所构造的那个叙事,已经早就被说得很疲劳,而以前曾为真的东西现在已经变得不真,无法勾连起我们的行动,无法勾连起我们将来怎么办,我们的出路在哪里。这个真建构不起来。但是文学可以做的其实是另外一个东西,也就是美术馆。我把它看成是一个巨大的隐喻,那就是艺术可以作为美的象征。当我们躲到这个美里面的时候,也许我们就获得了另外一个出路。我们今天只能在美术馆里谈恋爱,因为在现实生活中我们爱不下去,我们要离开,我们要到远方去。但是在美术馆里面,以及在《录音笔记》里面,其实我们就听到了这些声音。我们也触摸到了这些东西。我觉得这个写作,哪里是小巫啊,这就是个大巫,这完全是大作。所以我觉得非常非常了不起。我觉得应该向同年人致敬,表示我的钦佩和敬意。

二

饶翔(《光明日报》编辑):因为以前写过不止一次文珍的评论,一些想法已经在文章里表达了。今天就先简略地说一下这些文章里写过的内容。我自己一直比较喜欢作家论这种形式,包括我刚刚出的一本小集子里面也差不多大半都是作家论。因为我个人的气质或能力,我比较喜欢细节,比较喜欢具体的事物。就算最后要推演出什么宏大的思想、理论的命题,也习惯从作家的具体作品出发来谈。另外一点,我自己对文学评论的理解就是,当我们评判时代整体的思想状况,会发现缺乏卢卡奇那样的思想,因此显出经验的破碎。我觉得在我们诊断这个大的时代的精神状况和文学状况的时候,确实需要这样的思想,从而才能有一种洞察力。但是在面对具体作家作品的时候,确实有许多细微的工作要做。因为创作本身也是一个很具体的工作,包括你怎么去讲一个故事,怎么去叙事,这些都是一些很细节很具体的事情,它并不是一种思想理论的简单转化。因此,文学批评它的前提是要尊重作家的自我和个性实践,就像我们一句老话说的,"江山易改,本性难移"。我们在说一个人的时候,其实也是这样的评价。

我们在作一个文学评论的时候,如果是很外在的、置身事外的批评,可能对作家本身来说是难以实现的,因为这不是和他的创作个性相契合的。所以我们必须拥有面对陌生人、走进陌生世界的一种耐心和细心,我觉得这是一个基础性的工作。也就是说,我们需要搞清楚,这是怎样的一个作家,他的个性在哪里。当然,我这么区分,这种"整体和个体"的二元论也可能造成批评界的一种怪象,就是我们在说到整体性的时候,都是在批评这个时代,说文学整体都不好,但是说到我们具体作家的时候,却都说好。不知道为什么,所有作家都很好,最后整体却不好。但是我觉得,首先我可能强调要尊重一个作家的个性吧。当然,具体的批评实践是每个人都在摸索的。以文珍为例,我觉得面对具体作家、写作家论的时候,首先我考虑的可能是要了解她创作的历程。在我之前的评论里,大体做到的工作就是这个。在这一过程中,了解她本身的写作体裁、风格上的一些变化。可能这也是一个很老套的方法。

我们知道文珍是2004年进入北大攻读硕士学位的,事实上这可能是她出道的一个标志性的时间段。我和文珍也很熟,我们聊过很多次,她也说她在本科的时候就已经是校园著名的BBS写手了。如果不是考入北大中文系,进行这种专业型的写作,她很可能就是日进斗金的网络作家。她虽然很年轻,但有一个相对长的写作历程,我对她的创作状态可能也比较熟悉。我对她作品评论的题目叫《从画面到追求》,她自己也说她早期有很多写画面的,最后进入了《普通青年》之类的作品,还是要在个人、自我之外,去追求一个更大的情怀。

吴自强(**中国人民大学博士生**):读这本书,我也有一个疑问:这本书是按照什么顺序来排列篇目的?我最初读到的是《银河》,读到最后注释的时候,我开始感兴趣。因为小说作注脚的不多,而且不少注脚是有知识性感觉的,我觉得这个饶有意味。第二篇读到《衣柜里来的人》的时候,我感觉跟《银河》是差不多的性质。的确,可能如果从小说的技巧,还有从人在阅读审美中注意力保持的能力,以及容忍小说家炫技的程度来说,我觉得《银河》更好一些。到了《录音笔记》这一篇,我开始非常感兴趣,因为在《录音笔记》里,她选择接线员这么一个对象,是非常好的一个点。因为作家作作品,总要让作品自成一个逻辑体系,你得让你的故事能够圆顺地走下去。那么用接线员,她日常生活汇总接触到各种各样的声音,然后自己幻化出另外一个自身在录音匣子里面的人。这种处理,我非常喜欢，也非常贴合她作为接线员的身份，把我们现代社会接触到的各种声音，扭集到了这个点上面，像扭麻花一样，但是一点都不乱。而且读这篇小说的时候，我总是想起张爱玲有一篇小说，是写在上海公寓里面听见各种各样的声音，旁边是各种住户的声音。那么各种声音扭集在一起，以一个主人公，一个单线索的故事和情节进行展开。《录音笔记》这个小说基本上情节很简单，就是写人，就是挖掘内心；就是写各种各样复调的声音，各种聚集，各种缠绕。最后直到感觉突然间像是爆裂了一样，一个内心的声音砰然而出，第三维、第四维的世界的声音，突然到了我们这个世界，有点像星际穿越。这种设计我觉得非常有意思。而且读这篇小说的时候，你能感觉到人是很容易被代入成为接线员，被代入进去成为主人公。这是一种感受。下面我还要谈到《我们究竟谁对不起谁》，这篇也是一个炫技之作，作家要敢于炫技，《录音笔记》是语言上面的炫技，《我们谁对不起谁》里面是结构，是一个比较纯粹的小说自己的事情。小说怎么样像郭德纲相声一样，当面拿贼，最后突然间峰回路转，让人想不到，但是很高兴。终于，哐啷一声，靴子落地。这篇小说我觉得结构上的这种处理、经验融合做得非常好。

李剑章：这次我选择的题目是《逃避与屈服——由〈我们在美术馆里谈恋爱〉看文珍笔下80后青年劳动者们的命运》。之所以用的是"逃避与屈服"而不是"从逃避到屈服"，因为逃避与屈服之间的关系是很复杂的，不是简单地说"从一个到另一个"就能说得清楚的。因为在一些情节当中，他们是从逃避到屈服，又由屈服到逃避，以这种逃避作为对屈服的反抗。在有的篇目当中，只有逃避，而没有真正的屈服。

乍一看手中的这本书，我还以为它是一部青春小说或者文艺小说，但我翻开仔细一看之后，这真的是很好的、很厚重的一部小说，远非那种青春小说、文艺小说所能比肩。这是一部值得让我作出很高评价的小说,一部真正能给我以感动的小说。

也许我们可以说,这部小说写的是一些边缘人,或者说女性,或者说 80 后,或者说北漂,或者说都市人。但在我看来,最妥当的一种视角是劳动者。与其说他们是边缘人、80 后、北漂之类,不如说他们是劳动者。他们虽然有逃避的一面,但另一方面他们也有自己的担当。比如《录音笔记》当中的曾小月,在劳动强度加大的情况下,干得昏天黑地,对着机器说话,就像应答一个怪物一样。包括《录音笔记》中不是那么正面的孙丽莎,她为了拿下一个单子,陪别人喝酒,哪怕喝出胃出血,这虽然是一种异化,但她毕竟为此做出了牺牲。其他的小说,比如《银河》等,往往涉及还房贷的情节。作者笔下的人物身上,劳动的一面要胜过小资性格的因素。

这些人确实有逃避的一面,但无论他们逃避到何处,最终还是要归于妥协。他们有可能逃避到远方,这个远方可以是新疆,可以是西藏,可以是美国,或者其他什么地方。他们也有可能逃避到深处,比如衣柜,还有其他的地方,比如逃避到死亡,逃避到幻想,逃避到艺术,等等。包括小说中没有写到的,其实他们还可以逃避到乡土,逃避到民俗,逃避到学院。他们的这种逃避方式,其实是一种自我限制。当现实的强大力量向青年劳动者身上压迫的时候,那些青年劳动者就想:"我先退一步,现实就不好再进一步了吧。"可是,虽然他们退了一步,现实还是往前进了一步,现实就是这么霸道,这么不讲道理。这样,逃避可能最终归于一种妥协,比如《衣柜里来的人》中,主人公想要留在拉萨,最终还是回来。逃避也有可能归于反抗,像第一篇《银河》,写到了很壮烈的结局。但不管怎么样,那些年轻人虽然唱着"硕鼠硕鼠,无食我黍。逝将去汝,适彼乐土",但实际上,真正的结果还是"普天之下,莫非王土",所获得的,更多是伯夷叔齐式的结果。哪怕一个筋斗翻出十万八千里,但还是逃不出现实的手掌心。

从小说中能看到这一类 BOSS,比如说银行,比如说房子,印象比较深刻的一句就是:"房子吃我们,银行吃房子。大鱼吃小鱼,小鱼吃虾米。"真正强大的力量,是银行,是房子。作者能从自己的生活经验出发,切切实实地描写当代人的生存状态,这是非常可敬的,是值得点 32 个赞的。

董丝雨:在读完《我们夜里在美术馆谈恋爱》后,我的第一感觉是深深的恐惧,因为文珍笔下所描写的,就是几年后的我,被囿于一个固定的生活模式中,按部就班地找一个工作,结婚生子,按揭房子,赶在人山人海的黄金周去旅游,为鸡毛蒜皮的小事拌嘴,淡淡地生活,淡淡地老去。就像《衣柜里来的人》中的小枚,在即将步入这样的生活轨道时只想远远地逃开,来一场"说走就走的旅行"。我和各位老师的观点可能不太一样,我觉得《衣柜里来的人》写得很真实,虽然小枚在大家看来有一点懦弱,有一点"作",但这就是这个社会上的绝大多数。我不认为小玫和阿卡之间,在那个骑行纳木错的夜晚什么事都没发生是一种未超出期待的情节设定。生活不是偶像剧,按照文珍在博客里所说的,小枚的选择"是一种理性的回归,同时也是一种可能性的失去"。小枚不应该被指责,因为这是一个人人都会做出的选择。

我们应该认识到,小枚其实是一个很聪明的女人。她有着较好的教育背景,正因为如此,她深谙一个道理,那就是"到处都是庸常的生活"。是的,到处都是庸常的生活,我们谁都逃不掉的,无论是文艺青年深爱的新疆西藏,还是再远一点的大洋彼岸,无论我们逃到哪里,生活都是生活。我想到王家卫的《春光乍泄》,想到那两个来自香港的同性恋人——黎耀辉和何宝荣"逃"到了阿根廷,想去看一看伊瓜苏瀑布。曾经王家卫在接受一个采访时,有人问他为什么把故事选在阿根廷。王家卫的回答十分简单:"因为在地球上,阿根廷离香港最远。"但是两人来到了阿根廷,以为能够逃避从前的生活,最后却仍旧和在香港没什么两样,黎耀辉还是煮饭工作,何宝荣还是想逃。

　　回到《衣柜里来的人》,小枚逃到了中国离北京最远的拉萨,身份从京漂变成了拉漂,有一群貌似志同道合的朋友,每天喝酒聊天,很是快活文艺,有一个对自己念念不忘的"浪子"阿卡,随时随地可以奔走天涯,这样的生活对每一个蠢蠢欲动的女人都具有致命的吸引力,但是我们往长远想,拉漂难道就不生活了么?难道拉漂就不买房子不吃饭了么?难道真能够浪迹天涯一辈子么?拉漂和北漂除了地点不同,其实没什么区别。所以小枚最后的选择不是妥协,不是懦弱,而是一种看开,她看开了即使跟着阿卡,最后其实还是会回到庸常,不如将阿卡连带着浪迹天涯的梦一起留在拉萨,不去破坏,在日后的生活里至少还有一份怀恋。

　　人人都有做梦的权利,王小波在《黄金时代》中说:"放声大哭从一个梦境进入另一个梦境,是每一个人的奢望。"我们要会做梦,同时更需要会生活。在可以做梦的时候好好做梦,在应该生活的时候好好生活,这才是一个人最理想的人生之路。

三

　　李壮:欣玥说她读文珍的小说读哭了,丝雨说读完了觉得恐怖,我的感觉则是读的过程中一阵阵地想死。为什么?因为里面的人物太像我们了,在习惯性地进入高大上的专业分析之前,我觉得我不得不先从感性、直觉的角度来说一说,因为这些作品真的会给我们以一种直接性的震撼。这本书里的作品做了一件事,这件事读者和评论界都在等,许多经典作家做不了,年轻作家做得有好有坏,这件事就是勾勒出我们这个时代新的都市主体人群的精神剪影。这是一个怎样的人群呢?他们是"新北京人""新上海人""新广州人"。正如小说里常常写到的,这群人,他们受过良好的教育,有一个完整独立的自我主体,这是他们进入这座城市的通行证。然而真正进入之后,他发现这座城市却要求他放弃那个自我。这里面存在有一种巨大的悖论。文珍把这种悖论所导致的痛苦写出来了,而且她把这种时代情绪附着于大量真实、精确的事实细节上,里面的故事、人物、桥段我们都再熟悉不过了。这也就是为什么我们几个人会被这些作品打动:它们写的就是我们,是我们本应成为的那种人,也是我们未来必然要成为的那种人。其实我们每个人都在经历着里面写到过的那种生活,但那只是模糊的一片,你难以捕捉。文珍的小说则是通过情节、人物、语言,把所有这些烦恼抟成一处,使它仪式化、变成一个异物,可以把握,就像一枚钉子,实实在在地吃到你的肉里,见血,使你激动甚至亢奋。安吉拉卡特在小说里写到一种性虐用的刑具叫"鲜血处女",就是几百根钉子扎进身体。我读这些小说的时候就会有这种感觉,每一处熟悉的细节和真实的痛苦都像一根钉子,它进入我的身体,赐予我疼痛,也赐予我高潮。

当然如果只谈这些感性的东西,我觉得就太过亏欠文珍的小说了。从最基本的单元进行分析,文珍在语言上极见功力,非常到位、绵密、有力,但又富有内在的多样性。例如《银河》,这篇的语言力量很足,写得狠,一针见血,很犀利。我记得两处细节,一处是写一个招待所登记员,本来特别冷漠,在两人交钱住下后,她就要努力表示一点友善。文珍写她笑了,但是"那一笑着实吓着我了。她不适合笑"。这一下多么精确!两三个短句就勾勒出一种完整的戏剧性,有一种残酷的锋利。酷极了!另一处是有关汪峰《北京北京》里的一句歌词,"如果有一天我不得不离去,我希望人们把我埋在这里"。文珍写道:"为什么要埋在这里呢?是因为我们的房子买在这里吗?"我觉得写北京房奴,很难再找到其他句子比这一句愤世嫉俗的冷嘲更到位、更自然、更一针见血了。到了《录音笔记》,则写得很节制、有控制力,但背后有一种颓唐的感觉一下就带出来了。这两篇是我最喜欢的。《普通青年》《我们究竟谁对不起谁》，里面又有玩世不恭的语调；《到 Y 星去》则是两个人耍贫嘴，但玩世不恭也好贫嘴也好，背后又都藏着辛酸与悲凉。《美术馆》和《觑红尘》在语言上其实很文艺范儿，但是没有泛滥成灾，而且《美术馆》那一篇涉及的东西很多，我觉得杨老师前面说得特别好，它里面有一个爱与历史彼此纠结的问题。我看昨天严彬老师在朋友圈还给这篇小说下了一个总结（其实是一个偷来的题目），我觉得也很到位："这一代人的怕和爱。"文珍的文字是恣肆的，感觉都是顺着强大的才气喷涌而出，但这种喷涌之中，对情绪的控制又大都是精确的。

　　这种多变、强烈又精确的语言，其实起到了一种"缓冲剂"的作用。它把整个文本包起来了，使它获得某种审美意义上的自足，而不会因与现实的正面冲撞而导致内部的失衡。正因为有了这种缓冲，文珍的这些小说就和那些直抒胸臆的通俗故事有了质的差别，它们将能够从现实纷繁的表象进入更深的层次，从"烦恼人生""一地鸡毛"的现实焦虑切入某种普遍性的精神问题。这种问题是什么呢？我觉得可以总结为两个词：倦怠、逃离。我觉得这两个主题词我都不用解释了，看完这些小说这两个词一定会浮出来。说到"逃离"我们很容易想到爱丽丝·门罗。但两个人写"逃离"的方式其实是不一样的。门罗写《逃离》，实际上是把生活悬置起来写，把故事放到一个平静的小乡村，只有一个图腾隐喻般的小山羊在人物的叙述中若隐若现。"逃离"在门罗那里成为了某种玄思性、本体论层面的东西。文珍则把这个主题引向了另一个走向。她是明晃晃地，把一切都直接亮出来，狠，而且敢，让文本、故事、人物直接与最真切的现实发生剧烈的摩擦，一时间火花四溅。门罗当然是大师，她的《逃离》也是经典之作，但同时文珍这样的写法，我觉得对于今天中国文学中的都市书写，其实是特别重要的。今天写北京、写上海，其实蛮需要这种写法，需要这种直接撞上去的文字。但敢这么写的人少，能写好的更少。在这种火光四溅中，小说中人物的内心被照亮了,我们看到了他们的精神困境,看到了他们灵魂中的裂缝。

这种困境与裂缝是什么?我昨天偶然读到一首佩索阿的诗,我觉得来回答这个问题简直太贴切了。里面有一句是这样的:"我是我想成为的那个人和别人把我塑造成的那个人之间的缝隙。"文珍小说中的人物,大都是掉进这个缝隙里去了。读这些小说的时候我总是看到两个无形的圆圈,一个圆是自我,另一个圆是世界。两个圆都很好,本身都是顺境,但偏偏两个圆中间有一个小小的交集。结果这个交集是个困境,而人就是被困在这个小交集里面。自我与世界带来两种相反的力,撕扯他、挤压他、扭曲他,最后的结果,就是人在自己身上打开了一道深渊,并且深深地落入其中。文珍没有只纠结于世界是如何地撕扯、逼迫我们。如果只写这些,也许这会是一部很好的社会调查纪实类作品。文珍的厉害在于,她还把那道深渊写出来了。

为什么一定要写出这深渊?因为纯粹来自外部的力往往是浅薄的。如果你挨了一耳光,你会说,你凭什么打我?!这是一部家庭伦理片。如果你挨了一枪,你会想,啊,是谁开的枪?!这是警匪片,复仇片,或者悬疑片。但当你写你坠入深渊,你想的就会是:这道深渊何以存在?我究竟何时能落到底?在深渊的底部我将会看到什么?这就是文艺片了。前面两种,可以是狗血美学、暴力美学,但说到深渊,就一定是一个哲学问题了。文珍写出了这道深渊,我们都能感受到小说中人物自我撕裂时产生的灼热的温度和巨大的疑问。这里面有一种纵深性的痛感,不仅仅止于银行房贷、婆媳内斗、办公室政治和恨嫁相亲。肤浅的痛感让人气急败坏。纵深性的痛感则让人激动,但又让人沉默。

最后说一点。因为是讨论会,我觉得还是应该说一点批评性的东西。文珍的这些小说,有一点我是觉得有遗憾的。那就是"塞得太满"。这其实也和刚才说到的"沉默"有关。这种沉默,在总体感受上无疑是出来了，但在具体行文之中，其实还有欠缺。原因就是作者自己的抒发、阐释偶尔容易过度，有些地方本来可以让细节、场景、人物自行说出，却被作者恣肆汪洋的语言才华一下子漫过去了。我觉得《银河》最后一部分有两处就处理得很好。第一处是女主角看到老黄走过来，知道终于要摊牌了，就在这一瞬间她突然觉得特别无助，她站在尘土飞扬的跑道和轰鸣作响的破音响旁边，突然不知道该怎么办了，竟然本能地想去找那个和善的塔吉克族老警察。这一下写得太传神了，没有太多的描写或说明，但无数的内容都包含在这一瞬间里面了。我当时读到这里，感到心都碎掉了。再就是小说的最后，女主角面对终于到来的结果，她没有抵抗也没有立刻投降，而是最后疯狂了一次：她跑到赛马道上狂奔，这时文字犹如音乐一样节奏越来越快，她回过头来，看到雄健的白马、英俊的骑手，以及骑手衣服上细密精美的花纹，这一切都向自己的脸压过来——然后小说结束。这里面有一种巨大的毁灭快感，没有多说，但是读者都感觉到了。而在另外许多地方，这种"一切尽在不言中"的感觉会比较缺少，文珍自己太喜欢充沛的抒情了，以至于没有留给"沉默"以足够的空间，以使它发出回声。特朗斯特罗姆有句诗，说他的诗句在生长，"它把我挤出巢穴，而诗已完成"。我有时会觉得文珍是相反的，她自己写 high 了，似乎就会一脚把人物踢开，说："你让让，我来写！"这样写出来的东西力量很足，而且文珍本人也确实才华横溢，但这也容易使作品显得过满过实。我希望像《银河》最后那种有空间感的处理能多些。这是我个人的一点意见。

刘欣玥：刚才大家都提到我昨天的微信朋友圈，其实我的痛哭更多处于感性的私人原因，但是我也认同丝雨说的"恐惧"，大概因为读文珍的小说一个最大的体验是真实和亲近，接受起来没有任何障碍，很容易在情感代入后引起共鸣。读完这些作品后我常常觉得背脊发凉,会觉得自己受到了威胁:难道我们现在的选择只有这么一点了吗?难道我将来的生活就只能是这个样子?

关于《我们夜里在美术馆谈恋爱》我想从三个方面谈一下,第一个我把它叫作"重新发现北京的方法",文珍的小说一直有意无意地让北京各个地理坐标嵌入自己的小说,而且对这些地理坐标的描绘都非常明确,比如《银河》里的国贸旋转餐厅,《我们究竟谁对不起谁》里面的糖果盒子,有些还发挥了结构性的功能,直接参与故事的讲述,比如《美术馆》里的美术馆和《覷红尘》里的钓鱼台银杏大道、卢沟桥,还有之前获得老舍文学奖的《安翔路情事》里的盘古七星、鸟巢、水立方和安翔路。我猜这些故事之所以让我感到熟悉,很大程度上与故事发生在一个如此详细的北京有关,详细到某一条街,某一栋楼里的某一个餐厅,这样一来,"北京的地理坐标"或者说"北京"就不再仅仅是叙事背景元素,皇城也好,首都也好,北京的历史和文化在鲜活的当下经验中被唤醒、复活,重新变得充盈而富有光泽,进而获得了全新的魅力,北京的地理坐标如果可以被称为符号,显然他们已经被赋予了全新的所指,因为它和生活在其中的人的情感,记忆和生命发生了无法割舍的关系。这一点很容易让我想起上海,在"上海神话"和"老上海"的想象中,地理坐标占据了非常重要的位置,张爱玲、王安忆等人的写作功不可没,比如说百乐门,四马路。刚刚大家都提到王家卫的电影,我觉得王家卫镜头下的香港和上海有个各自独特的质地,北京其实和它们是不一样的,那么北京有没有一种别的色调和感觉?比如说《美术馆》展现给我们的这种,是俏皮的,带女侠气的,同时还有别处不具备的皇城历史气。

为什么选择把故事发生的地点设在美术馆?刚刚亚娅师姐把美术馆解读成美的象征与救赎,但是美术馆在我的理解中有更多历史和政治的深意。读这个小说的时候我一直想起同样发生在1989年的著名的"艺术枪击作品"事件,1989年2月的中国现代艺术展在美术馆举办,当时有一个作品叫《对话》,作者对着作品开了两枪,成为一个引起轰动的大事件,但是由于"枪声",艺术的极端和激进超越了官方意识形态可以容忍的限度,从那以后,前卫艺术再没能进入官方美术馆的展览厅。所以在二十几年后重提美术馆,首先就可以解读为一个"致敬"的小说,事关小说作为一种艺术形式的本体思考,一个年轻的写作者,一个年轻的艺术家能够在这个时代发出什么样的声音?在我们当下的体制和社会环境里,艺术还能不能发出枪声?这是在一个曾经允许过艺术自由发生的"历史遗迹"上,向一个代表着自由、独立、勇敢的艺术姿态的致敬;第二,美术馆作为一个国家单位是高度符号化的,小说有着明显的对官方意识形态的挑衅;第三,80后"反抗"的暧昧和滑动。女主角的"逃亡"是三重的,要离开自己的国家,自己的城,离开自己相守多年的男朋友,对每一个要逃离的对象她都爱恨交织,国家—城—人的三位一体,这种叙事的滑动也决定了对"逃离"这一行为解释的暧昧性,可以说是抵抗体制和官方意识形态,可以说是小资产阶级抵抗庸常生活模式的单一想象,但最后最说得通的是爱情的厌倦,这就是一个非常非常通俗的故事了。文珍在小说里面也没有交出权威解释,如此一来"抵抗"姿态也就变得很暧昧,在"爱情"的层面上讲述一个抵抗的故事就变得很安全,这是不是也是80后的症候性或者限度所在?但总的来说,《美术馆》对话的是一代人的历史虚无主义,能够在80后作家里面看到这样的作品还是很欣喜的,在我的印象里他们大多不会强攻现实,触及历史和政治的更是寥寥无几。

  第三是作为混杂物的"爱情",爱情在文珍的小说里扮演了非常重要的角色,这里的爱情是复义的,是一个矛盾体和混合物。首先,爱情是庸常的同谋,往往和家庭、男朋友捆绑在一起成为庸常生活秩序,比如《衣柜里来的人》《我们夜里在美术馆谈恋爱》,《我们夜里在美术馆谈恋爱》讲述的是一个"革命+恋爱"双双失效的故事,如果在1930年代的左翼小说那里革命和爱情可以互为支撑,那么在这里"革命"记忆被参加过革命的人压抑和背弃,恋爱也最终不能成为支撑生活继续运转的信仰。就像《衣柜》对爱情发出质问:如果连爱情都不能相信了还有什么是值得相信的?但是另一方面,主人公似乎依然没有放弃把得救的期望寄托在爱情身上,文珍有一种知其不可为而为之的写作姿态,就像《银河》的女主角一样,明知道注定失败,还是要把牢底坐穿后才有资格承认失败。

我一直在想,对于这一代人来说,爱情一定是一个"混杂物",里面有很多复杂的单元,已经不仅仅是一种传统的亲密关系的想象,爱情被寄托了更多的东西,别处的压力都被"位移"和投射到了爱情上,为他们摆脱孤独和困境提供了一线生机。

最后说一点点建议,《美术馆》讲了很多"逃离"的故事,这些男男女女想要逃离日常生活秩序,逃离的思路通常是"生活在别处""在路上",而最后往往以妥协和回归作结。如果逃离行动注定失败,那么我的期望是:在回归的时候,是否和出发的时候有所不同?在我们已经拥有当下生活的时候,我们所需要文学去做的也许不仅仅是一个对生活的复述,无论这个复述多么准确,富有技巧而且精致好看,如何在真实地还原了生活之后可以超越其上?或者像杨老师说的,小说能不能"冒犯"生活,这是我对文珍创作更多的期待。

原帅:我重点读了您的《录音笔记》和《美术馆》两篇,非常喜欢,前者处理的是80后的经验,表达了80后很大的焦虑感。您把这篇小说写得很精致。对于后者,我赞同杨老师的观点,对您应该有更高的评价,您在试图处理一个大的历史问题。李敬泽老师虽然是大的批评家,但我认为,他的有些表述也不是很准确,不能只用"直男主义"来评价。我认为一个大作家还是要处理历史问题的。我赞同丛治辰前辈的第一个观点,说您从早期作品转型到了

《美术馆》,是一个很好的转变。但我不赞同他的第二个观点,您对精致的意识的处理也是有价值的。仅评价您的这些(精致的小题材)作品,可能在未来的文学史中,会把您称作"北京的张爱玲",但读完《美术馆》之后,我认为应该对您高看一眼,处理好了80后的大历史,您会成为唯一的文珍。

侯磊(**青年作家**):我感觉文珍的小说有不绝望的、积极的情绪在,不像读完张爱玲,感觉天都阴了下来;或者像安妮宝贝一类作家,在作品中玩酷玩炫;或者像老舍作品一样给人不能生存下去的感觉。您的作品中,主人公面对悲惨生活还是有一丝光明,就像宋笑最后见到的阳光。同时我也感觉到,作者及人物都有一些没有完全表达的压抑。我喜欢这种压抑,每一篇都不一样,因为一个人不可能把情绪完全表达出来。《觑红尘》这一篇讲爱情,爱情无非就是几种结果,合了,分了,这个"觑"是偷看的意思,面对红尘,我们每个人都偷偷地看一眼,能看到什么,就自己感受吧。这篇是一个过来人的体会。

我最喜欢的是《美术馆》的最后一部分,很有先锋意识,给人的感觉像杜甫的诗"星垂平野阔,月涌大江流",表现了人在历史的漩涡中漂流的无奈。在美术馆的恋爱,成了也好,不成也罢,在北京这座城市生活,无论成功或失败,最后都是一个符号,都会被历史一扫而光,就像一百年来的历史一样,一扫而过。那句"吃了吗您呐!"特别有反讽气息,这其实是80年代小流氓的话。"那一年我九岁你十八,最关键的一夜,全校师生倾巢出动,而你不在最前也不再最后,盲目地混迹于热情的民众中,他们喊什么你也跟着喊什么……黄昏绚烂,旋即黑夜墨黑。"这段太好了。盲目地混迹,非常精确地描述了那种状态。我记得那时候,我坐在爸爸的自行车上,看到广场上都是白花花的白衬衫,广场上还有改装成厕所的公共汽车。这一段描写,完全跳出了文艺、小清新的豆瓣之感。

四

樊迎春：我选择的题目是《小资与非小资世俗化的悲歌》。我今天主要想说两点。

一是共同主题。为了准备这次讨论，我也专门读了文珍的第一本小说《十一味爱》。那里的十一个故事风格比较多样，有气味、绘画等比较后现代的元素，也有特殊职业、社会底层人物等现实主义题材，重要的是故事发展、情节设置都比较新颖，但其中文艺青年气息相当重，文笔娴熟和自然度略欠，是才华大于技巧的创作。

《我们夜里在美术馆谈恋爱》是作者的第二本小说集，这九个故事单从技巧和书写方面相比于第一本成熟了许多，但我至少在其中六篇中读到同一个主题：世俗生活永垂不朽。这里涉及的人物很多样，有中产阶级（《银河》），有白领（《西瓜》），有文艺青年（《美术馆》），有普通员工（《宋笑》），可以说他们并不是所谓的"城市边缘人"，他们正是城市的主体，正是他们构成了这个城市紧张、焦虑、虚假繁荣的面目。而他们历经所谓的波折、逃避或者外来条件的所谓救赎，最终实现的不是精神的升华，而是对世俗生活的回归：私奔的人为了房贷要回来，逃到西藏去的青年最终眷恋城市的温度，窝囊卑微的助理律师还是要屈服于单位的规则，幻想外在星球的年轻人要为200块钱房租费口舌，他们以他们的理智和清醒为这个城市继续书写着隐忍和被同化的赞歌，也可以说是悲歌。

二是对当下生活的描摹方式。这个共同主题关涉的问题就在于这种写作方式对大历史的回避，或者说从中体现出的是青春写作对当下生活描摹的方式。唯一涉及所谓大历史的《我们夜里在美术馆谈恋爱》，其中的书写也是淡淡闲笔，没有更深的思考和表达。这似乎也是在告诉我们，如今的生活就是这么赤裸裸，柴米油盐酱醋茶,个人的跌宕起伏,家长里短,你情我爱,这倒是让我想到刘震云和池莉的一些短篇。而文珍的特别之处在于,在对日常生活的描摹中,不关涉历史,却关注了个人及其特别和微妙的处境。

那么,问题来了:第一,文珍所书写的这种生活,所描绘的这些处境,是当下城市文学所需要的吗?这种对世俗生活的简单回归是否是单一的?或者说,文珍是否在寻找那条路而无所得?还是这就是她找到的路?第二,向世俗的回归是否如此轻易?人性的微妙与复杂该如何更完备地进行书写?

沈建阳:我主要想讲小说文本和电影的关系。第一个感受是文本大量地引用电影,或者用来做题目,比如《衣柜里的来人》,侯孝贤有一部《风柜的来人》;或者在某一个关节点上直接引用电影来说明此时此刻的情感,《银河》甚至还有一点公路片的味道。我们几乎是随着作者的镜头走进这些城市青年的生活,走进都市空间,看见他们在单位、在情感、在生活上的挣扎。有人说"电视剧(美剧)可能是我们这个时代的长篇小说",它几乎吸收了所有小说的表达技巧,我觉得反向的借鉴也是一种很好的尝试。

第二点可能和第一点也有关系,就是小说大多选择一个比较极端的情境,比如《银河》是私奔,《录音笔记》结尾隐私被暴露出来,《普通青年》里宋笑遇见了一个大雨天,而且正好和妻子闹别扭,《西瓜》里一对小夫妻一上来面临的就是下岗问题,《觑红尘》的缘起是一个偷窥事件。在极端情境下,温情脉脉的面纱被一把拉掉,我们得以窥见生活的内里,就像转到斑斓的画布后面去看到的平淡无奇或者千疮百孔,在这一点上,小说体现出了它的严肃意义。

最后一点,小说的主人公大都想着逃离,以为"生活在别处",《美术馆》里则向往国外的生活(我觉得不太完整),《银河》里主人公私奔到新疆,结果晃荡了一圈,发现"生活在别处"不过是一个谎言,急急忙忙回去,生怕会晚了。主人公大多逆来顺受,他们是"无可救药的循规蹈矩者",几乎是被生活追得四处逃窜,我们见不到他们掉过头来反咬生活一口。这无疑可以进一步加强小说的现实性,也可以说是严肃性,青年的状况本来就是一种时代的症候。不过我在这一点上有一点不满足,这可能是一点个人的偏见,我觉得极端的时刻正好是放飞想象力的时刻。

魏冰心(凤凰网文化频道编辑):被大家广为诟病的《衣柜里来的人》,非常让我有零距离的感觉。确实,她描写的不是城市的边缘人,在我们这个年龄段,非常多的人,大部分的人,都在向往这种生活:我要去拉萨,我要去新疆。这可能也是作者没有把这部小说抛除的原因。

吕魁(青年作家):大家都在说《美术馆》那篇,我的感觉跟大家不一样,刚刚谈到了革命、爱情,我认为这些都会过去,最让我感动的是"美术馆"这个场域。我想起《荒原》的开头,"我在古米亲眼看见西比尔吊在笼子里。孩子们问她:你要什么,西比尔?她回答道:我要死。"《美术馆》这部小说,在写1920年代、1940年代、1980年代流动的时候,就像荒原的开头。对于具体的事件,我并不是特别激动,我真正有感触的是时间在面前流动的状态。

杨庆祥:《美术馆》这篇小说涉及真实的历史事件,我们在讨论这篇小说时,并不是因为它涉及那段历史而说它有价值。它的美感,就在于一种毁灭感,我要死,都不知道怎么死,我要爱,都不知道怎么爱,死、爱、历史、他者之间,有非常奇妙的混合与交融,这才是它的悲剧性美感所在。这是处理历史或现实题材的高明的方式。为什么《美术馆》如此重要?因为它有方法论的意义。我们讨论了很多处理历史的方法,都不满意,感觉很隔,没有与我们本来的生命发生真正的关系。文珍知道在没有办法穿越历史和穿越他者的时候,真正的穿越就发生了。

这篇小说写道,"我深深爱着的,不只是你,还有你身后的一切。用整整一飞机的人,殉我一个人的国"。这种毁灭感的境界,到这里真的是开阔了。飞机飞过太平洋,用一飞机的人殉我的国,我的爱。这个爱其实是虚无缥缈的,真正的爱还未发生,历史也是虚无飘渺的,它只能回到异想天开或者爱得要死的状况。

吕魁:我想以一个读后感的形式来谈一谈。虽然这次是谈文珍的新书,但是我还是想从文珍的第一本书谈起。我最早看的是她的《第八日》,第一部集子里我比较有触动的,我和文珍也交流过,从《中关村》《火车站》到《录音笔记》等。结合我个人写作的感受来说,文珍的小说就是从"小我"的个人感受开始,渐渐扩大到关注一代人的情怀。因为不管是所谓的房贷、出轨,还是生活压力都是80后所面临的一些现实问题。感情稳定之后我们就不可避免地要遇到一些现实的问题。文珍最近开始关心北京底层的人的生活,到这本书里面就是从《笑话》到《西瓜》。

我想重点谈一下《西瓜》,因为刚才大家谈这个小说的很少。因为我对智能手机非常不熟悉,我朋友帮我下了一个"果仁",注册之后免费送5篇小说。刚好就有文珍的《西瓜》,所以我实际上是在手机上读完的。刚才同学说文珍小说读起来很害怕,很恐惧。别的没有,但是这个《西瓜》的结尾真的让我觉得很恐惧。我读的时候就想千万不要把烟拆开。一拆开,最血淋淋的地方就显现出来了。但是我没想到这个结尾真的就是太太趁领导不在就把烟拆开给丈夫抽。我觉得这里特别残忍。读到这里我就想我们这一代人真的已经到了这种地步了吗?被现实压得喘不过气来。

我是在一个夏天失眠的时候读到了《美术馆》,当时看完也很激动,不仅有人去写这个东西,而且还写得这么好。当时已经凌晨三四点了,我还给文珍发了条很长的信息,说我没想到这篇小说能写得这么精彩。要我写哪怕是命题作文也写不了这样的东西。我说服自己的一个借口就是从女性的视角去写可能比较细腻一点,如果让我来写会不会就从男性的比较宏大的想法和野心去写。

相对来说,我对这个《普通青年宋笑》就比较期待。因为我们去年聚会她就说写完了,名字叫《普通青年宋笑在大雨天决定去死》。我觉得非常不爽,因为我在写一个小说也是"什么决定去什么"。我就奇怪怎么都是这样的情况。但是这个小说因为与《西瓜》还有《到Y星去》都有相像之处,没有给我太多的惊喜。

把这本小说集和文珍的第一部小说集相比,文珍就是从"小我"的情感抒发开始逐渐地像一滴墨滴到水中一样发展。她现在开始比较关注现实,关注与一代人生活相关的一个主题。我觉得这个很可怕,以前我是跑着追,现在我就要打车追了,我觉得文珍的进步真是太快了。

朱敏:我平时接触更多的是经典小说,或者是类经典小说。刚才杨老师也提到如果我们专业的学生就这样沉浸在学院提供的环境中会不会失去很多鲜活的感知力。经典小说处理的都是历史经历,或者是作者自己的经历。而像文珍这样的小说是从我们这一代人鲜活的经历出发的,这样的小说我平时接触的比较少。我在读文珍小说的时候会很自觉地把她写的东西还原到我自身的经验中。比如她提到的一些交友方式,微信朋友圈还有一些流行歌曲,影视剧,还有刚才同学说的城市地理坐标,我会自觉地将它们同我自身的经验匹配起来,感受非常独特。当然更重要的是我们80后这一代的生活状态、精神状态、心灵状态都被摄入到小说当中。我自己好像同作者文珍有一个秘密的阅读契约。读到这些地方的时候我会会心地一笑。我们这一代人的经验和情感都由文珍替我们书写出来了。

她甚至帮我们打开了之前不在意的或者是忽略的经验和情感

的褶皱。当然老一代的作家也在处理当下的经验比如说余华的《第七天》。但是我总觉得那个有点力不从心。文珍小说则让我觉得她处理起当下问题来有一种举重若轻的能力。我所说的"重"就是指文珍不愿意漂浮在时代的表层,她愿意进入到我们这一代人的内部,来书写我们经验和情感的复杂性。她也会自觉地勾连起历史,比如说大家刚才提到的《美术馆》中,一百多年北京的历史都被勾连出来了。我所说的"轻"就是指文珍小说的准确性。她对时代和我们这一代人的理解非常贴近我们的心境。这也是她小说打动我的地方。

李琦:我想问一下,为什么《西瓜》的结尾把烟拆了是很残酷的?

吕魁:我读到二分之一的时候就想会不会有这样一个残酷的结尾。最后的结果真是让我觉得在意料之中又是意料之外。我读的又是电子书,本来结尾就让我有一种虚渺感,电子书让我更有那种虚渺感。可能我还会希望有一个光明的尾巴。两个人虽然在北京居大不易,但是能够互相取暖。也许从文珍女性的角度来看,这结尾是不是就是取暖的一种方式?但从我的角度来说这太残忍了。因为我觉得两个失败者到最后把很珍贵的芙蓉烟拆开了,这是"日子不过了"的一种行为表现,是"今朝有酒今朝醉",问题我们明天再去面对。

丛治辰:《西瓜》我们不提,是因为我们采取了讨论最具代表性、最具争议性的小说的方式,并不是说这个小说不优秀。另外《西瓜》除了结尾比较有意思外,文珍处理的那个过程也是一波三折的,整个故事非常复杂,最集中就体现在妻子的身上。两个人从一开始完全无法交流,到最后妻子以那样一种绝望的方式与他沟通,是有一种温暖在的。看到最后的时候,可能每个人都能想到,烟可能要保不住了,因为礼物就没剩几样了,酒已经没了。但我觉得这只是一波三折中的第二折,这一折是惨劲儿,最漂亮的是最后一句,妻子跟他说了一句:"我去给你找个打火机。"有过家庭生活的人才知道,一个太太在老公抽烟时说去给他找打火机,一定是平常这个太太不让老公抽烟的。这个时候太太与老公之间距离的拉近又不是第一折可以比的了。

吕魁:我想补充一下,我之所以讲《西瓜》这一篇,是因为我觉得像《美术馆》那篇是比较大的话题,有一种"家国"的感觉。相比较而言,《西瓜》就落得比较实,像前面提到的80年代末池莉的作品和刘震云的作品,我之所以喜欢像《西瓜》这样的作品,是因为我觉得我们的生活百分之九十九是这样的事情,只有百分之一的时候,我会是喝多了去聊美术馆这样的事情。最残忍的,就是最后夫妻开始聊大学时候的事。王朔有一篇小说叫《许爷》,主人公到了日本买春未遂,跟那个卖春的女孩儿开始聊天,他们追忆的竟然是同一条胡同里同一个卖冰棍的大娘,我觉得那相当残忍。在那样一种情况,竟然去追想最美好的事情。这与《西瓜》是类似的。所以我觉得《西瓜》里两个人在回忆大学时期的时候已经是够残忍的了,就别再在伤口上猛插一刀了,没想到最后还是把烟拆了。因为把烟拆了以后还得重新买一包烟,还得巴结领导,这对于这个小家庭来说实在是太残忍了。我倒觉得最后那个结尾还是挺超越的,就是因为最残忍的时候,也是最飞扬的时候,就是我下决心了,就这样了,大不了不在这个单位干了,给领导的烟我就不送了呗。说通俗一点就是,人生没有过不去的坎。

杨庆祥:所以说"烟"是一个重要的工具,文珍的作品中,凡是有一个重要的功能性的东西的时候,她的作品就很好。凡是找不到的时候,她就只能复制,或者抒发一些经验中的情绪,这时候的作品可能就会糟糕一些。包括"Y星",Y星是个功能性的东西,要是没有它,小说就只剩下两个人在聊房贷,境界大不一样。包括这个"美术馆",如果那个男人不是在"美术馆"里面,而是在羊肉馆里面,那境界肯定是不一样的。所以我觉得这种功能性的工具,才是一个作家见功底的地方。

五

李云雷:我简单谈三点。第一点,感觉特别奇妙的是,我一般在参加会议的人中是最年轻的,但是今天看到很多90后,她们看待问题的一些看法角度,他们的经验跟我们确实很不一样。这个问题我还没有思考清楚,可能还需要消化一下。我们这一辈提出的一些问题,我都能很容易理解,很容易相互沟通,但是这些更年轻的人提出来的是另外的问题,来自另外的经验。第二点呢,就是想说今天大家谈了那么多,每个人谈论的角度都不一样,就是应了那句话,当我们在谈论文珍的时候,我们在谈论什么。一开始我就说,由于我对于文珍比较熟悉,所以我很难对其陌生化和对象化,因为你不拉开一定距离是很难客观地来审视的。通过你们的讨论,我就觉得,文珍对我来说变得陌生了。通过你们的陌生化,我把文珍陌生化了。在大家的讨论中,一会儿文珍变得很熟悉,一会儿变得很陌生,这种忽远忽近的距离感对我来说也是一个很有意思的体验。最后我简单谈一谈我对于文珍小说的一个认识。我自己写过一些文章,也就不再重复里面的观点了。刚刚有人谈到是看着文珍小说长大的,我可以说是看着文珍长大的,因为在文珍入北大的时候我已经是博士了,对于文珍小说的发展过程可以说是非常清楚。文珍小说里有它变的因素和不变的因素。变的因素大家讨论得比较多,不变的因素,是一种诗意的对生活的态度,或者说是一种不知从何而来的,对生活的乡愁,这种乡愁不是前现代的乡愁,而是我们当下的乡愁,可能文珍是用一种诗的眼光来看待这个世界的。这种乡愁也有一个发展的过程,它从一个自我走向了一个更开阔的空间,从一个封闭式的空间走向了一个公共的空间。

我认为文珍还需要加强个人生活的经验,但她特别好的一点是融入了诗意的乡愁的因素,就会跟其他的作品不一样。面对生活的时候,有一种超越其上的感觉。

刘启民(中国人民大学本科生):文珍的这本小说集读了一大半,真实的感受是,我有点儿分裂。如果我是以一个生活在北京的青年人的身份出现的,最感动我的的确是《银河》和《衣柜里来的人》,这两个小说一前一后告诉你叛逆的后果和大多数走的路,一点点开掘出城市生活背后的隐痛,尽管叙述模式是旧有的,但这种叙述模式能够感动到读者,说明它并没有过时。如果我是以文艺爱好者的身份出现,那么最有趣的应该是《录音笔记》,因为它新,它用了一个很巧妙的工具来承担了小说的意义,打了兴奋剂似的批评家可以探讨小说里的声音结构,及其背后的文化意义。好吧,我现在疑惑的是,文学到底该期待什么呢?杨老师总是告诉我们文学要有"冒犯"精神,可是真正打动普通读者的难道不是和大多数人站在一起,和他们一起承担苦难的吗?精英写作要抛弃大众吗?成熟的文学不是应该在越来越坚强的同时越来越慈悲么?

李琦:我想谈一下《西瓜》这部作品。文珍的这部小说集里大多数的主人公逃离了又回来,让人想起鲁迅说的"娜拉走后不是堕落,就是回来"。其实女性不一定只有这两种选择,像萧红,走了之后活出了精彩的人生。那个年代的女性还能有选择的权利和机会,《西瓜》这部作品展现给我们的是,当代的女性已经没有这样选择的权利了。没有勇气,也没有现实环境。她们上有老,下有小,柴米油盐酱醋茶让她们不能逃,也无处可逃。我想起蒋一谈的一部短篇小说《林荫大道》,讲一个家境贫寒的女博士,母亲在富人的别墅里做清洁工,她在参观别墅的过程中深感贫富差距悬殊,看到操劳的母亲,心生愧疚。文珍和蒋一谈的作品都谈到了家庭责任,女性在现代社会中需要承担更多。

另外,我很喜欢这部小说的结尾,妻子把本来当作礼品的烟拆开了,让丈夫吸,回想起大学里许多美好的日子。这是一种决绝的姿态,和过去不得不谄媚活着的日子告别,只要家还在,即使不送礼也可以好好生活。"我去给你找个打火机",这文末的一点温暖与光明照亮了那个黑夜,也照亮了他们今后的生活。

文珍(**青年作家**):谢谢大家让我听到这么多年轻读者的声音,以往我经常和评论家交流,包括庆祥、丛治辰,但因为很熟,所以很难为我的写作带来新意的冲击,最多就是求同存异。哪里给他们很大的冲击,哪里的批评是特别到位的。我经常会想,我的书会被什么人阅读,达到怎样的感性的共鸣或者无感,今天这次讨论让我非常感动。

我想回答一下刚才丛治辰的问题,关于小说集的编排,为什么我把《衣柜里来的人》也放了进去。因为我觉得,这一部和《银河》《美术馆》是一样的主题,有的走成了,有的没走成,为什么要放在《银河》后面呢,是为了形成一种互文,如果选择不走会怎样?选择不走,她退回到安全区域,是一个懦弱的人;但走了又被拉回来,要还房贷。这还体现了另外一个人与你的爱情中的不确定性。《美术馆》是我中期的作品,写于2010年,跟《衣柜里来的人》几乎是同期作品。他们成为两个极端,一个被大家喜欢,一个被批判。我第一次的作品集没有选《衣柜里来的人》,因为它有很多失败,我写到中间的时候就知道它是失败的,但我想把它写完,虽然人物是失败的,她性格懦弱,不是一个完整的性格,但事实中是存在这种人的。

她甚至比生活中的人还懦弱,这就是可怕之处,不仅要遵守外在的规矩,内心也被异化。

杨庆祥:我和丛治辰特别不喜欢这个女人,因为她和我们现实生活中的女性太一模一样了。

文珍:对。既然我没有办法让这个人物有超越性,那么就让她像。现在常说的"奋不顾身的爱情和说走就走的旅行",这在现实生活中都不存在。这个人物整个是一个反讽,我特意把它放在《银河》后面,《银河》是我最新完成的作品,它里面的女生有种儒者的态度,知其不可为而为之,逃不掉也要走,哪怕是死。她在马蹄旁边是危险的,但她以一种自戕的方式表达了自己的壮烈。因此这与《衣柜》形成互文。

《西瓜》和《普通青年》一样,看上去没有改变,其实是变了。宋笑重新发现了太太,那条烟送不送出去都无所谓了,哪怕穷困潦倒,但是两个人在一起,庸常环境的人才最重要。我在《衣柜里来的人》中做了些修改,阿卡说,"日子过成今天这样你也有责任"。包括我们所有的人,都会对不好的现状,让我们无能为力的东西(有抱怨),其实我们只需要做好自己的事情就可以了。我的态度便是,知其不可为而为之。

杨庆祥:好的,那我们今天的讨论到此结束。

古典精神与现代小说
——计文君《帅旦》

时间:2015年1月15日下午
地点:中国人民大学人文楼七层会议室

杨庆祥:感谢大家来参加联合课堂的第七次讨论。首先向大家汇报两个消息,一是从2015年开始,《青年文学》杂志给了"联合文学课堂"一个专栏,在这个专栏会刊发我们课堂讨论的内容。二是以后会将我们历次讨论的内容整理汇集出版。

上次我跟岳雯老师谈到"联合文学课堂"的未来发展,岳雯老师给我泼了一点冷水,她说,"这个课堂必然是要终止的"。为什么呢?她说,"你不可能让那些水平很差的人最后都来联合文学课堂"。我觉得她讲得挺对的。我们的课堂一定要做那种高水平的作家,或者是有问题的作家,这个问题能对我们写作产生推进的作用。

这次课堂我们选择了青年作家计文君。昨天我跟刘启民谈到你的作品,她阅读时候觉得进入有点困难。她自我反思了一下,说可能是她平时读了太多那种很现代的小说,突然来读计文君这类作品,不太适应。我意识到这是一个问题,看惯了CBD的建筑再去看苏州园林,开始时会有不适应感,视觉上没有很大的冲击,但进去之后才会发现,里面气象万千,这时你才会爱上它。计文君迄今为止已经出了四部中短篇小说集,我大部分都看了,整个的感觉就是,她特别善于"造境",营造境界,有中国传统的美学智慧在里面。每一篇的结构和气息的营造,都独具匠心。她小说人物的出场,语言,细节的描摹,都有像传统建筑一样的"势",就像通过某一个小桥流水来造境,深得古典美学的精髓。这种"境"与"势",不仅仅是知识结构上的,而是小说本身的一种质地。

第二点,我认为计文君的小说,在务虚和务实之间找到了微妙的张力。务实是指善于书写和发现物质性的世界,她是一个很热烈的人,李敬泽对她也有类似的评价。她最好的东西是在热闹、繁花锦簇之后有务虚的东西,她的精神气质是有穿越性的,这是我特别感兴趣的地方,她小说中的人物一方面完全活在现实、算计、功利的物质层面,另一方面又像从古代走出来的人物。现在这样的古代性很少见。计文君写了大量的女人,都是很特别的女君子,基本上是"心比天高,命比纸薄"的晴雯式人物,但又有不甘于下贱的精神状态,寻求一种超越。在超越的过程中,计文君借助了"器"。君子需要通过"器"完成某种精神上的超越。君子与"器"的关系一直是中国古代文化的精髓所在,计文君通过写作构造了人与器的现代关系。我前段时间读侯文咏《没有神的所在》,没有神的所在我们如何自处?计文君也涉及这个问题,没有器的时代,或者说在器已经完全粗鄙化的时代,没有文化的时代,我们如何自处,完成自我的已经匮乏的人性?如何塑造小说中的人物?

第三,我在读《帅旦》中的第一篇的时候,当时认为这是一个很有历史感的写作,但后来我怀疑自己的判断,觉得这个判断太现代了。我们用"历史"这样的词语来判断写作的话,就是用一个现代的概念框住了作品。我觉得计文君小说中更多的不是历史感,而是身世感,一方面它在个人书写中表现伤春悲秋的感情,另一方面这种身世感又会与家国叙事重叠。结合起来的话,就是一种兴亡感。这其实是中国文学书写中两个重要的传统——身世感和兴亡感。我们现在用"历史感"把这两个完全遮蔽掉了,现在值得再讨论,历史意味着一种进步论的东西,但实际上,命运怎么可能进步呢?

一

计文君（**青年作家**）：我先说一句,关于联合文学课堂的延续性的问题。我们往往只关注到北京的,或者有名的作家,但其实有一大批写得好但未被关注到的作家。70后写作有多样性、个人化的特点,很难形成强有力的共同的声音,但是这种多元化又是它最大的特色。我所知道的还有不少优秀的作家,这些优秀作家分散在全国各地,可以介绍到联合文学课堂上来。我第一次过来,见到这么多新鲜的面孔,感到很新鲜。

梁鸿（**中国青年政治学院教授**）：这几天我仔细思考了计文君的小说,刚刚杨老师提到了作品中的古代性,我也很有感触,她对女性形象的认知,很有古代仕女图的气息。比如第一篇里,女主角在客厅里缝东西,作者脑海中肯定有一幅图。作者用了非常视觉化的语言来叙述这个场景,虽然很美,但另一方面又很突然,一下子跳脱了整个文本的结构内部,使人感受到一种别具古典气息的形象。这是作者写作时一直隐藏的线索,包括《帅旦》,我特别喜欢这个刚烈的女子,如果只用泼辣这个词来界定太过简单,这里面其实是和古典戏剧的意蕴、和人物的命运相一致的。这可能是一种无意识,跟作者自己的文化修养有关,我对计文君的女性塑造印象特别深刻。《开片》这篇,把传统工艺纳入进来,很多地方都详细地写了钧瓷这样一种文化符号。开片是指钧瓷在烧制时的突然炸裂,它本身是一种缺陷,不是预先设定的命运,而是一种完全的自由,但后来又成为非常美丽的意象,从缺点变成了优点。主人公从恋爱开始,跟不能驯服的头发作斗争,一直在寻找一种自由生长的可能,但这种可能又因为别人的纠缠而作罢。她和三个男人恋爱,第一次因为被限制花钱而离开,第二次是类似于偷情的存在,没有暴露在阳光之下，虽然客厅里有阳光射进的一刹那，但那种明艳很快被淹没；第三次摆脱了找别人的关系，而是向内部寻找，这就是自由生长的过程，我认为到这里才是小说真正的自由点。小说里人与人之间的关系是非常模糊的，不管是与母亲、男友还是情人，人与人之间是疏离的，没有贴心的共鸣和理解。这是对人的存在的孤独和无所归依的叙述。《帅旦》里的赵菊书，一生都在为房子奋斗，最后她住在乡下，有悲凉和疏离，没有完成与世界的和解。计文君对物质的描述非常具体，她始终想超拔出来，从实在中找寻一种东西，小说没有完成最后的云开月明，这种博弈感和紧张感也是小说的一大特点。

计文君的小说中有许多诗词和传统意境的塑造，包括对女性形象的安排，都是她很大的特点。70后作家对现代元素的把握是很多的，有很深的理解，但很少对古典层面有意识地进入，如果古典仅是点缀就很普通，但如果能把古典化作小说的内在结构，精神实质，就是一种独有性，很多作家做不到。批评家对现代小说的理解有多种，但对中国古典美学理解很少，我们是被遮蔽的，包括我自己在内，很少进入古典的意境之中。在我们传统的教育中，它变成了腐朽的东西，很难进入。现在常说"传统和现代如何融合"，这是很难的。计文君有很好的背景和实力，她研究《红楼梦》，又把理论的运用变成了自己的内在审美特征，但有的时候还有裂缝与鸿沟存在。

第三点，我想说一下背景的问题，换一个词，就是"环境"，之前我们常说"典型环境中的典型人物"，现在也不说了，但我在读的时候，觉得应该换一个角度重新思考"环境"。计文君的人物环境比较模糊，这个环境是指让人物沉淀的地方，小说没有非常清晰的"人物的生长处"的感觉，是某种有深刻印记背景的生成。美洲的很多小说家，环境性非常强，包括卡佛的短篇小说，小镇性、中产阶级的气质都非常鲜明深刻，三言两语就能做到。计文君在这方面再努力一下会更好,但不要只界定在民族性上,界定在地域性或者人生上会更好。这是我的一点看法。

杨庆祥:我读计文君的小说时有时候会担心她会像莫言或者沈从文一样,被文学史所诱惑,建构一个"故乡"的空间,我认为这是需要怀疑的。梁老师刚才讲,把它作为一种观察的态度或者人生的书写方式,这样是可以的,但不要刻意地营造"高密东北乡"之类的东西,这样意义不大。我认为真正的现代作家应该超越莫言这样的作家——普遍性不够,真正的大作家应该超越独特,更加普遍。"钧州"对你而言是双刃剑。

梁鸿:我再补充一点,我认为不要把小镇作为本质性的东西,但又想把它建构得非常清晰,最终里面的人物有普遍性。但是镇子不要成为莫言的高密东北乡,阎连科的耙耧山脉,我们这一代不喜欢这些东西,因为我们看待生活的视野和观点与他们不同了,我们对世界的认识建构在更高的维度上,我认为应该体现这个更高的维度。使用"钧州",还要穿越它。这是很难的,毕竟还是需要广域的地理维度让人物的性格清晰。

郭艳:我认为作为现代人来说,从传统到现代的过渡中,接受过高等教育的人,在人格形成上,现代成分多于古代成分,现代人的"无根性"很强,所以我们现在不喜欢乡土,包括莫言的高密东北乡。如果现在找到了的"根",以接续上来完成从传统到现代的转型,那么其实这个根是虚假的。我做过计文君女性人物的分析,她里面的女性,大多数是要出来的,从小村到城镇到城市,到北上广,所有的人都在"脱域",脱离之前的地域,包括精神上的东西。其实计文君是想回望内心的,在回望的过程中,面临"站在什么点上,如何回望"这样的问题,因为她的写作有相当强的自觉意识。我认为她书中的人物还不能用"女君子"来界定,人物有多种性格,可能给人留下最深刻印象的就是固守传统的、更有精神清洁性的人物。看到她们的时候,我们会疑问,世界中真的有这样的人物存在吗?因为现代人就是比较驳杂的存在,在现代社会中只要不做恶人就可以,但在传统社会中,必须以读书人或者君子来要求自己。很多人写大学的知识分子,我们认为不像,因为我们自身就是知识分子。某一个知识分子的人物,如果换成官员或者农民,可能会好些,因为作者没有写出知识分子的内在坚守和犬儒主义的退让,只呈现出了很现象性的东西。这也是很有意思的话题。

杨庆祥:前段时间我参加《十月》的一个研讨会,有一个女作家叫阿袁,我跟她说你写的都不是知识分子,都是小人。计文君的知识分子写得更好,我从里面看到了自己的影子。计文君的小说里有一个人物,是特别典型的知识分子,不结婚,担心婚姻损害了他的创造力和想象力。发自内心地追求自由,同时又不放弃自身的享乐,有高级知识分子的矛盾心态,怕接受。但在阿袁那里,知识分子想的只有职称和金钱,我觉得这不真实,最有良心的知识分子还没有堕落到这个程度。

赵天成(中国人民大学博士生):读了计老师的小说,让我很兴奋。我认为中篇小说写得更好,中篇小说的容量更适合计文君老师的笔,更有腾挪的余地。我所喜欢的五个中篇,《开片》《白头吟》《无家别》《剔红》和《天河》,其实有一个共同的特点。在这些小说中,计老师从来不满足于老老实实地写一个故事,而都是写作成故事勾连故事的连环套,但是在这一环一环中,都是常情世态、家长里短和世道人心,甚至是人与人之间的斗争,无论是亲人之间还是男女之间,而且总是会有一些善于调情的男人和心比天高的女人。在这些人物中,我们能看到,都是有其源流的,或者是像杨老师所说的有"古典性"。当这些小说中的人物被现实生活所纠缠的时候，他们往往都有不交托的东西，不会轻易将自己交托出去，交托给那些一般而言值得信仰的东西，而是和生活死磕到底。这些人物看待生活的态度，都不是通透的，而是执迷的，妙处恰恰就在于通透和执迷之间的辩证关系。其实我们都是喜欢自寻烦恼的思想者，对于生活特别地走心，我们都会有这样的体验：想通一些苦恼的事情，但是之后又回到苦恼的起点，继续地执迷。或者我们会寻求逃亡，但逃亡也总是会落网，还是得继续生活下去，总有一些逃不掉的东西。写作也是如此。其实计文君老师的写作，我们没有办法完全归类于70后的写作，似乎没有什么共同点，但是之后我们又有"身份的共同体"的标签，他们都属于70后的身份，身份是逃不掉的。也正是因为这份执迷，小说可以向很多现实的问题敞开，我们可以在这些小说中找到很多可以称之为社会问题的东西，比如拆迁、潜规则，也有很多我们的生命经验和日常生活中常见的烦恼和困扰。

计老师的小说的特别之处也正在于小说和现实之间的关系，非常耐人寻味。她不是调动传统来写现实，而是把现实收编到传统里面，收编到从古典而来的"境"里面。计老师的写作像是一条河流，这条河流从《红楼梦》、从张爱玲中流下来，而我们今天的现实和生活状况就是一个岛屿，河从这里流过，河会改变岛的形状，岛也会改变河的流向，但是河总会一直流下去。这样计老师就将我们今天的现实状况放在了一条文学的河流当中，而现实也经受了一种带有历史眼光的打量。至于她对于现实的叙述是否有解释力和诊断力，我觉得这并不是小说的任务，而是要看理论家如何去阐释和解说它。我想，在现在的文学处境下，在计老师的小说中对于小说与现实关系的处理中，会有一种"太阳底下无新事"的感觉。其实"太阳底下无新事"这种叙述会比我们今天的"现实比小说更荒诞"的叙述更加给我们以信心，确实现在的现实有很多的错落之处,但我们也不能抽刀断水地来看今天现实中的种种问题。我想每一代人都有每一代人的问题,这些问题从来都不能迎刃而解,很多是在岁月的磨蚀下不了了之,而且这些问题会转换成另外一些面孔来陪伴下一代人的思索。小说中人物的执迷、不交托和死磕,来源于写小说的人。我觉得计老师小说的迷人之处就在于那种死磕到底的韧性,这不仅是一个写作技巧的问题,我们可以归到写作伦理中来看,在推进小说情节的时候,一定不要妥协,不要交托给大的转折的情节,而是把自己,把小说中的人物和作者本人,都往难的地方去逼迫,逼迫到一个艰难无比的情况之下,逼迫到人物和小说都很难收场的情况之下。

我也要提出一些小小的、我所不喜欢之处。在有些小说中,有一些非常明显的情节转折,有点类似韩剧中的"狗血",或者是所谓的"机器降神",在情节推进不下去的时候,突然就来了一个造成情节巨大转折的事件或者人物,为小说的困难解围。比如《开片》中女主人公的母亲和男主人公之间的关系,比如《剔红》中写到最后余萍死亡使小说才得以收场。把小说的推进交给了情节的转折或者生活中突然的转折,小说就变得有些简单了,我觉得还是可以写得难一点,写得不交托、更坚持一点,使小说死磕到底,我会认为是更好的写法。

计文君:这两个小说中写成这样是有特殊原因的。《剔红》和《你我》中对死亡这样的处理,我自己知道是有问题的,我自己也知道可以不这样处理,但是我依然这样处理,是个人原因,和技巧无关。有篇小说中我故意遮蔽了男主人公所有的内心独白,也是我坚持这样写,这也是和我的个人原因有关。我是一个女性作家,曾看过刘恒的《白涡》,里面故意遮蔽了女性主人公的内心独白,从而使女性彻底地妖魔化。当我在写《天河》的时候,我本来是想给男性主人公一点内心辩解的机会,但最后我还是偏执到底,这样处理了。

而且你提到的这两点死,对于情节的影响不是很大。不管死了或者没死,这两篇小说都收不了场,《剔红》和《你我》都是没收场的小说,都是没结尾的小说,这两个人物的死,和小说情节大的演进方向都没关系。我完全可以不让他死,甚至不写这一笔都是没有关系的,故事和线索还是会继续走。

杨庆祥:天成所说的,我也感觉到了,小说中的有些转折特别急。但是《你我》中的处理还是比较谨慎的。我最近看叶辛的《问世间情》,写的也是两个女人和一个男人之间的关系,但是小说最后收不了场,作者就立刻让作为第三者的女人被人杀死了,然后这个男人就回到了自己老婆身边。我认为这是一个作家在滥用自己的权力和意志,这是特别糟糕的。一个作者要让笔下的人物死是非常简单的,但是作者不能让人物这么简单地死。所以我特别欣赏《你我》中人物的关系,这个关系是完全理不清的,但是人物还是得在理不清的关系中继续生活下去,剪不断理还乱,在这个过程中,我觉得可以建构一种更复杂的人性,可以把人性中最邪恶和最高贵的东西激发出来,我觉得这是一个好的小说的结构模式。

二

岳雯(**中国作协创研部**):刚才杨老师说的"器",我是有不同看法的。但是杨老师刚刚说的有一点我很赞同,今天的"器物"已经不能像古代的"器物"一样承载文化了。我读出来的一个感受是,大多的路数都是从"器物"的"物理"到"人理",在两者之间找到对应关系。但是我认为这种关系太直接了,小说不应该过于依赖"器物",作者的意志太强烈了。其实计老师的作品我以前在杂志上都看过,但是每一次重读都像在读新的作品一样,一方面是她的作品

耐得住重读,小说的情节都能记得住,但又能让人重新进去,我觉得这类的小说还是蛮难得的。阅读当中,我也有几点想谈谈:

第一点,为什么总是出现祖母?比如《无家别》中人物已经退无可退之地的时候,跟此前毫无关系的祖母突然出现了,并且出现一大段关于祖母的抒情。《开片》中开篇也有一个姥姥,似乎是一个比女主人公及其妈妈更加厉害的角色。《灵歌》中也是写姥姥唱灵歌。我就发现,祖母在计老师的小说里面占据很大的分量。这让我想起了同是河南籍的作家乔叶的《最慢的是活着》,我认为这是她写得最好的一篇,里面也写到了祖母。我就有一个疑惑,为什么你们70后作家一定要找到一个祖母?有人说70后的写作是放逐父亲,那么父亲缺席后,祖母却回来了,计老师您的写作比较晚,但也是加入了这个大合唱。其实我也不知道怎么解释这种写作,如果是最俗套的解释,可能是,父亲象征着社会政治,而祖母似乎和人生、世情和悠远的历史接续起来,而70后普遍认为50后和60后已经把政治写到了极致,他们自觉不写政治,认为写作要接续传统、书写人情世故,因此要召唤祖母。但是,这样的解释似乎有点粗暴,所以我只能是提出这样一种现象。我想到《开片》中有这样一段话,"历史学得很好的我,脑子里能刷地拉出一份二十世纪五六十年代的中国密集的政治运动名录。后来想想,那些庞大生硬的名词,每一个都曾从姥姥温软单薄的身子上碾过,该碾出多少血泪四溅的故事呢?"我觉得这段话恰恰就有回答这个问题的意思,政治运动似乎直接决定了父辈们的人生,但是对于姥姥而言,政治运动只是从她们身上碾过,是一些故事,但并不是我们今天所要讲的故事了,我觉得作者是不是给姥姥赋予了精神智力的东西。李敬泽老师在评论中说"她是很少有的有所信的作家。你说不出她信什么",我觉得她信的就是"常",她很相信一种恒常,就像《帅旦》里最后所说的"雅正,蕴藉,温暖,四时有序,父母在堂,无忧无惧,不急不躁,千秋万世的安稳岁月在那里缓缓流淌……"她好像信的就是这种状态。我们常常说计老师有古典精神,但是我觉得古典是计老师的外壳,真正落地的正是这种恒常。她在小说中希望唤起一种"常",而恒常并不是僵化不变的东西,那注定是要死掉的,这种"常"是在变化的,"常"与"变"有时是一对反义词,但是两者之间又是可以握手的,有时候"变"恰恰就是恒常本身。我觉得关于"常"与"变"的关系这点还是非常给人以启发的。我在网上看到过一段话,说是"如果没有变化,我们就会对自己所持有的信念非常自信",因为时间越长,所经受的考验越多,出错的概率就会越低,但是有些东西是不会变化的,比如人性,但是也有一些东西是在始终变化中的,追求"常"的过程也会是追求"变"的过程。

  第二个是讲故事,计老师和其他作家讲故事的方式不太一样。李洱老师认为"很少有人能够将古典小说的烟火气、现代小说的批判性和后现代小说的游戏精神熔为一炉",我所理解的"后现代小说"就是其常常出现关于故事本身的论述。比如在《无家别》中就说过,按照历史的逻辑,祖父的故事是史诗,有着诗性的、悲剧的结局,祖母的故事是传奇,父亲、母亲的故事是现实主义小说,而"我"的故事就是一段段子。这样的处理其实特别多,比如《开片》的最后,不知道如何收尾的时候,有这样一段话:"很多故事的主人公,被处心积虑的作者逼得四面楚歌、进退维谷、上天无路、入地无门,转头跑回了故乡——故乡定有一个启示等着他(她)——钧州城里也有启示等着我吗?"好像时时刻刻都会拿故事出来说事。但是其实我不太同意李洱老师的说法,我觉得作者并不是在小说里面制造小说,使小说中出现元小说,如果从体贴作家的角度来说,我可能觉得计老师做文论研究做得久了,故事这个概念不再是一个很抽象的东西,而是一个具体可感的物件,如同那个钧瓷,但凡要打比方的时候,她常常会拿这个抽象的东西加以具象化,故事成为一个喻体。而当小说需要过渡的时候,故事又变成一个桥梁,很多时候就会形成一种路径依赖。

那么这就涉及我后面要讨论的问题,她为什么要这么做?在这点上,我想的一个描述是"亲切的间隔"。先说"亲切",计老师的小说语调非常温婉和亲切,但是她并不打算讲一个真实的故事。我们常常讨论现实和小说的关系,关于现实,如果我们19世纪现实主义小说里面的现实已经这么逼真了,那么我们再去再现现实,还有什么意义?我觉得计老师是很焦虑,并且想要找到另外的出路,这就是她常常让很抽象的故事频频露面的原因。让故事常常出现,这恰好达到了布莱希特所说的"间离"的效果,这也恰恰落实了我对于她的小说的一个判断,我认为她的小说不是古典的,恰恰是现代的。她好像是在让你看一个追求恒常的古典故事,但又在时时刻刻提醒着你,你只是一个台下看戏的人,但这个戏里面有你所有的经验、所有的感受和所有的爱恨情仇,我称之为一种"亲切的间隔"。而且,当计老师通过故事贯穿了你所有的感受的时候,她常常还会替你说出来,她还说得特别的高级。我觉得这就是计老师的小说逻辑和方法,用虚和假来呈现真和实。我觉得吴义勤老师的评论也挺狠的,他说计老师对于古典诗词的过度运用,有时不仅和人物不符,还给人堆砌卖弄之感,吴老师认为她的文艺腔太重了。但我还是要对吴老师表示我的不赞同,我觉得这种文艺腔恰恰是虚和假的一部分。我不知道大家对于当年的《大明宫词》是否还有印象,里面全部都是用莎士比亚式的台词来讲述,但是你一点都不会觉得这和人物身份不贴合,反而产生了使这部戏放在了舞台中央的效果,作者就是在告诉你,我讲述的就是一个假的故事。

另外,我觉得计文君不是故事大于作者的写作类型,她是作者有什么故事就有什么的类型,或者是作者必须大于故事,因此我们在她的小说中可以看到她一路的"修炼",这样的写作会很强大、很妖娆,但是会让人很累,所以我觉得计老师必须摸索出昆德拉所说的"小说的智慧大于作者的智慧"那种东西。其实我们现在强调的很多东西都是有问题的,比如说一定要求作家的人品和休养达到一定的程度才能写出多么好的小说。此前我和计老师聊天中,她曾说,曹雪芹有一个强大的制造读者反应的机制,每一个人在其中都能读到不同的东西。因此,我才想到米兰·昆德拉所说的,小说本身的智慧要大于作者本人的智慧,但恰恰昆德拉没有做到,他有多少,他的小说就有多少,小说的智慧是等同于他本人的。但是我向计老师提出了这样的要求,可能又不对,因为这其实取决于你希望读者接受什么,这并不是所谓的市场反应,有的作家希望读者接受作者这个人,有的希望读者接受作者的小说。比如说我买王安忆的小说,因为我已经对于王安忆这个人构成了认同,有可能她的小说有的并不好,但我依旧会去买。我用这些来要求计老师,有可能是不对的,现代以来的小说,作者有可能在单纯地塑造自己,也许这些小说都不重要,但是会让作者变得重要起来。在这些小说中,《帅旦》特别的鲜明,作者会替我们说出所有的秘密,这个小说写出来后,批评家是没有存在的余地的,计老师的很多小说都是这样,比我们看得深,批评家再怎么描述也说不过作家本人的阐释。但是我更喜欢《花儿》,它没有被打开,充满了无穷的可能性,此前杨老师所说的"身世感""兴亡感",在这个小说里面全部爆发了,所以我觉得这个作品是写得最好的,小说的智慧要大于作家本人的智慧。计老师的小说中作者知道得太多了,而作家有时候就是要守住自己的"不知道",这种"不知道"也最后会成为小说大于作者本人的智慧。

计文君:我在小说中也曾写过,我不知道自己能知道什么,但是真理在握对于作家尤其是小说家来说是一件很可怕的事情。我一定有什么不知道的东西,我们也一定能在小说中读到所不知道的东西,比如那种因果之间无穷无尽的东西,我们必须留出一部分。

郭艳：其实文君的问题意识和结构意识说明她在不断地做一些实验，肯定会有一些牵强之处，也会有作者个人不同阶段对于小说的认识，这些都会投射在小说当中。我觉得计文君的小说在将来进入文学史的时候，《天河》是应该提一提的。把这种小说放置在50后、60后的写作中是很正常的，但是这些作家写不出小兰这样的人物，像依兰这样的人物是很常见的，将历史政治完全投射在这个人物身上，但是计文君恰恰写了小兰这样的人物，写出了生活在阴影下的一类人，对于自我是谁的不懈追问，虽然在舞台上人物失败了，但是作为个体精神上成长了，而且这个成长的声音是非常微弱的。其实年代本身不是问题，中国社会在这几十年中的变化非常大，使得代际成为问题，实际上是精神和文化产生断裂才会有代际一说，但把时间拉长之后，我们所说的70、80、90后在更长的历史中，是不会产生代际的问题。

《天河》这篇小说，从文学史来说，这个小兰其实就代表了70后，从某种意义上来说具有原型意味。70后从传统到现代的成长过程当中的空间是极其受挤压的，70后没有话语权，没有出场的机会。70后的精神成长的问题，像小兰一样是一个很微弱的声音，一般难以发现，但是我们这代人在精神上还是成长了，而且这种成长的力量在日益地扩大。刚刚岳雯说到一点很重要，古典是"外壳"、是"皮"的问题，而计文君的内瓤是现代小说，这点我很认同。其实70后的大部分写作是需要分层去看待，最初的美女写作、欲望写作是一部分，但是更有像计文君这类的写作，包括像徐则臣、李浩等人，是当下对个体经验和历史之间的思考最深入的几位作家。其实70后在写作上的努力是一个分散的状态，没有一个集体的东西。但是70后有一个不是很明晰的、自发的东西，那就是，我要回望历史，此前我必须要认清当下，而认清当下就是现代性中最重要的追求，即我是谁的问题，因此大家都在写日常。但是，这个日常也要分析：有的人写的就是皮层，有的人能够进入肌理，有的人就能写进骨头,这都是不一样的。徐则臣的《耶路撒冷》最精彩的不是结构,而是其写出了人物,像1970年后出生的作家,很难有这样的精神力量去反思历史。并不是大家不想去触碰历史,去触碰那些大的题材,而是刚才我们所说的"守住本分"。50后、60后作家所尝试的对于社会、政治和历史的反思,这些作家在知识结构上的欠缺是非常明显的。70后这一批作家,可以说接受了比较好的教育,他们知道这一点,所以不敢轻易去碰触这些东西,我认为这是对于历史负责任的表现。因为写作是要对历史负责任、有担当的,而不是给以后留下一个存在明显知识缺陷的东西。70后作家这样做,恰恰是守住了本分。通过对于社会日常经验的梳理,恰恰是以个人经验进入历史,而不是以先验的、主流意识形态的、观念的或者国族主义的东西进入历史,这是很重要的。我在对文君的评论中也曾写过,其实小说是很大的,人性也是很宽厚的,而文君的写作还是应该在这些方面进行更多的"修炼"。

樊迎春:"火中栽莲"出自计文君的《白头吟》,看似哲理的话出自一个社会底层妇女,计文君自己在文中认为或许说这段"心灵鸡汤"的人只是为了省几十块钱的嫖资,我倒是觉得这个词很有意思,纵观我读的计文君的小说,这个词恰恰是我进入计文君小说的方式。

先说"火"。在《帅旦》这本集子前面的序言里,张清华和孟繁华对70后的尴尬地位做了相当清晰简洁的概括,我一向都觉得不该强调代际划分,但在社会历史批评的语境里,这又确实是比较有效的方法。特殊的时代给了他们难以抹去的标签,而具体到计文君个人,我倒是觉得个人家庭成长背景给她的影响可能远远大于整个时代。这甚至不能用70后这样大的词来说,而是独属于计文君一个人的外在,是计文君的"火"。

首先,计文君的"火"里有一种作家笔下普遍的文化焦虑,这让我想到同为70后作家的徐则臣,他的《耶路撒冷》里也同样表现出这样的东西,他对故乡的水晶的描写正如计文君对钧镇的"瓷"的牵挂。开片,窑变,都和瓷有关。我又想到王安忆的《天香》,其中对于墨的书写,或者再扩大一点到李锐的《太平风物》,似乎中国当代作家都给自己背上了一个沉重的包袱,那就是要么书写历史,像莫言、贾平凹、阎连科,要么书写传统文化,非物质文化遗产,纺织、刺绣、制墨、瓷器、水晶、戏曲、雕刻甚至劳动工具。作家把自己置于一个历史见证人、文化拯救者的位置,最少,也要是自己故乡或者自己家族的代言人。——我目前不敢说这是好是坏,但至少可以构成一个可以探讨的问题。

再说"莲"。莲让人想到的是品德高洁,这比较符合计文君笔下的女性形象。计文君小说中时常出现的女性角色,哪怕是一个保姆,也一定有自己的生活理念,有属于自己的生活,而且是可以用"精致"来形容的,不管是外貌还是气质,比如《开片》里的姥姥,《白头吟》里的谈芳、韩秋月,《天河》里的秋依兰,《剔红》里的小娴,或者至少,也是要像《帅旦》里的赵菊书那样,她们共同的特点是必须是生活的强者,具有非凡的韧性。不管周围的环境是怎样,他们都保持着自己的节奏。这些女性都是计文君笔下出淤泥而不染的莲花(计文君家乡许昌市花正是莲花,许昌也被称为莲城,或许计文君无形之中对此有所偏爱。)

计文君小说的故事范围很广,有青年教师的困境(《无家别》),有著名人物的家庭危机(《白头吟》),也有普通人的偷情出轨(《你我》),还有相当精彩的惊险探案故事(《帛书》《窑变》),这些故事至少向我们讲述这样几个主题:饮食男女自我认知的缺失与追寻,人与人之间难以消弭的障碍与隔阂,对庸常生活优雅的忍耐与逃离。这些主题也似乎是脱离了宏大历史叙事之后被70后、80后作家反复书写的问题。前几天重读李敬泽的《庄之蝶论》,里面提到贾平凹在《废都》中书写了一种"人生感",我觉得似乎用在计文君身上也比较合适,这些形形色色的人总是在自己的成长中给我们一种隐约可见的忧郁,知其不可为而为之的不甘。当然,这些在现代主义文学中被反复书写的主题并不罕见,但在写什么之后计文君以自己独特的"怎么写"给了我们耳目一新之感。

这就是我说完"火"和"莲"两个名词,最后要说的"栽"这个动词,即计文君书写的方式。计文君在文化焦虑这层火中栽种莲花的方式是古典写法、批判现实主义和现代主义三者的混合。计文君小说的笔调颇为古典,故事情节又往往很现实,其中要抽离出来的东西又好像很现代。这种复杂和微妙着实难能可贵。计文君描述的社会各阶层的生存与认知困境在故事结尾常常以一种颇为现代的方式得以和解,《开片》里的自我认知反省,《你我》对"饮食男女人之大欲"的阐释,《剔红》里对寂寞和压抑的忍耐,《白头吟》中颇为轻松幽默的庸俗结局,《天河》里秋小兰的"化蝶",还有印象比较深的《无家别》,里面有一些细节颇似菲利普罗斯的《人性的污秽》,失语的青年教师,与世界对抗的卑微的挣扎。但另一方面,这种看似的和解有种形而上的虚妄,不是传统意义上的"大团圆",也不是我们熟悉的意义上的让人心有戚戚的悲剧,似乎介于这二者之间,又超越二者之上。不管是与故事中的人物,还是与这个世界,与其说和解,不如说是失无可失之后的一种屈服与觉醒,或者是苟且于当下的自我麻痹与优雅的逃离。这里面有一种不同于普通悲喜剧的悲哀,有种中国古典文学中常见的"物哀"的传统。或许正是计文君的一种姿态吧。

背负文化焦虑的烈火,心怀出淤泥而不染的莲花,计文君以自己的古典、现实、现代三者结合的方式书写着一个个与生活和世界艰难抗争的故事,最后或者死亡,或者受伤,或者觉醒,或者逃离,或者默然,看到厮杀的惨烈,也看到温和的日常。我虽不能至,心向往之。

三

沈建阳：我挺喜欢计老师的小说，尤其喜欢她的中篇，缓缓道来，写得很耐心。而且大都有一个网状的结构，人物被固定在一个坐标里，通过人物的遭际来讲一个朴素的道理——人是社会关系的总和。人物自身有自己的过去、当下和未来，人物自己同时又处在一定的社会结构中，有自己的左邻右舍、亲戚朋友、单位同事，甚至是情人，而每一个人又都有自己的故事，生活像一个巨大的网。这个小说本身来讲形成一个网状结构，而不是线性的——这是小说继承传统的一面；另一方面，无人不在网中，又写出了生活的常态。按照昆德拉的说法，世上的不朽分为两种——大不朽和小不朽。大不朽可能是建功立业，开疆拓土，赢得身前身后名；小不朽可能就在柴米油盐之间，而小不朽才是生活的常态。刘震云的小说《一地鸡毛》，上来就是一句——小林家的豆腐馊了，这在普通人看来可能比联合国大会更重要。《帅旦》中"帅旦"夺回住房的每一次努力都不亚于穆桂英的一次远征，在这一点上，小说写出了庸常生活的意义。

当然，小说给人更多的印象是对中国小说传统的继承。比如小说的题目，剔红、天河、帅旦、无家别、白头吟、开片、窑变，或人或物，都有一个鲜明的意象来统摄全篇，使得全篇显得浑然一体，也使得小说有很强的抒情性，一唱三叹的抒情。这也让我在阅读的过程中很在意这个意象出现的时机（常常出现在结尾），我觉得这样也有风险，在我看来有些人物的设置，比如《剔红》里的林小娴，或者一些篇目中以"高人"面目出现的老祖母，会显得过于求全，这可能是转化传统的难度。再有就是一些论述，或者是关于烧制瓷器的，或者关于艺术的，都很高妙，直指人心。

李剑章：记得上一次联合文学课堂定下一个规矩是"不要说三点",那么我就说两点加上一个问题吧。第一点比较简单,就是感觉计文君老师的小说当中,体现了很多的民俗事象,比如瓷器、戏文、诗歌、绘画、宗教、中医,这是比较丰富的,颇有些《红楼梦》的意味,让人大开眼界。作者在小说中,营造了那种旧式家庭大宅院里如梦如幻的感觉,同时也正是因为这种往昔的逝去,给作品增加了几许挽歌的意味,这与《红楼梦》也有一些相似或者相承之处。

第二点是,我感觉在这些小说当中,体现了一种人文关怀。在计老师的不同小说当中,都有这种悲悯,并且这种悲悯不是高高在上、自上而下的,而是发自内心、自然流露出的那种悲悯。像《无家别》《鸽子》等小说,都体现了这一特点。而印象最深刻、让我最感兴趣的,是《帛书》这一篇。在《帛书》中,"丁"虽然是罪犯,但是文君老师并没有把他写成是十恶不赦的人,相反,却给予了很深切的理解和同情。而对像"苦斋主人"之类那种貌似是正人君子的角色,给予了有力的批判。这种褒贬并不是通过词语体现出来的,而是通过情节、通过叙事,用类似春秋笔法的方式,自然而然地呈献给读者。这样,读者看了之后,就会一目了然了。读完了《帛书》这样一篇小说,我的感受是:这世上只有两种人,一种是"丁",另一种是"苦斋主人"。换一种说法也可以说,这世上只有两种人,一种是孩子,另一种是既得利益者。有野心的人,有大野心的人,往往都不是坏人,至少不是特别坏的人。而那种真正的坏人,他们或者没什么野心,或者不需要野心,因为他们的野心已经实现了。那种想要把世界翻个底朝上的人,他们其实是受苦的人。而像"苦斋主人"那样的人,他们作为大反派,已经把世界踩在脚下,自然不需要有什么野心了。当然,如果超越《帛书》这部小说的文本,参照作者写的其他小说,似乎我能感觉到有第三种人,但这里姑且保密。

还有一个问题要向文君老师请教,就是:小说当中多次出现"君子不器"一词,我回去查了一下原意,似乎其解释是"要全面发展",甚至是"要能文能武"。但感觉文君老师对这个词的运用,似乎在说"君子要独立,要有自己的自由精神,不要成为金钱和权力的奴隶"。请问文君老师对"君子不器"的升华与阐发是不是这样的?

计文君:是这样的。古来帝王用人如器,"君子不器"原来的意思是指,君子应该不像器物那样有具体用途,供人具体使用。只有去治国平天下,用自己的道去辅佐,这才是君子的正途。因为按照儒家的经典学说,中国的君子应该是"致中和",然后"万物育焉,天地备焉",他真正的境界应该是内圣外王,在这样的价值体系下说的"不器"。其实我觉得始终在"器"和"不器"之间纠葛的人,在古代一直有。我在小说中用这样一个词,也是表达这样一个困境。因为今天我们面对的其实就是一个市场,官场其实也是一个市场。在这样的逻辑下,究竟要通过什么样的方式来实现自己的价值?如果说不去实现自我价值,完全退隐的话,那么岂不是没有价值?不管是"器"还是"不器",我们都不存在另外一套价值体系。我认为,今天是一个没有标准的时代,这是最可怕的。所有人在游移之间,没有人知道该怎么给自己一点价值感。其实我更关心的是,我如何完成对这个世界的表达,并且这个表达是有效的呢?这是我所有小说的主题,就是这一个问题,我到现在也没写清楚。

四

陈华积:刚才听了各位老师的发言,我觉得给了我很多启发。我以前对计文君老师的作品接触得不多,最近才开始阅读。它们给我的总体印象,我觉得可以用一个词来形容,就是"惊艳"。她的小说有一种愉悦的功能,故事很吸引人。还有就是这里边散发了古典的气息,让这部小说能区别于一般的小说。可以说,我是差不多一口气读完了这本书。当然,我也有一些观点,是和之前几位老师不大一样的地方。我要讲的,是对"器物"的理解。刚才郭老师和岳雯老师把这部小说从古典的范畴拖到现代的范畴里面,我也是比较认同你们的看法,至少在我的阅读看来,器物可以看作是小说里面的切入点,或者说作为一种寄托,或者说作为一个通道,通过这个来表达现代的情感。她要处理的东西,就是我寻找很久却一直概括不了的一个词。我之前将其概括为"家庭伦理",但又觉得不太能涵盖小说当中的一些其他的情感。比如说《剔红》里面有一段惊心动魄的情感,就是秋染跟林小娴之间,还有林小娴的那个丈夫。他们是很好的朋友,但在情感上却是随意而又混乱的关系,这种关系超出了家庭伦理。家庭伦理方面,我们看到《开片》中,殷童跟苏戈教授交往,我们都觉得习以为常。到了后边,情节急转直下,就是她的母亲秦素梅,居然也马上就要成为苏戈的一个老伴。那么,这两个女人要共享一个情人,这里的关系彻底颠覆了我们所理解的日常叙事。她把一些更尖锐的东西会往上推,推出到前面。就像后面《剔红》里面,秋染和林小娴,她们有秘密,秋染也知道女人之间是靠交换秘密才能成为朋友的。我觉得,这是对人性体察非常深的一面。她们俩情感已经够深厚了,但还没有互相分享这个秘密,到最后她们也没到无话不谈的地步。所以我觉得用"伦常"这个词来概括小说的框架,是非常恰当的。

  关于"器物",第一个我觉得它是个切入点,第二个我觉得它有一个整体的寓意存在。计文君的小说不是"掉书袋"、附庸风雅那一类,而是把伦常这一类的东西,结合一些现代寓意在里面,特别是女性自身成长的寓意,我觉得在里面体现得较为明显。这个成长,很多都具有从柔弱到爆裂的过程。这个过程,就很像"开片"的过程,从开始的有缺陷,到后来自由生长的这种状态。由此,我联想到瓷器的烧制过程。从开始的胚胎到最后的完成,必须经过进炉爆裂的过程。爆裂的过程,就是把女人的一生融到这个容器里面,非常好地展现了具有这样一些特色的女性,或者说钧州这样一个地方女性的独特性格。这个性格就是,到最后,你会看到,几乎每个主人公都有一个爆裂的过程。在这里面,我最喜欢《天河》这部小说。我觉得《天河》这部小说已经超出我的想象了,整个小说表达得非常饱满。在《白头吟》里头,我没想到你会对那个小保姆这么用力。你给她赋予了这样一个火中栽莲的故事,也就是在火里火化,再生成一个新的自我。我觉得在你的潜意识里,就有一个很柔弱但是也很爆裂的东西。

张凡(北京大学博士生):刚才听了各位同仁的发言,我把计文君老师的文本又想了一遍。我觉得70后作家是一个非常有意思的群体,所以我拿到计文君老师的作品以后,我首先想到了作家的苦闷和突破。70后作家是一个纠结的群体,跟50后、60后的华彩是没法比的,跟80后、90后跟时尚的接轨以及对市场的入迷又是不同的。70后想传达自己的声音,在现代与传统的勾连当中,要找到一个最好的切入点。所以我觉得,每一个70后作家都不是一个安分的灵魂。因为最近在读冯唐等人的作品,我感觉到70后在围绕生活,思考这些问题。如果把计文君作为70后作家进行解读的话,我觉得她有70后一代作家的苦闷。

现在我谈谈我阅读计老师小说的感受。读计老师的文本,我觉得很轻松。在计老师的文字缝隙中间,我能感受到作家身上那种古典的气息,这与计老师从事《红楼梦》等古典文学的研究可能有关系。计老师不太赞同把自己归结到故乡文学的范畴中去,但我觉得这种对故乡的依恋可能是与生俱来的,就像我给学生讲课的时候,可能一着急就把故乡的土话带出来了。虽然我也觉得这个土话不太适合,但这就是发自内心的,有时你想回避也回避不了,自然而然就出来了。当然,在小说文本里也出现了"钧州",我觉得故乡是每个作家都会切入到的。在我们生活的场景中,都会很自豪地说着故乡的一些东西。这样，写作就成了一个有本之木，成了一个有源之水。故乡的文化传统让人在文学写作中产生一种自信，可以说，计文君的成功，也是因为把文学的质地深深地扎进故土文化里面。

另外一点，就是《开片》《剔红》，包括《帅旦》里的这些取词。我觉得《开片》《剔红》是瓷器在制造工艺当中的一些现象，《帅旦》只是一个角色。"开片"是一个自然开裂的过程，本来它是瓷器的缺点，后来因为时间的变化成为自然的纹路，具有了提供厚重价值的可能性。那么这里面我就要联系文本。在《开片》里的三个女性，不管是80后的女孩，还是她的母亲，还是她的姥姥，每个女性都在她自己的生命中有了不同程度的"开片"，她的人生是开裂的。但是她们最终在各自的生命中收获了最美的心灵追求。她的姥姥知道一定要金贵自己，尤其是女孩子。计文君的作品会把每个人物都有一个很好的安放。尽管曲折、纠结，但她会把每个人都找位置安放好，也会照顾读者的情绪，不会让读者太痛苦。而且她的每一个文本，都是延展性文本。例如《开片》，始终是延展性的文本。所以我就觉得，计文君老师是一个很坦诚的作家，是一个很懂女人的作家。

朱敏：读计文君的作品或许是需要渐进的，当熟悉她的写作风格之后，才越能感觉她作品中生活的逼仄，《帅旦》《慢递》《芳邻》《嫩南瓜》都是从最平凡的生活入手，但在这些书写日常生活有了一种鬼气，成了"惊心动魄"的悬疑片，让人怀疑起生活的本质，就好像《帛书》里写的看画，似乎画是真，而自己是虚的。但写作中如何把握虚与实的转化，作家想通过实的书写告诉我们的太多生活的虚境，就需要考验作家处理作品的能力。在我看来，或许《无家别》的处理还不够细腻，也即太实在而无法传达出作者借喻的意图。《窑变》和《帅旦》则处理得成功得多，但有时作家过于介入文本,如《帅旦》的结尾部分,作家想要在结尾部分点出文章的中心,不过她的介入似乎导致主人公有了另一种声音,和文章的整体气氛和人物形象略有脱节。

袁满芳：在阅读《开片》《窑变》《帅旦》和《嫩南瓜》几篇后,我有两个特别深刻的印象。第一点是我发现计文君特别注重对于"物"的精致描绘,画面感和冲击感最强的就是作者对于"颜色"的敏锐呈现。《开片》里的绣被,《窑变》里的瓷盘,《帅旦》里的花树,甚至于日常生活中的光线、窗户、汁液等等,都会被这类形容词加以描述。计文君着色上偏于浓烈,还特别注重多种颜色的互相搭配和映衬,这让我想到张爱玲式"葱绿配桃红"的"参差对照"。但是过于细致和精彩地描述"物"的"实",反而会让故事、人物、读者甚至连作者都不自觉地淹没在"感官世界"中,而且"物"过于密实,其他就失于"虚弱"。计文君在目录前写的"镜花水月,真空妙有"几个字很有意思,但"虚"与"实"的写作达到《红楼梦》中"真作假时假亦真,无为有处有还无"那般水乳交融又恰如其分的境界,"实"到深处不失其真,"虚"到深处不流于弱,是非常困难的,也是相当难得的。第二点是作者对于"开片"的阐释,计文君一直在强调"一种美丽完整的破碎",正如《开片》中殷彤对母亲说："破碎是我们的命运,但破碎未必就是悲剧。"《嫩南瓜》的结尾处,被平淡生活耗尽生命力的中年妻子将心中积攒的对于丈夫的恨意投放在那个被砸烂的绿南瓜上,这想象中的一幕极具象征意味。但事实上这种破坏欲,这种"破碎",并不是为了彻底地捣毁和重塑生活,而是一种虚假而私密的宣泄,并且注定幻灭。《帅旦》中一生心比天高的菊书经历了一次次穆桂英式的"远征",最终也败给了时间,回归这个"四时有序""福祉无限"的世界。"新年纳余庆,佳节号长春",春联之语揭露了日常生活"灵妙的符咒",这是庸常生活的永恒,也是庸常生活的失败。

刘启民：计文君的小说我就读了新出的选本《帅旦》。好的地方我就不说了，各位老师都说了很多了，我想说一点我觉得有点问题的地方。我是按照集子的顺序看下来的，很多篇目都让我感到有"失真"之处。在人物的设置上，比如《开片》里面，无论是母亲还是姥姥在现实生活中都是劳动妇女，举手投足间却完全是带有小情调的知识分子。在故事情节的设置上，许多小说都存在一位得道高人，她们教会处于红尘中的主人公，如何放下心中的羁绊，以完成对自我精神的超越。从某种程度上来说，小说的逻辑能否服人，很大程度上取决于这位不食人间烟火的高人能否服人。可从个人的阅读体验来看，我很难相信这些生活在社会底层的劳动妇女有如此大的智慧与勇气，有如此的语言和行动。比如《剔红》里的韩秋月，她是一位来自农村的女性，在一个夜晚与陌生男子的结合让她明白了"火中栽莲"的真谛，从此变得"无坚不摧"。处在一个大家庭当中，她在不同的利益群当中周旋，并为自己争取了一份利益。应该说，韩秋月对主人公道出自己的经历是整个小说的高潮，但她农村妇女的身份使得其悟性和行为实在存疑，以至于在我这里，整个小说的逻辑并没有立起来。当然我们可以说，我们不能苛求一个小说家必须现实，世间任何事情都是有偶然性因素的，不用说是更具有偶然性的小说。但是能够看得出来，计文君是一位对现实有抱负的作家，如何让小说兼具现实性的震撼和偶然性的灵动，我想她会继续探索下去。

李旭光（**中华网记者**）：看了之后，印象最深是《帅旦》那篇故事。我记得以前我们村子里死了人之后，经常要找草台班子唱戏。有一次我爸很郁闷，说："今天看的什么戏嘛，秦香莲挂帅。"当时我在上高中，觉得很疑惑。后来上了大学，能上网了，我就在网上搜索，知道当时是西夏侵犯大宋，大宋招兵买马，选将军，选元帅。秦香莲应聘选上了，把西夏杀了溜够，回来做了个高官，就把陈世美给干掉了,就是一个复仇故事。我看了《帅旦》,觉得是一个穆桂英的故事,赵菊书很努力地想活成一个穆桂英,没想到到最后却是一个荒诞的秦香莲。这种感觉,每个人身上都有那么一点吧。每个人确实都很努力,当时有多大理想多大愿望,但有时候是抗不过现实的,小人物、大人物都是这样,每个人都把握不了自己的命运。

计文君:谢谢各位老师,我今天收获特别大。真的,尤其感谢各位同学们。我的小说不是很好读,它可能对你的阅读有要求。它不是没有门槛、没有条件的,因此我不认为它们是很好的小说。很好的小说是,高者见其极高,而最简单的阅读也能获得快感。而且我觉得,到现在我也没有开始写作品,这些统统都是习作。关于小说的基本问题,我都没有考虑清楚。

杨庆祥:等你考虑清楚了,就写不出来了。

计文君:我觉得今天最大的收获是许多提醒。从一开始的时候,我对语言充满了快感,后来我却要警惕。刚才有的同学说我喜欢写色彩,不,我喜欢写气味,喜欢写一切感官。例如我写过把木槿花瓣吃在嘴里的感觉,我对这些充满了迷恋,但是我可能还会要克制。而且我认为小说的互文性是小说中很宝贵的一点,而且我有意识地往小说里埋各种各样的点,我觉得这是小说阅读中很重要的问题。另外我同意杨老师的说法,我要强调的是身世感,不是历史感。历史走向的是真理,提供的是一种真理化的表达,我们一般要讲一个历史的规律,我们对相当长的一段历史是持有这种看法的。但我觉得真理在握的心态是值得小说家警惕的。读者读完之后能得出各自不同的结论,这是我想象的小说最理想的状态。可能我心中好的小说仍然是《红楼梦》,但不是说今天你写得像《红楼梦》就是《红楼梦》。你写得像《红楼梦》,一定不是《红楼梦》,因为《红楼梦》是开当时时代之新潮,他自己创造了很多小说方法,或者说,他重新定义了小说。所以我觉得我们真的面临小说自我革命的时代。我为什么写得特别少,而且越来越少?就是因为我对很多东西没有想清楚。我希望写出的东西,表达是有效的,但是有效太难了。这有效性,是困惑整个人文乃至文化界很大的问题。

杨庆祥:感谢大家来参加这个活动。我们三代,70后、80后、90后,讲得非常精彩。我觉得,我们的口味有时候被现代小说搞坏掉了。小说不仅仅是讲一段故事或者讲一段人生,至少在中国古代小说里面,小说有一个很重要的功能,就是表达作者的才华,你知道天文地理、虫鱼鸟兽、诗词歌赋,都可以搬出来,不一定需要一个完整的故事在里面。一方面,我们现在的作家没有这个才华,另外一个,就是我们的观念其实也有问题,都是那种现代小说的线性叙事。时间关系,这些问题我们留到以后再继续讨论。

异质性写作的可能
——李宏伟《平行蚀》

时间:2015 年 3 月 15 日下午
地点:中国人民大学人文楼七层会议室

杨庆祥:我先说个开场白,上次和一个朋友聊天,他问我们联合文学课堂下一次要讨论谁,我说李宏伟,他说你们非常有眼光。为什么这么说呢?我想首先是因为宏伟的写作具有"异质性",他这个年纪上下的青年作家,我们读了很多了,但是我觉得李宏伟目前是最难被归类的一个。70 后写作我觉得大部分都是很物质主义的,就是通过这个物质主义来找到现实感。李宏伟恰恰是在这一点上跟他们都有区别,李宏伟其实是一个对精神深度或想象力有特别要求的一个作家。我读李宏伟的作品,从来没有想到代际问题。

另外一点也是我的阅读感受,就是李宏伟的写作里面有强烈的虚构意识,最近十年,文学界更热衷于讨论非虚构,非虚构有它的问题意识和具体应对,但是我认为现代文学的基本面向其实还是虚构,你如果脱离了这个去讨论,非虚构其实也不成立,虚构文学脱离了虚构,那就更不成立了。所以我觉得一个作品,一个真正有现代感的作品,它虚构到了一种什么样的程度,作者有多大意识去实践这个虚构,这个是很重要的衡量标准,李宏伟的作品,一看就是"假"的,和我们现实没有关系,但是读后会感觉那是真的,是以假写真,我觉得这是一个很高的、很现代的美学,《并蒂爱情》,一看就是假的,两个人怎么可能长在一起?《来自月球的黏稠雨液》写的是世界末日的故事，但也不能轻易说这就是一个科幻文学。这些作品里面有真正的虚构的力量，然后通过这个虚构，李宏伟创造了一个新世界。小说的本质是什么？就是创造一个新世界、一个不一样的世界，但是好的小说更在于，创造一个新世界，但是这个新世界又内在于我们，这个新世界是活的，是重构的，而且是在这个世界内部，这就是虚构主义，通过虚构找到现实感。我们都追求现实感，真正的现实感我觉得是要通过虚构来达到的。

第三就是李宏伟的作品有强烈的结构意识，如《平行蚀》。我们知道中国当代文学写作一个大的特点就是没有结构意识，我们以为小说就是写一个故事，这是我反复反对的一个观点。它为什么是小说，就是因为它有结构，它有虚构，不是在简单地陈述一个新闻意义上的故事或事件。那么从目前来看，李宏伟的这几个作品里面，他使用了调查报告、书信、注释这些别具一格的形式，来使他的小说富有节奏感，从这个意义上他其实拓展了书写想象的空间，我希望他以后的作品里结构感更好、更娴熟。我觉得《平行蚀》的结构相对于其他几个中篇来说稍微欠成熟一点，这个我们后面可以再讨论。

最后我觉得李宏伟的很多写作气质打动了我，除了我刚才讲的这个异质性、虚构意识、结构意识之外，我觉得他有一个总体视野，这个非常重要。这个总体视野就是说，站在一个人类的高度或格局去观察、去书写。为什么现在文学越来越没有力量了，就是因为文学代表的不是全人类的利益，如果写作仅仅是为某一代人写作，为某个意识形态写作，为某种情绪写作，那么它就没有力量，因为它的面向是非常单一的。我们知道现在最有力量的是什么，是资本。资本为什么有力量？因为资本代表的是全体，我认为在这一点上文学应该向资本学习，不管你有没有能力，文学就应在最大限度上为最大多数人的精神面向来写作，这样文学才能够有力量。宏伟的写作是有这个精神趋向的，《并蒂爱情》讨论的不是一个人的爱情问题,是我们这个时代普遍的情爱问题,《来自月球的黏稠雨液》讨论文明的问题,涉及"匮乏社会"和"丰裕社会",涉及文明重构,这些问题都很开阔。

一

赵天成:李宏伟的《平行蚀》以及其他的中篇,实际上都是对人的生活以及对人与人关系的探索,他不是一种道德化、经验化的描述,而是说人和人之间究竟可以建立怎样多种的关系,而人又能不能够以其他方式来生活。我想我们可以从这个角度来看《平行蚀》里包含的个人经验以及个人经历过的大历史。

我们知道法国有"68年人"的说法,如果借用过来说,这本书描写的是"89年人"的精神状态。但是难度就在于,小说如何向历史敞开。李宏伟并不追求去概括一代人的精神成长史,这里面确实有着具体的事件,但是他会去对它做一种抽象的哲学提升,就像刚才杨老师说的,从"总体性"视野去看待历史事件和历史事件中的具体个人。比如说,对《平行蚀》中的苏平来讲,该事件是一场盛宴,他是从"节日"的角度来理解该事件的,"节日"就是对于既有的生活秩序的一种否定,他是一种许诺,许诺我们用其他方式来生活的可能性。苏平是在这个意义上来理解89年的。我想把这种东西提升为哲学是很正常的,但是融合在小说里面,用小说去整合这些思想,实际上是非常难的。如果说李宏伟的小说有什么缺点的话,我想可能是因这个而产生的,他的难度就是既要抽象性地表达一代人的精神状态,又不想牺牲和否定具体的个人的抽象性、具体性、偶然性和复杂性,因此小说就必须包含很多相互矛盾的东西,总体的人与具体的人的矛盾,具体的人和具体的人的矛盾。

下面我再从两个小点来具体说一下这些矛盾,一是悖论逻辑,二是重复结构。我们从《平行蚀》中可以很明确地看到,在李宏伟的小说里有一种悖论性的逻辑，一个悖论就是可能性是孕育在不可能性之中的，在种种不可能性之中才可能生出一种可能性；另一个就是很多时候我们只能触到一端的底线，比如触到恶的底线，我们才能一点点再往善走。其实《平行蚀》这个名字就包含了一种孕育于不可能之可能性，我认为《平行蚀》是关于人和人互相理解和和解的这么一部小说，平行代表理解，但是平行线是没有交汇的可能的，因此它是一种平行的理解。而蚀是一种消逝，但是在消逝之中又有一种成长的动力，于是就有了一个和解的可能。于是在小说的最后，我们又看到在书中反复出现的一首歌，歌名叫"All Apologies"，就是一种歉疚与和解的升华。在《平行蚀》里面也同样包含了种种矛盾的对立项之间的和解，比如大的来说就是自我与世界，个人与他者，也关乎善和恶，关乎缺乏和丰盈，拘谨与自由，上升和下沉，我想这个就是他的悖论的逻辑。

  我想再说一下重复结构。我们去分析一个小说的时候，会非常注意那些重复出现的东西。我在李宏伟的小说里看到了一组重复的结构性的东西，就是坐公交车去调查"日常生活"的这样一种行为，《平行蚀》里面有，《来自月球的黏稠雨液》也有。也就是说，他总有理解"日常生活"的冲动，我们可以说这是一种漫游或是凝视的结构，可以追溯到本雅明的波德莱尔的拾垃圾者的形象，还有乔伊斯的尤利西斯的漫游，我想尤利西斯的内在精神和李宏伟的小说也有很多可以沟通的地方。这种对于日常生活的调查，实际上可以勾连我刚才说的苏平对于89事件的理解，它是一种反秩序的东西，或是一种异质性的东西，他内含了一种允许揭示各种沉默力量的关系结构。它否定了一种旧的秩序，日常生活中丰富性就得以展现。生活当中总有那些逃逸在外、拒绝收编的东西，在某些地方顽强地存在着，那种坐公交车去调查只是我们接近它们的一种方式。我想李宏伟的小说也是重新启动我们思考的一种方式，至于其中的成败得失，我还需要再想一想。

李壮：我在读《哈瓦那超级市场》《僧侣集市》《来自月球的黏稠雨液》和《假时间聚会》这几篇小说的时候，发现以我们惯常的评论思路是完全无法进入的，你很少看到一个完整的故事，就是特别鲜明的人物其实很多时候也被虚化了。李宏伟的小说很多时候会有一种哲学的思维，从高处俯瞰，试图要整体把握，所以我在读的时候遇到特别大的障碍。这确实是一个异类，它涨破了我惯常的阅读和评价的思维，其实我们长期以来都仰仗这种思维，这个小说哪里写得好，他在处理一种同样的经验或者同样的事情的时候，他为什么选择的角度用的方式比别人要好，我们谈的都是这个。这其实是经验的死局。

李宏伟这样的小说，我觉得在给予我们难度的同时也给予我们一种思维的震惊而不是经验的震惊。我们观看整体的经验，整体生活，我们所有存在本身，发现还可以以这种所谓匮乏世界与丰裕世界这样的角度来看。我在读的时候画了一个图，我想我们平时看到的作品是一个圆圈，所有经验都被包在里面，在里面不断互相碰撞发生化学反应，这个分子和这个分子不断拆解，组成新的东西，我们主要是讨论这个东西。但李宏伟的小说，尤其是这四篇，我觉得完全不是一个圆包住所有经验的东西，他是一条直线，直接插出去，他有自己想要的一个点，单条直路把周围所有的分子都聚合在这个线上然后一下冲出去。这个东西我后来发现其实像钟表，一个指针试图冲破一个圆。

在这几篇小说里面，其实有一个隐性的东西是他深层的秘密，它通过时间，把时间放置在各异的空间场景中，然后把这个东西给抬起来，就是说，我们里面涉及时间的意象非常多，滴答滴，滴答滴首先是一个时钟针转动的声音。我们看他这里面的市场，是一个放时间的所在，放个人记忆的所在，个人记忆的东西并不是像很多作家处理的那样作为书写的重点，作为一个工具一个手段，李宏伟写时间，把它放在几个人物并不是特别清晰的一个人生轨迹里面，他把时间给抽离出来,那么这里面最终呈现出来的是时空自身的力量,包括后面像那个丰裕和匮乏也抽出来,包括那个僧侣集市。我本来特别期待看到一个经验或者说是诡异的故事,但是读着发现故事本身是虚化的,更多的是这个人这个主角,他从小从记忆起点开始流浪,然后一直到这个寺院,然后莫名其妙因为和他本来无关的凶杀案进入了监狱,后面又加入了很多监狱里面的人的故事。这个过程我发现李宏伟是在抗拒经验,我们所谓的文学要直接处理的经验,他把整个经验背后的时空结构给抬高起来,在这中间不断地进行视角切换,在大的框架之下我们会感觉到处理一些更大的东西,比如说文明的整体的反思。

李剑章:首先,《平行蚀》写的是一个知识分子群体,通过"知识分子群体"这一点来阐发,我也觉得,在这部小说的文本里有这样两种取向:一种是书斋的取向,另外一种可以说是市井的取向。这两种取向交相呼应,给小说平添了许多精彩的部分。书斋的取向,体现在小说里就是一些比较有傲骨的知识分子,他们在现实中,是对生活适应不良的人,但是也正是因为这种适应不良,更体现了某种文人风骨,或者说审美意趣。当然,那种市井的取向也是可以说跟书斋的取向并立,能够看得出来李宏伟在小说当中有许多"活色生香",或者说"感官之乐"的描写,例如在一开始的时候就写在繁华的集市中,人们熙熙攘攘的喧闹景象。不仅如此,小说里还有一些对景物的描写,以及颜色、声音等感觉的描写,写得都很有质感。直接描写感官之乐的,比如情欲之乐,甚至还有毒品之乐,仿佛作者真的体验过一样,不得不让人佩服作者文笔的表现力。同样由"知识分子群体"这一点来阐发,另外让我感兴趣的是,作者看待知与行的视角。因为我听说过一句话,叫"美美与共,知行合一"。而《平行蚀》这部小说,让我觉得是在高扬"知"而贬低"行",根本上来说,似乎带有一种"反行动"的视角。当然,所反对的不仅仅是

"具体的某个行动",还包括抽象的"任何行动"。哪怕小说中有几个被称为"行动者"的人,他们这些行动被塑造,反倒是更能体现出一种"反行动"的倾向。比如苏平的同学胡子恩,他看似向往行动,向往做一件惊天动地、轰轰烈烈的事情,但是不知道该怎么行动,他拿不出任何的方案,所以只能遵从苏平、麦出、窦学海等"思想者"设置的方案。还有当过消防员的俞晓磊,看起来像行动者,但本质上还是思想者,或者说是伪行动者。当俞晓磊在行动的时候,虽然是真的在从事体力劳动,当一个消防员,但还是放不下那触不到的灿烂星空,和子虚乌有的道德律令。因此他对行动,只是一种叶公好龙式的向往。一旦真的经历了行动的大风大浪,就会抗拒不住心中的怀疑、犹豫、纠结、彷徨以及自我否定,这样的话往往会导致行动半途而废、归于失败,最终还是会回归到思想的领域当中。由此,似乎作者想要表达"思想高于行动"、"思想多么重要"之类的观念。

二

陈华积:我刚才听了大家对李宏伟小说的解读,觉得跟我感觉都不大一样,所以我一方面是有些困惑,另一方面想谈一下我读小说的一个感觉。刚开始读这个小说,读到"夜"的部分有些沉闷,语言不大顺畅,读到后面"编年体"的时候,整个故事的脉络就出来了,再读到后面"纪传体"的时候,觉得这样一部小说在形式上的循环往复的渐入中,故事主题和人的形象、精神,就慢慢进入立体感。越往后读,语言越顺溜,越有冲击力,跟前面笨拙的语言差别很大,我不知道是怎样一个原因,使前后语言风格会有这样大的差异?

刚才大家谈到小说的主旨,我也很同意师兄的说法,李宏伟的小说主旨有一个宏观的层面,大的层面。他探讨的并非日常生活琐事,故事性的东西,而是精神层面的。最近我在读贾平凹的《老生》,读完之后是感觉很失望的,小说还是贾平凹以前的风格,对陕西乡村世界的个性化解读,完全在叙述乡村故事,村言村语和精神世界。虽然有《山海经》的相关章节,但是读完后觉得故事本身就很破碎,没有一个中心性的东西让你去思考,所以我觉得相对于以前他的小说,《老生》比较平庸。读到《平行蚀》的前一部分《夜》的时候,我就想李宏伟是不是也要讲述平凡人的一个故事,刚开始是讲述兄弟俩,哥哥为了去北京参加盛宴这样一个故事。后面我们会看到他采用完全不一样的思考方式来构思这个故事,他有不同的侧面,有精神性的思考,让这个平庸的故事,立刻闪现出一种光辉性的东西。

我看完整个《平行蚀》,认为是讲述当代人精神危机的这样一个故事,这个小说的意图很清楚,想为一代人的精神立传。李宏伟写了不同的人在改革开放后,每个人所遭遇到的精神危机,以及他们如何处理危机。这里最值得探索的是苏宁的精神危机。苏宁最初想去北京,但是被父亲阻止,他在成长当中,苏平对他有一定的影响,但是更多的是他自己生成的东西。所以苏宁在大学毕业后有半年的精神漫游,这种漫游就是他最大的精神危机,这个危机他找不到出口,他想寻找一个意义。

杨庆祥:我觉得你讲的"精神漫游"很有意思,我想到塞林格《麦田里的守望者》,我昨天想到苏宁这个形象能不能在经典人物谱系中找到对应的形象。我觉得李宏伟不仅仅是处理精神危机,因为处理精神危机的前提是知道精神构造是什么样子,我对他小说中人物读的书很有兴趣,这些书就是那一代的人的精神构造。在这些精神构造里才能生发出精神危机,我觉得这是一个更重要的点,李宏伟可能试图把这个结解开。但我不太满意的是李宏伟最后都采用和解的方式来处理问题。比如让中年的父亲回归家庭,为什么他不能私奔呢?

陈雅琪：我对于"平行"的理解是平行又交叉。小说四部分：夜，编年，日，纪传，每部分看上去是独立的，但其实相互渗透，有互文关系。因为每一部分对前一部分的补充，我们在阅读的时候对整个事件会有越来越清晰的感觉。倒叙，先有结果，再讲原因，一切显得是那么理所当然，主观抽象的感觉和细节描写好像也变得客观和真实。叙事人称也在第一、二、三人称间不停转换，"我"的成长是由不同的人来讲述的，是丰富的个人历史。

第一部分"夜"。使用第一人称"我"，初中生"我"代替哥哥苏平乘火车去北京奔赴伟大的盛宴未果。"12岁出门远行"，"我"被夜的诡谲魅惑着，独自走出家门，怀揣着那张不知是通途还是迷雾的"火车票"，象征着暴力的"弹簧刀"，带有性暗示的"赤身女人画像"，以及"父亲"形象的崩塌，这些元素都是成长小说的要素。"我"在火车站做的两个梦也极富象征意义，意外流血事件和戴红围巾女孩的笑容，代表欲望和青春期的不安分与躁动。第二部"编年"。有时间、地点，提供具体的历史背景。使用第二人称，"你"。苏平的成长史，经历了婆婆的死开始思考时间问题，发现父亲的秘密，"弑父"是成长的必要条件。重要历史事件的发生是整部小说的中心，它是起因，是时代背景，也是流淌在每一个人身上的血液。第三部"日"。使用第一人称"我"。叙述"我"和冬子的爱情；青年个体如何与他者、与世界发生关系，硕士毕业后我以"观察者"的身份和世界对话，"我"的同学朋友以他者的身份出现在"我"的故事里。第四部"纪传"。使用第三人称。出现在第三部中的每一个人都有一个独立的故事，每个人前的一段文字都来自第三部。丁楸，俞晓磊，武源，刘明，苏平，洪英，冬子。苏平，现实—回忆—回忆的回忆，一层回忆套着一层回忆，三件事：1. 苏平和徐媛谈论苏宁和冬子的恋情；2. 苏平回忆小时候苏宁出走的那个晚上；3. 苏平回忆苏宁前几天来家里吃饭的情景。三件事是交替叙述。

我认为"蚀"的意思是影响和侵占。尽管每个人的人生都是不同的轨迹,看似无关,实则息息相关,而且你愈想摆脱这种影响,愈是被拉得更紧。就好像日蚀和月蚀的发生,就是太阳、月球、地球三者的相互影响。尽管它们三者是在不同的轨道上运行,但当它们不可避免地到达某个位置——运行到一条直线上时,当月球运行到太阳和地球中间,月球挡住射向地球的太阳光,月球的黑影落在地球上,就形成日蚀;当地球运行到太阳和月球中间,太阳光被地球所遮挡,地球的阴影落在月球上,就产生"月食"。月球本身不发光,但是当太阳光反射到它身上,它就发光了。我们每个人作为一个独立的个体,很难避免不受到他人的照射。"89"就像一个发光体,照射了小说中的每一个人:苏平,18 岁,高中,准备去北京赴宴;苏宁,12 岁,初中,代替哥哥去北京;冬子,22 岁,大二,男朋友夏方的死对她造成的影响;刘明,大学无法顺利毕业。

王德领:最早接触李宏伟的小说,是在 11 年、12 年的时候。那时候我做编辑,想要把《平行蚀》出版,但是遇到很多困难。后来我离开编辑岗位,李宏伟的书以"21 世纪文学之星文库"的名义出版,这是挺好的。我觉得李宏伟是一个特别有抱负的作家,相比之下,现在的很多作家都没什么底线了,他们的写作都套路化了。应该把李宏伟的写作定义为学院写作。学院写作与一般的写作是不一样的,他有一种构型的能力,一种把日常生活提炼为一种结构、一种精神的能力。与之相比,很多写作仅仅停留在表面的、经验化的层面。那样的写作,升华起来会比较生硬,从社会经验角度看已经足够了,但是要想把经验往上提升的话,欠缺一个更大的东西。这一点上的差距,是很难弥补的。李宏伟的诗歌,我读了几首,不多,包括他翻译的作品,都是非常高端,对我们的智力构成挑战的东西。我觉得他对这些东西的热爱,与他的文学观,与他对文学的体悟是有关联的。刚才杨庆祥提到一些对他的作品的看法,我是赞同的。第一部作品,难免会有遗憾。开头我觉得还是挺好的,通过一个事件来代入。这一事件对于我们年青一代人,以及五六十年代老一辈的人,有巨大的影响,这个影响在今后的时代会有人反复地提到。这个事件也有别的人写到,但写得比较隐晦。李宏伟的处理比较巧妙,他是从侧面来处理的。这个事件对当时年轻人的影响,是非常巨大的,是挥之不去的情结。这种情结呈现在精神的层面,弥漫在小说里,包括他后面的"纪传"里面,那些人物的生活状态,我觉得或多或少有一种政治的隐喻在里面。

刚才杨庆祥谈到,李宏伟的小说特别有精神性,大家注意到,特别有精神性的小说近几年很少了。大家都在讨论日常经验,或者城市经验,或者农村经验。但是从哲学层面讨论知识、讨论追求的小说,还特别少。我觉得可以把李宏伟的这部小说看作是讨论精神的小说。尽管小说的有些部分不太均匀,在语言上还没找到特别精炼的叙述,但小说还是经过了精心的架构,这也是为什么我们很难进入这部小说,或者进入了之后还是感觉比较难。这部小说是关心精神向度的,讨论精神的问题,大家很难找到一个点:什么是我们时代的精神,我们的个人精神如何在这个时代中存在,怎么从自己的主体性中生发出强大的自我来包容这个时代。这方面我们还没有令人满意的小说,像西方的小说,像托尔斯泰的小说,像资本主义在西方刚刚兴起时的那种小说,无论是对社会的批判,还是对个人精神的建构,都让我们觉得非常佩服。对这个问题的处理,作家或多或少都感到非常吃力,我们也觉得吃力,总觉得他们没有达到核心。

黄振伟(《天南》主编):为什么我们现在探讨精神的小说这么少?我觉得这个问题提得非常好。因为我做过很长时间的编辑,包括小说编辑,后来我问过很多中国最一流的作家,与他们展开探讨,只说精神,不说作品,他们自己的精神都很匮乏,又怎么在作品中表达很强大的精神呢?我问那些中国最好的作家,全是成名的大作家。我问他们：你自己在精神上到底有什么样的想法？回答这个问题的，十个里能有一两个相对很好，其他都很糟糕。这是让我特别意外的一件事情。

　　我看大家分析得都特别好，我自己没有太多理论的背景，就从一个编辑的角度来谈谈。其实大概是两年半以前，我第一次看李宏伟的小说，分别是《哈瓦那超级市场》《僧侣集市》《假时间聚会》，还有一组诗歌。当时我看完了那几部小说，一宿没睡，很兴奋。看完之后，我觉得是特别好的小说。不瞒你说，《天南》内部对此是有争议的，这些小说也没有发出来，就过去了，但是我就记住他了。去年我正式接手《天南》的时候，第一件事情就是想找到这个作者。他的小说有一个长度的问题，而且如果你不缓慢地进入他这个叙述，不把这个门推开，你会觉得这根本就是不好的小说，肯定 pass 掉。

　　大家分析情节都很多了，我要说的是小说意识。我觉得李宏伟的小说意识特别重，因为我看了很多稿子以后，我发现包括成名未成名的作家，都没有很好的小说意识，他只是完成了一篇东西，然后让你看。而作为一个编辑，有时候我就问，你选择这篇，为什么没选择那篇？选择 A，为什么没选择 B？所以我选择李宏伟，我觉得他试图对小说的边界做出探索。他有这个意识，而且我觉得这个意识特别重要。昨天晚上，我见了一个摩洛哥作家，塔哈尔·本·杰伦。我就问他：小说的边界在四十年以后到底在哪里？后来他给我回答了：真正的小说意义还是回到小说本身，你还得替他人说话。当然这句话是从法文翻译过来的，肯定有流失，大概是这么个意思。说到小说的意识这块，三十年以后会怎么样？你对小说的边界到底探讨到什么程度？这就是你的小说意识。你的小说意识，破坏性也好，还是边缘探索也好，你最终能不能写出好的东西？

　　看完李宏伟的小说，当时我就感觉，它比我看到的那些小说要高出一截。我喜欢的东西在哪呢？我们很多的作者、作家，总是试图为一代人代言。这个是不对的,就我的看法,这个绝对不对。你为什么老想试图给一代人代言?你生命的经验到底有多大?这是很荒唐的一件事情。

杨庆祥:我们应该想象小说的新的可能性,就是"什么是小说",而不是在既有的格局之内去写作。我们现在很多小说家还是在既有的小说概念里来写小说,其实就是有一个模子,我来往里面填材料。如果有作家想把这个模子彻底换了,这就是小说的自觉意识。我觉得需要有创造力的小说家来推动这个事情。

三

刘欣玥:先说一下《平行蚀》,跟华积师兄的感觉不太一样,我特别喜欢这本小说的前半段,就是《夜》和《编年》的部分,对苏宁儿时记忆的书写,充满了一种少年时代特有的敏感、丰盛和脆弱。前半段原本埋下了一个特别有意思的成长小说的框架,我觉得这里有一个齿轮结构,就是"89"带动苏平的成长,苏平再带动苏宁的成长,这背后又投射了一代人,一层一层连带着转动。但是写到后半本结构上却有些散掉了,觉得很可惜。苏平对发生过的一切保持沉默,并过上了一种标准的中产阶级价值框定的生活,死气沉沉,他的成长是"直接未老先衰",而苏宁我觉得是"一直没有找到成长的入口",所以小说里面他一直找不到自己存在的意义,一直在漫游和延宕。所以这两兄弟的故事到底是不是能称其为是"成长小说"我是表示怀疑的。

李宏伟的中篇我读了《并蒂爱情》和《来自月球的黏稠雨液》。《并蒂爱情》让我联想到《会饮篇》里面喜剧家阿里斯托芬讲的那个故事,学哲学出身的李宏伟一定熟悉《会饮篇》,在我看来《并蒂爱情》里面的第一爱情就像是阿里斯托芬的神话的现代版反向操作,长相厮守是相爱的人最古老朴素的愿望,但作为现代人,大概怎么也想不到会以身体合二为一的方式实现。但故事里有两个是我有点意外的,第一是男女主角发现合体以后的喜悦和从容简直是超现实的,一点惊慌和羞臊都没有,这点让我觉得有些难以接受。第二很担心最后剧情走向会是两人彼此厌倦,最终分离。但是宏伟老师还是给了一个笼罩着幸福光芒的结局。两人对于爱情的理解、需求从头到尾都是完全一致的,这样的爱情未免有点太过于理想化和概念化,哪怕这本来就是一个超现实的故事,我还是觉得未免太光滑,显得失真。如果《第一爱情》想讲的道理是两人无论多么相爱,终究是彼此独立的个体,费了那么多功夫就为了证明我们彼此还是保留独立空间,保持爱情的不确定性比较好,那我觉得这个道理大家都懂,小说终究没有超越我们在阅读之前已有的经验,所以觉得有些可惜。相比之下第二个故事显得更加饱满复杂,各种新闻文体的拼贴,通讯、网页新闻、深度采访,都将这则新闻演绎得非常真实而且丰富,所以作为小说读者,阅读的体验几乎和平时围观什么新闻事件的感觉相重叠,这种游走在两种文体之间的体验非常有趣。就事件本身而言,它给爱情打开的"问题空间"更加开阔,爱情是内核,有形而上的哲思,新闻是外壳,又在现实层面讽刺了媒体的片面、盲视和不明真相的群众的围观行为。信息的获取看似容易了,一个人的隐私、历史随便都可以被"人肉",沟通看似便捷了,产生的却是大量无意义的信息垃圾,真正的情感沟通却在这个过程中阻塞、抵消,并最终交给时间将一切淡化。张松的悲哀,在于他是一个发达信息时代的抒情诗人,在无数嘈杂的声音里他竟然找不到一个出口将自己的感情传达给对方。张松用的依然是最古老的诺基亚黑白机,一字一句打出的情诗让我觉得很感动,并不做作。爱情在信息向着四面八方爆炸的时代保存了一个古老的单向度的空间,它随时可能失败,被拒之门外,但它的失败,可能反倒证明了人性中亘古不变的一点真实,是人之所以为人存在的意义。这个呈现的过程很精巧，因为李宏伟基本是一石三鸟，用一次的时间做了三件事情：首先要讲故事，然后要议论思辨，自始至终还有叙事层面的文体实验，不同的文体又是为故事和思辨服务的。而且这三者之间是相互缠绕，相互生发，无法割裂的。文体实验在今天其实已经不是一个很新鲜的事情，这里的厉害在于他利用文体完成了叙述，我们现在常常说小说说到底就是讲好一个故事，但是讲故事的方法特别难找，这在一部中篇小说的体量里很出色的一次实践。

《来自月球的黏稠雨液》寓言的性质很强，可以说是科幻小说，但也可以说是类型化的寓言小说。首先，总的来说感觉会是一个很精彩的电影剧本的雏形。其实故事本身的叙事框架并不是第一次看见，读起来总是有些似曾相识，都是旧世界毁灭之后人类未来的生存方案的想象，统治者和被统治者的两极阶层划分，因为资源有限，为了世界的稳定必须进行非人道的，残忍的牺牲。与《雪国列车》头等车厢和末等车厢的设定有相似性，后者同样是一个世界末日以后幸存者的故事，同样有一个严格等级化的封闭空间。但是两性和爱情的进入让这个文本变得很独特，前面读着读着会觉得有些太冗长，好在结尾的逐层审批足够刺激，一下子就醒了，而且最后的判决完全出乎意料，在一个禁绝爱情的时代让他经历极端刻骨铭心的爱恋再放逐到匮乏社会，不得不令人拍案叫绝。第二还是文体，实习生报告及其审核意见这两个设计是很出彩的，在管理者和实习生，实习生和匮乏社会之间嵌套了两重"看与被看"的框架，令这份实习报告处处有着自反的自觉。小说里包含两个社会，两个社会的呈现是从上到下倾斜的，因为从头到尾摄影机都对准了匮乏社会，没有人知道丰裕究竟是什么样子的，只有指导员和审查者的批注，还有最后的审核提醒着这台国家机器从来没有停止运转，像《1984》中老大哥的眼睛一样无处不在地监视着这一切。这些冷冰冰的脚注，会不断地把作者从赵一的充满人性温度的观察和思考中拉扯回来,从混乱拉回到秩序中,在秩序和失序之间的来回拉扯构成的撕裂和张力很有分量。

朱敏:首先必须承认的是,我自认为没能完全读懂《平行蚀》,浮在荒诞生活里有太多形而上的东西,只能说说我的第一感受。

我们可以发现作品中的环境描写特别多,叙述者对于观察的偏爱透露在行文中,就像主人公苏宁一样,是一个游走生活的观察者。因此我觉得苏宁无论如何是作者自我的一个投影。文中的重点在于观察而不是揭示"意义",也并不给出鲜明的价值取向。不同于先前黄主编所说,我反而认为"89"是作者创作背后的巨大后景,不可否认事件对主人公的改变,年纪尚小的苏宁如此,与苏宁同龄的李宏伟也如此。

其次是结构,分成"日""夜""纪传""编年"四篇,在我看来结构体现了书名之"平行"。每一部分的故事讲述的起点一步步后推,但又有重合,像是起点不同的平行线条,越到后面越充实丰富,描写也就越细腻。这使得阅读充满了刺激感,读者在前头"单薄"情节中的疑问,通过同一事件的再次描写而解开。因此读《平行蚀》像是坐过山车。

或许是因为越来越达到高潮的写法,李宏伟到作品后部的写作相比较前面让人感觉倾注更多情感,特别是纪传部分对作品次要人物的描写,比前面对苏平苏宁两兄弟的写作更为精彩,特别是俞晓磊的那部分。

最后提一个疑问,李宏伟似乎喜欢写面具这个物件。《平行蚀》中有,《假时间聚会》中也强调。我个人认为是面具这个"器具"使人物无名化,任何个人成为"人"的代表,彰显这个时代的普遍性和荒诞感,不知是否意欲如此?

袁满芳:小说里的"平行"很有意思。里面涉及很多的日常伦理关系，包括夫妻、父子、兄弟、姐妹、恋人等等，作者在叙述苏平、苏宁、冬子的时候，常常穿插入主人公的父亲、哥哥、姐姐等人进行参照。我想小说题目里的"平行"或许就是人际之间的互相参照、互相影响和互相超越的复杂关系，其实就是个人与他者、个人与世界的关系的压缩和简化处理，每个人都生活在参照与被参照、注视与被注视、影响与被影响当中，无论怎么挣脱，终归是"平行"中的一环，他的思想、精神和行动力都是受到这个无限巨大的"平行"的限制。苏平一直想超越父亲偶像完成精神上的弑父，在发现了父亲的婚外恋之后，反而走上了和父亲一样的道路：回归日常生活。苏宁本来生活在苏平的巨大阴影之下，却自觉拒绝苏平的完成方式。小说中有两个关键词："观察"和"漫游"，这基本组成了苏宁的生活和生存。刚刚天成师兄提到波德莱尔和尤利西斯的漫游，提到他们漫游行为内"反秩序""异质性"的"逃亡"性质。我觉得苏宁的漫游性质并非如此，他在精神上有着主体的自信和优越感，因此明确拒绝苏平的和解方案，也不寻求决裂地反抗世界，只是将"观察"和"漫游"当作个人参与世界的行动方式，他很安静，甚至理性。在一个普遍和解的世界和秩序里，这种"非暴力不合作"的态度或许是个人能做的最大挣扎和反抗。

另外，我对于小说里人物的普遍和解性的结局不太满意。作者想象力很充沛，但是小说表现得很收敛，人物的行动力都很收敛。而且在很多具体人物身上，都过于哲学化了，甚至有些平面化，我觉得作者有意识地赋予人物的哲学性的东西太多了，属于不同人物自身的东西太少了。最后，小说的第四部分"纪传"中，每个人物的问题性、典型性和差异性不够充分。既然是为人物"纪传"，不同人物精神层面应该有很大的差异性和症候性，李宏伟在俞晓磊、刘明的章节中表现得很充分，但像洪英的章节中，人物过于单薄和虚弱了。

董丝雨：说实话，在第一次拿到《平行蚀》这本书的时候，我是一头雾水的，毕竟这样一个略显晦涩的题目并不能在第一时间引起我的阅读兴趣。翻开目录，四种不同形式的写作方式穿插在一起，也在一定程度上提高了阅读的难度。我和其他老师和同学一样，花费在整本书上的阅读时间很长，同时阅读的过程也很累，因为不能有丝毫的走神，必须全神贯注，倘若稍微溜一下号，那么整个文本的衔接就会出问题。

《平行蚀》被称作是"一部准备已久的作品"，"反映出一种对峙、占据、攻克的雄心"，笔墨"峭立得让人惊奇"，描写"铺张、沉稳、澎湃"，也有人称其为"有难度的写作"。小说的四个部分，夜、编年、日、纪传看似平行，却又相互丰富着彼此，使得整个故事情节和人物形象更加圆满，也在结构上呼应了小说的题目《平行蚀》，同时在很大程度上也体现出李宏伟作为一个有学习哲学经历的人知识面的广度和深度。

当代文学一直不缺乏对新鲜形式和写作方法的尝试，李宏伟的《平行蚀》就是其中的一种，但我的疑问是，这种形式的尝试，除了让人耳目一新之外，还有没有其他的意义。毕竟作为一部小说来讲，面对的读者并非全是受过文学教育的人，绝大部分是普通的读者，那么这样一部对于文学评论家都有阅读难度的文本，对于普通读者的难度更是显而易见的。那么这样的尝试是不是有其他的方式能够使受众面更广阔一些。这是我读完整部小说之后一个比较大的问号。

刘启民：我就简单讲一下我的想法吧，因为我看这些小说也不是想得很清楚。我看的是几个中篇小说。首先我是觉得，这些小说的名字都非常吸引我，大概李宏伟在给小说取名字的时候也是花了一定的功夫的。然后我想讲一下我对小说形式的一些思考。就像刚刚很多老师说的那样，李宏伟的作品有着很高的精神深度，但是对于普通读者来说,还是有一定的难度。所以我想到的是,就像一个得道高僧要思考如何为大众布道一样,这涉及的是一个作家如何为自己的读者伸出橄榄枝的问题。我试图理解了一下作者的写作意图和写作路径是怎样的。相比于一个作家来说我觉得李宏伟的思维更倾向于一个哲学家。因为一个哲学家他要表达自己的思想的时候往往会借助独特的故事或者是寓言来表达,比如柏拉图有自己的洞穴隐喻、光的隐喻,尼采有他的查拉图斯特拉的故事。像李宏伟有着这样子的写作抱负,所以一方面他在拒绝自己的作品会被简单地解读,一方面又希望能够得到解读。这两种意图之间显然会造成一种冲突,也就给写作带来了许多困难。所以我觉得李宏伟的问题在于,如何能够与读者之间形成一个更有机的互动。而这个问题归根到底还是得回到形式上面来。

李琦:我读了《平行蚀》和《假时间聚会》,这两部作品都体现了进入他者与解读的不可能性,就算是通过语言交流,误读也是必然的。孙亦没有机会向王深询问当年之事,方块只能戴着假面、借别人之口说出自己内心想象的故事,但是一切或许只是"也许/假设"。面具这个意象消解了现实的真实性。文本列出了许许多多的影片,主要人物有着不同的诉说,阿甘的,马龙白兰度的,王佳芝的,等等。但是每个观众所理解的未必就是他们想说的。历史也可能是这样,他们的"89",也可能是被想象与诉说出的。

《平行蚀》有一种复调般的叙事风格。前几部分是顺叙的纪年,前半部分读起来很不顺畅,很难融入,类似于雨果把巴黎圣母院描绘得细致入微,巴尔扎克把伏盖公寓的边边角角都写了一遍。之后比较顺畅,因为写的是人大以及人大附近的环境。第四部分作者给主要人物列了小传,有叛逆的知青姐姐,投身艺术的画家刘明,冬子的苦乐,武源用现代乐器演奏《心经》,是极闹与极静的结合等等。列出了一代人的不同心态,作者并未给予褒贬。这种结尾像一个"召唤结构",作者和读者共同完成了这部作品。读到最后倒有一点虚无主义的味道,"人真的会有未来吗？未来的意义在哪里？"刘明这个人物非常典型,就像孙少平读完高中之后觉得自己已经和黄土地有了距离,已经不可能回到纯粹的农民的状态,刘明接受了教育之后也发现自己有了个"回不去的故乡"。人物说"什么是幸福,我看不清楚幸福的样子",夏方和冬子以个人之力抵抗"集体",例如他们说,"凭什么要求所有的人一起共舞？"追求自由与平等但却不可得。"一场集体舞向着永恒堕落,向着被永恒铭记的方向滑落,那是谁都承受不起的,那将让所有人都不被救赎,不被宽恕。"我们这一代人,没有经历过八九十年代的精神波动,到目前为止并没有超越前人的新鲜的体验与记忆,我们没有民国时期的众多思想交流,没有六七十年代的"文革",70后、80后的"89"。当集体不可避免地褪色成个人,一代人生活的意义在哪里？

四

马小淘（青年作家）:《平行蚀》我昨天连夜看完了,然后我产生一个特别奇怪的想法,就是这个作品其实让我想起了李碧华的《青蛇》。其实它也是在讲两姐妹的成长,白蛇想变成人跟许仙在一起,然后小青就一直在里面起哄,白蛇最终就变成了会生孩子会斗法海的一个庸俗得像人一样的东西,然而青蛇最后还是一个妖怪。实际上它非常像苏平和苏宁。因为苏宁最后就变成了一个成功猥琐男,他在物质世界是成功的,苏平则更像是在精神世界获得成功的 loser,然后跟另外一个女 loser 同居。它实际上就是一个身体和精神的幻化成长。

然后,我觉得李宏伟刻意为读者造成了非常多的阅读障碍,整个《平行蚀》就是非常碎片化的。我听大家很多人都说喜欢小说的后半部分,但是我终于找到一个叫刘欣玥的同学跟我一样喜欢小说的前半部分。就是那个小镇生活的生鲜记忆对我有极大的打动。其实这在很大程度上是因为我是在城市里面长大的,我甚至没有见过动物园以外的鸡。我有一次和徐则臣也讨论过这个问题,然后他就说,在城市里长大没有乡村经验对作家来说实际上是一个巨大的短板。因为在小镇和乡村长大会有一个完全不同的体验。所以对于前半部分对于小镇生活在感官上能够处理得那么细致,我觉得还是很动人。而且对于两兄弟的心理啊都有很多交代。反而是后半部分非常深嘛,对于比较肤浅的读者来说就会容易犯困,然后它又是这样一个土洋结合的小说,后面的就是处理得太洋气了,喜欢前面的人就有点似是而非难以承受。

提一点小小的建议,就是整个小说是不是太主题先行了,兄弟的成长过程太过阴郁,都是回望似的。我觉得所有的成长题材小说里面都会有童真中最宝贵的欢愉,我觉得还是差那么一点这样的东西。从现在来看的话,我觉得小说前面的部分完全就是为了后面做准备,过于"高贵冷艳"。我觉得我们对于男神的定义就是,他必须稍微有一点点"贱""渣",才能特别动人。总的来说,李宏伟的小说还是缺乏一点凡俗的东西。因为刚刚庆祥说作家要为全人类写作嘛,我觉得也是得把普通的人考虑进去,我们的文学不仅仅是要一种精神的高贵,更需要一种休戚与共的打动,从现在看就有一点高山仰止了。

然后还有一个问题就是,人物的语言太书面了。一个要饭的都把自己的行为定义为"乞讨",他其实是在"要饭"。比如冬子对他的男朋友说,"姐姐对于我来说就像记忆中一张张泛黄的平行影片,影片里面的情节已经枯落无从考证,更别说影片背后的那些跌宕与起伏了"。这是引号里的话,可是真的会有人这么说话吗?这样写出来就特别琼瑶,所有都是"你弄痛我了"这种风格。我真的觉得人物的语言必须和描写叙述语言有分别。

我觉得李宏伟站得足够高,眼界也足够大。现在的问题就是手臂不够长,拥抱世界的时候还是会觉得有点吃力,但是这就是处女座。像我和彭敏这样的作家,见到问题就知难而退的是达不到的。我们也想过对于结构上有一些创新啊,或者是对文学边界的突破啊什么的,但是后来想了想,还是算了。人生那么长,现在先写写习作以后再写代表作嘛。我觉得李宏伟绝对是一个严肃的作家,每一个作品都当作代表作来写。

然后就是,我更喜欢他的中篇小说。可能是这些小说大多都是我们杂志发的,所以我们都起了一个助产士的作用,看着这些"孩子"都特别顺眼。反正我是希望李宏伟再写点中篇小说。而且从一个务实的角度来看,一个作家在文学圈子里都是通过中短篇小说出道的,长篇小说反而很难引起人们的注意。

杨庆祥:马小淘说得特别好。不仅有文学的角度,也有编辑的角度。比如这个人物的语言,确实,这是一个最基本的问题。就是你要塑造一个鲜明的人物,首先要有自己的语言。不能总是人物说的都是作家的话,这样问题就会很大。另外,马小淘刚刚也说到了成长的问题,她用了一个短语叫"童真中的短暂欢愉",我觉得特别好。村上春树的《挪威的森林》其实也是一个成长小说,但是他没有李宏伟的这个阴郁。它里面写到了第一次遇见初美的那种对于美的描述,特别令人心醉。我当时看到的时候就觉得,这正是我高中时候看到漂亮女生时的感受,特别打动我。我觉得成长可能会很阴郁,但是一定会有别样的色彩。长篇小说需要更多的色调。

刘大先(**中国社科院副研究员**):李宏伟的小说我就看了《平行蚀》。就个人趣味来说,我还是很喜欢的,我觉得这是一个非常有难度的小说。我个人不太喜欢那种读起来特别有快感然后阅读速度也会很快的小说,我觉得像宏伟这种小说才能体现出作家的匠心,他的技巧以及他真正的一种真诚。

宏伟的小说，就像小淘讲的，他的格局很大。宏伟想说的是20世纪思想史上一个重大的变化，就是20世纪的终结。就是我们这一代人如何成长，以及人和世界、人和自然、人和自我、人和历史最后怎么和解的这么一个过程。刚刚也有很多同学讲到了和解的问题。宏伟的小说在形式上非常有特点，我没看完这个小说的时候就给宏伟发短信，说你的小说让我想起了略萨或者是阿斯图里亚斯的结构现实主义。但是我往后看的时候，就发现其实宏伟还是有所超越的。因为所谓的结构现实主义是把一种逻辑形式外化了、模式化了。我觉得后半部分好，实际上是，它给我们的混乱感实际上是世界本身的混乱感，它的这种碎片其实是我们时代本身的碎片感。我们现在写小说经过了罗伯·格里耶新小说的洗礼，也经过了先锋小说的洗礼后，就已经不能像托尔斯泰他们那样写小说了，我们这个时代所写的小说，肯定有我们这个时代的形式。我觉得李宏伟在这个角度上体现了他形式的意义。他的形式是有意义的形式，他找到了我们这个时代的形式、手法。

第二点我想讲的就是80年代的终结。我想讲的倒不是这段历史对于我个体命运有什么影响，我想说的是，亲历者的记忆对于真实的历史，可能是有一种僭越，往往觉得自己的记忆就是历史的记忆。亲历者本身不一定就是历史的主体，他可能是历史的主体。所以"89"它影响了成长在那段历史中的那一代人，但它同时也会影响我们这一代人的成长。在我们中国的历史中，1992年又开启了一种新的时代。那个80年代的启蒙的、思想解放的时代，已经结束了。到了90年代，就到了一个新自由主义的、经济主导的、消费主义的时代，而我们这一代人的成长，是在这个夹缝当中很可怜的一段成长经历。我认为，现在代际划分的70后、80后实际上不太靠谱。真正有意义的代际划分应该是1976年到1985年之间，这应该是一代人。这一代人比较可怜的就是，它哪里都靠不着。我的意思是，苏宁跟苏平，实际上是两代人。苏平进入90年代以后，不是以历史主体进入到历史和社会当中的，而苏宁这个弟弟，他实际上还有一个精神的困惑，他还在寻找当中。这个困惑把两兄弟隔成了两代人。

这个困惑也就引到了我要说的第三点，就是所谓的跟历史如何和解。因为你会发现小说里面所有的人物，这两兄弟也好，冬子也好，他们都带有创伤性的记忆。它不停地向周围辐射能量，不停地将苏宁带到黑洞的源头，他必须要摆脱黑洞对他的吸引力，也就是说，他必须要治愈自己。既然是治愈那就是一个寻找的过程，苏宁一直在寻找，最后李宏伟给出的一个方式是，让他进行体力劳动。他不再是一个在精神层面较量的人，不是罗亭，不再是这些无用的知识分子，而是转向了肉体的生活。这不是一个结论，也不是一个结果，而是他要用这种真正的肉体方式，来一步一步达成跟这个世界的和解。

彭敏：其实我对宏伟的诗歌更熟悉，比较他的诗歌和小说，我觉得他的诗用力更猛，力道更足。小说考虑的事情比较多。某些事件在小说中最后变成了若有若无的背景，被淡化了，变得更加温吞，这是诗歌和小说的不同。在我们真正想表达的东西和我们实际表达出来的东西之间，有一个移花接木和改头换面的过程，只要表达就会面临形形色色的禁忌，写作体现的其实不是自由而是禁忌，过于彻头彻尾地暴露自我也太危险。当我们写作的时候总会有一个类似于老大哥那样的东西在什么地方虎视眈眈，敦促我们自我阉割，我觉得这本书在写作中已经被自我阉割了一部分，在出版的过程中也被阉割了一部分。这本书出版之前我看过，有些东西出版时已经没有了。我觉得可以把这部小说当作路标和灯塔，阅读它不仅会给人带来震撼，同时还像冰山一角一样，向我们指出海平面以下更庞大更震撼的部分。不仅写作是这样，小说中的人物也是这样。有一个我特别惊为天人的细节，苏平要去北京，被爸爸关在屋子里,苏宁看到了他在打手枪,宏伟更大的才华可能在政治方面,但是政治是不可说的,所以只能把他的才华抛掷在性上面。

饶翔:杨老师开篇的发言特别好,宏伟的写作其实有一种先锋气质,而当前流行的写作,特别是方才庆祥说的70后的物质性写作,物质性其实更多还是回到了传统性,80年代先锋叙事革命之后,中国的当代文学进行了很多关于结构、小说形式的探索,但是现在所谓物质主义写作,之前的探索我们都看不到了,更多的还是回到了讲故事的传统,贴着故事走。所以我在这个层面上说宏伟的写作可能过时了。但是过时的另外一面就是,他可能又重新开始探讨小说层面的问题,就像庆祥去年在《文艺报》专栏上组织的讨论一样,在新闻报道的框架之外,小说要如何去做,是要在讲故事的层面和新闻去竞争吗,还是说要回到叙事和形式的开发,在这个层面上,宏伟的小说是很出色的。

我觉得写宏伟的评论文章往往会"自取其辱",宏伟的小说如何去评论?一般我们会说"思想层面、艺术层面",思想层面上,我也没有底气跟一个哲学专业的人去讨论,在艺术层面上,宏伟的写作有自己的东西,特别是《并蒂爱情》,我觉得后来我的评论都是在宏伟的指导下完成的。《并蒂爱情》的结构很有意思,刚刚的发言者也有谈到,它包括两个故事,故事一故事二,就像一棵树长出枝桠,后面还可能有爱情三爱情四,都是爱情框架上长出的东西。我觉得这一点处理得很好。《平行蚀》这部作品在文学叙事层面上还有问题,描写很好,不光是想象,还有细微的细节都很精彩,但相对来说,叙事的推进不是很好,长篇小说的体量中,这样叙事就会有问题,这是需要改进的地方。

最后一点,谈论70后的问题。我觉得一个人如何代表一代人,这是一个问题,事实上一代人总会有相似的精神结构。我觉得70

后处在社会转型期,不像80后或者85后,历史真的已经终结,对70后来说,历史至少没有完全终结或者完全远去,所以70后对历史还是有感情的,包括徐则臣在《耶路撒冷》里处理犹太史,二战史,乔叶写一个"文革"的东西,包括李宏伟在小说中写"89"的历史,1985之后可能真的是虚空,庆祥在《80后,怎么办》里也写到,80后没有历史了,但70后还有跟历史对话的冲动,处于一种悬置的状态,上不上下不下。所以我觉得,70后可能也有一种典型的主题,这个说深了,很多人可能觉得70后有些悲情,或者说悲观的理想主义,他们的自我印象也是这样,用马小淘的话就是有点矫情,小淘刚才说得很好,宏伟的小说有一点过于沉重过于端着,如何回到人生中的短暂欢愉,我觉得70后这样一个主体有必要进行一定的解构,要跟更多的主体进行对话,增强它的结构性,才可能有更丰富的主体。

杨庆祥:我觉得你说得很有意思。如果是单一的主体,以一个单一的思路进行写作的话,历史永远停留在过去的某一刻,那就是历史的虚无,真正的虚无不是没有历史,而是我们用同样的方式想象和书写历史。怎样让我们的写作丰富起来,就需要有不同的人,不同的主体,对历史进行复写,让历史变成复数。

李宏伟(青年作家):首先非常感谢大家在休息日的下午来参加这个讨论会,作者在面对读者的时候,总是会感到紧张,尤其是面对这样专业的读者。刚才听大家讨论的过程中,我有很大的困惑,这种困惑可能是写作者和阅读者对作品认知不同所造成的,也是常见的。我虽然是哲学系毕业的,但我写作时并没有从哲学角度去设定与结构小说,我的自我认知,是我的写作是在处理自己的经验,宽泛一点说,是我感知到的时代经验,而不是处理思想。我对时代的精神状况有自己的认知,也希望能够把握这种精神状况,予以记录、传递,但在写小说时确实没有把思想的表达放在第一位。

《平行蚀》是2003年开始写,是我作为写作者的自我意识比较清晰之后写的,一直写到2005年完成初稿。后来又有过漫长的多次修改。我自己在小说上的想法是,我比较喜欢用不同的结构处理自己的素材,给出一个立体的拼图,这个过程中会有一些必要的省略,也会对读者提出一些要求,包括庆祥说到的第四部分"纪传",有一点混乱的感觉,当时我个人是有意识地借鉴精神群像的东西,像装置艺术的原材料的堆积,有些粗莽,但开放更多可能性,至于这么处理最终是否能够成功需要另说。还有刚才聊到技巧,我认为当代文学不是应该从先锋文学往回退,而是应该往前走。先锋文学为什么在那个节点上,大家都不再做了,因为先锋文学只停留在技术问题上,不再从精神层面对世界进行把握与认识,所以读者最终发现这个东西与自己没有关系了。说到读者,每一个写作者都会想象自己的读者会是什么样子,但在我现在的阶段,也确实不怎么揣摩读者的期待,更没有去满足他们期待的意愿。写作者,可能更像一个感知器,他捕捉时代和经验,内化之后再传递出来。如果他的感知与消化足够强大,传递出来的,必然有很多与读者共在的东西。换句话说,作者对读者的侵蚀是缓慢的,有效的,而不是一个简单的供需合谋。理想的作者—读者关系,是借助作品,互相敞开了各自的接口。所以很高兴,也特别感谢大家刚才的解读,其中有很多我可以对接的地方。

现在回过头来看《平行蚀》,我最大的不满意,是这个小说过于清晰地呈现了身体和政治的解读关系。当夏方的死给冬子带来的性冷淡的幽闭,苏平因为怯于出发,又因为知道苏宁在偷窥,而打手枪,苏宁在火车到来之前,因为梦见苏平的女朋友而有了人生第一次梦遗——这些密集的"身体—政治"关系,自然有其重叠的加深印象甚至冲击力,但是关系确实过于清晰与简单了。

再说一下刚刚庆祥提到的问题,为什么这个小说有那么多的和解?尤其是父亲苏建章不敢私奔,留下来继续重复的生活。这首先是我当时写这个小说的感知:往事与记忆一直在压迫这些人,逐渐占据了生活的中心,而使得真实的生活更像幻影,他们必须要解决掉这些事情,至少予以暂时的和解与放下,让生活继续。这也是我那时候的心理需要。苏建章的私奔起源于加缪的诱惑,他在《西西弗斯的神话》中说,"人生是荒诞的,我们唯一能做的是获得更多的经验,活得更多"。但到了一定阶段,你必然会有疑惑,因为生活是无穷尽的,就像庄子所言"吾生也有涯而知也无涯。以有涯随无涯,殆已!"你活得再多,获得再多的生活经验,对整个世界来说也是不到九牛一毛。因此,苏建章开始反转,他想要活得更深入,不求数量而求质量,不是要爱有限的很多个女人,而是要把一个女人爱够。这当然也只是追求一种"西西弗斯的幸福",但不失为一种个人的解决之道。至少从认识论上来说,苏建章的留下来更具挑战,更让人踏实。不过可能问题也在这里,这种事情需要的是实践,不是认识。

再次感谢大家的阅读和到来。

杨庆祥:好,我们期待你更好的作品。

重读王小波以及 90 年代文学
——房伟《革命星空下的坏孩子》

时间:2015 年 4 月 20 日下午
地点:中国人民大学人文楼二层会议室

杨庆祥:感谢各位老师来参加青年批评家房伟的新著《革命星空下的坏孩子:王小波传》的研讨会。在王小波逝世十八周年之际,在王小波曾经工作和生活过的人民大学来召开这样一个沙龙式的会议,显得格外有意义。房伟的这本王小波传记,我个人认为是对王小波及 90 年代文学研究很大的一个推动。今天非常高兴能够请到这么多的专家、学者和老师们一起参加这个会。首先请孙郁教授发言。

孙郁(**中国人民大学文学院院长**):房伟的《革命星空下的坏孩子:王小波传》,还没有出版之前,少强就已给我看过了,写得很好。我和吴义勤一起为这本书做了推荐。我推荐的原因,首先是我写的一本《革命时代下的士大夫——汪曾祺闲录》,与房伟这本书名字相近,责编都是少强;还有一个原因就是王小波去世八周年时,我曾和李银河一起搞过关于王小波生平展,房伟这本书我读后感觉学理性很强。这本书对王小波的生平做了细致梳理,从目前来看,材料是最丰富的。我自己写过几篇关于王小波的文章,我没有掌握那么多材料。

我个人觉得,王小波是 90 年代以来几个较伟大的作家之一,在伪道学盛行的时代,他的价值就更加显现出来。开始我不太喜欢王小波，我个人写作受苏俄影响太重，有些排斥他的写作路径，但后来我慢慢发现，是我个人知识结构有缺陷、有问题，后来读王小波作品后，发现自身的一些问题，以及我们这些年文学史和文学批评的一些问题。话题非常丰富，我觉得，房伟这本书在王小波研究史上是标志性作品，祝贺他！

一

张莉（天津师范大学副教授）：房伟去年到天津开会，关于这本书，我们已做过一个与学生之间的交流。我非常喜欢这本书，首先，它介绍了一些非常重要的事情。作为文学批评家，选择谁来做研究对象很重要，我特别羡慕房伟能找到王小波。王小波是个倍受冷落的中国作家。但他本身有那么多值得研究的地方，房伟找到了很多他的资料，查访了很多当事人，掌握了大量第一手资料。房伟的作品对王小波的研究有奠基性意味。选择谁来做他的研究对象，我觉得这体现了研究者的价值观。关注谁、研究谁、对谁感兴趣是价值观的体现，房伟的眼光非常敏锐。

第二点，我想谈读完这本书后的感受，之前我只是读了王小波的文本，觉得他的小说对我们这个时代的书写别出路径、很有意思。但是，我不是特别了解为什么王小波能写出这样的作品，为什么他跟别人理解"文革"、理解时代有很大不同，这是个困扰我的问题。这本书解答了我的部分疑惑。书中写到王小波的父亲被毛主席约见，他们在中南海，一起聊天、吃饭，他的父亲说了很多建议，毛主席很和蔼。然后他父亲回到人民大学，把被毛主席接见的事跟同事很激动地交谈。"文革"中，人民大学很多人被批斗，但是他父亲幸免于难。王小波生活在这样一个环境中，我不知当时他幼小的心灵历经那样一个大时代突转之下，对命运是怎样理解的，他作为亲身经历者，感受跟我们肯定不一样。

另外,这里边还写到一个教育部领导被人推下楼。他的孩子是王小波的朋友,王小波看到领导的尸体躺在地上,看到孩子的表情,读到这里,我在想为什么王小波会进行那样的"文革"书写。一个作家去写他所处的那个时代,一定与他的童年时代与创伤、成长经历有关系。也就是说,为什么赵树理要写那样的时代,孙犁会写那样的时代,王小波要写那样的时代。《革命星空下的坏孩子:王小波传》这个题目非常好,它为我们勾勒了"坏孩子"的成长史。他的"坏"为不循规蹈矩,他对时代有"别出路径"的理解。房伟为我们勾勒了一个轮廓,而且这个轮廓很准确。

房伟写这本书,遇到了很多困难,毕竟在世的人很多。房伟遇到的最大的问题,就是这本书还是"未完成时",你在后续修订的过程中,还要不断地加进些东西。李银河的这些事情,会影响你之后的判断,经过这样一些变故后,可能作品要放进些新东西。房伟很敬业严谨地完成了这样的一个课题。但也可能会遇到这样一个问题:你怎么剥离和辨别不同言说者,谈论王小波带来的主观性,这可能是房伟面临的挑战。未来修订这本书的时候,怎样更中立、客观、犀利地书写,是房伟未来要面对的难题。

杨庆祥:张莉说得很充分,特别是刚才提到王小波的伤痕叙事,我觉得是一个特别有意思的话题。我们一直以为80年代伤痕文学就结束了,其实没有。伤痕文学一直延续到了当下,比如《陆犯焉识》它也是伤痕叙事,那么它和刘心武的伤痕叙事有什么样的区别?新世纪文学发生的时候,刘心武的叙事和张承志的叙事是不一致的。那么,在1990年代的王小波这里我们又找到了另外一种伤痕叙事。我觉得80年代以来的文学和伤痕叙事其实有一个密切的捆绑关系,但是,我们现在还没有进行非常细致的区隔和分析,所以我觉得这是非常重要的一个切入点。

陈汉萍（《新华文摘》编辑）：我接触王小波大约是1998年。当时《花城》有个对于《红拂夜奔》的编选。我忙于选作品，也没有特别留意王小波。王小波真正给我留下印象的，是"王小波之死"现象。对他的文本，我没有细致的阅读。房伟关于王小波的文章，我曾选过两次。我在《中国社会科学报》上看过他的文章，写得很到位。我想听听70后、80后这代人对90年代的理解。

今天咱们讨论的是"重读王小波"。房伟的《王小波传》，切入的方式新颖，学理性很强。把"王小波之死"，作为文化现象进行解读。把90年代人与时代的关系确切地勾勒出来。我印象最深的，是房伟对"文革"的描写。这部分写得很细致，其中很多史料，特别是有关人大的史料，剖析得非常好，我看完后也非常认同。而且，他作为1976年出生的学者，能进行这么细致的描写、准确地把"文革"勾勒出来，这是非常难得的，功夫下得很足，对这部作品，我阅读前边部分时，以为它是按照王小波粉丝的方式描述的，后边写到"网络王小波"时，我觉得房伟其实思路非常清楚。无论以粉丝方式切入，还是选择其他方式介入，都是王小波引导他进入的，但进入之后，房伟对王小波又有客观的评价。整本书房伟对王小波的定位非常理性、恰切、客观。

孙郁：你们谁见过王小波本人？

罗少强（三联书店编辑）：有，但我们大多数人，都是在他去世后，才知道他及他的作品。

孙郁：我见过王小波本人，那时《读书》《博览群书》经常不定期开设专栏，并邀请作者吃饭。有一次，我们一起吃饭，王小波吃饭从不上正桌，他都是坐边上，开会时坐在门口，从不发言，我那时也不知道他叫王小波，但我印象中他是个高个子，穿得很随意。但他去世的那天晚上,祝晓风给我打电话,说王小波去世了,我说王小波是谁?他说就是跟咱们经常一起吃饭的"大高个",当时,我跟他的文章在一个杂志发表,但我从没看过他的文章。我喜欢看民国的,和我专业领域的文章,他的文章我确实不太懂。"王小波热"的时候,我也没看太多,当时我在编《北京日报》副刊,旷新年给我写过一篇文章,骂"王小波热",当时我犹豫要不要发,但后来这篇文章还是发出来了。发表后,有人在报社门口堵住我,质问我,怎么可以发这篇文章?(众人笑)后来,我又发过一篇"礼赞王小波"的文章。那时我在反省自己,为什么我对王小波有这样的认识过程?为什么周围的人都热捧王小波?

当时,李静刚被调到《北京日报》,我就和她探讨过这个问题。王小波的文章,有罗素的哲学,而那种"嬉皮笑脸"式的描写,表面很黄、内在很干净的描写,很像拉伯雷的那条线过来的。俄苏文学、日本文学的东西,在他的作品中很少体现,后来,我反思了一下,觉得很愧疚,就在他逝世八周年搞了一个展览,没想到人那么多,当时我找了几个粉丝在网上发消息,每天到场的人非常多,出乎我的想象。

二

郭艳:史料的方面,房伟做得非常扎实,他的写作非常体贴。第一点,从某种程度上来说,有一种"精神共同体"的东西,在社会边缘化比较大的年代,在短时间内,可能有个较恒定的对某些事物的共同看法。这本书看完后,我觉得房伟的写作,实际是想通过写王小波,对90年代文学史进行反思。他的书有些地方特别好,他会把90年代很多写"文革"、知青、理想主义的东西,和他对王小波的叙述,尤其是王小波个人经历结合起来,做细致的精神现象分析,我特别能找到共鸣。

第二点，房伟非常理性地来写这部作品。王小波的作品很有激情、才华横溢，但如果不用理性思维进行梳理，实际上很难把握。我们70后一代人，都是"自我启蒙"，我们所处的教育是传统和现代两端，我们接受传统时，又同时在进入现代社会。孙郁老师所讲的反思性的东西，在我们这一代人身上，是分裂性的。这种分裂性，可能在阅读等过程中会进行剥离，这就是一种"自我启蒙"。90年代启蒙话语坍塌后，没有集体的东西或教育制度来启蒙。70年代的人，如果能形成精神共同体的话，那就是这种自我启蒙的东西。房伟是立足于时代个体的"自我启蒙"，这种启蒙不是集体的，是面向自我来观照王小波所处的时代，以及他的文学，这非常难得。

第三，房伟在他的传记作品中，丰富地呈现出多元的王小波。我们都处于从传统到现代的过程中，很多中国人很难直接面对"现代人格"这个词语。现代人格的建立非常艰难，因为不停地会有很多隐形的、强大的东西把你拉入传统。从鲁迅那时候开始，我们受的更多是传统的负面性。比如，传统社会，我们会有传统文官制度，但现在政治与资本市场等欲望化的东西合流后，对人的精神冲击，其实是"底线的坍塌"。这种情况下，这本传记体现的王小波这个个体，对读者有启发意义。

我们处于"后苦难"时代。它对我们的精神启发意义，有三点：一是对苦难意识、升华意识的解构，我们不停地谈苦难对精神的升华，但在"后苦难时代"，我们应怎样看待没有苦难的生活，怎样在常态生活中建立"照亮生存"的人格，这非常重要。鲁迅不停地说："救救孩子。"从这样的角度看，我们怎样做一个人，怎样接续中西方人文传统，这一点在房伟的作品中，通过对王小波传记的表述，给我们很好的启发；二是王小波的作品，表面看起来很黄，但实际很干净。这包括那些大段大段的身体描写，这是我们对身心生存状态怎样理解的问题。对更年轻的人来说，这不是一个问题，因为他们有心理健康教育。如果以常态来看待身心的话,不会出现那么多不干净的东西。三是从王小波的作品中,我们可感到强烈的共鸣,比如,我们常说的《特立独行的猪》,实际就是《沉默的大多数》的对立面,很多时候我们都属于"沉默的大多数",但在王小波这里,无论他生活的部分,还是文本形式,他为我们呈现的是独语与沉吟——在政治化的时代,在个体被遮蔽的时代。现在,每个人都要发言,且唯恐我们的声音别人听不见。王小波用个体和文本,影响了几代人,作为操持汉语写作的人,他有思想、幽默感、智慧。

周立民(巴金文学馆常务副馆长):各位老师刚才讲到资料搜集和使用,这个我还是要强调。第一,对传记来说,资料的收集、考辨程度,可能是决定作品成败的关键因素。我们总认为资料不是观点,总强调所谓观点创新,看轻最扎实基础的东西。然而,对文学史研究,对传记研究来讲,这是不可动摇的基石。如果没有这个东西,传记就没有支撑,如《乔伊斯传》,写得很枯燥,但可能一件小事,一个传说,作者写作时都会把它纳入传记的写作氛围。《王小波传》的一个细节,让我想起理查德·艾尔曼的传记,它讲到进入王小波的房间,看到王小波的藏书。理查德·艾尔曼在传记的注释里,曾写到乔伊斯搬家时的藏书。从现代人的眼光看,这没什么了不起,但经过一百多年后,你再解读和还原,这种东西胜过很多论断。

第二,现在我们的传记写作,太急于判断,特别是现当代作家的传记,传记有各种各样的写法,当然也不是说这样的写法不好。有时太急于表达判断,往往会出现表达判断的根基不足的问题。很多学术大家,他们的很多判断和理论都高屋建瓴,但如果你把它和具体事实结合,很可能整个论断是落空的。这完全可以被颠覆掉,可以举出十条理论来颠覆他的理论,在资料考辨上,这是个很大的问题。房伟在这方面非常成功,包括王小波的作品怎样生成的,这样的问题。通过大量采访和考辨来形成链条,这很不容易。

第三,当代人也有当代人的优势,房伟对王小波身边的亲人、朋友的采访,这件事如果我们放在二百年后的话,除非有先进科学技术支撑,否则资料流失不可避免。这本传记非常难得的优势,在于第一手的资料收集。当下我们强调王小波如何伟大,我们研究他必然丢不开这本传记。给我印象最深刻的是,书中写到关于王小波父亲和其家庭背景的东西。这对我们进一步了解王小波,及其个人思想的生成来说,非常有意义、有开创性。

第四,以往传记写作,似乎是主人公一个人孤零零地漂浮在历史空间,整个叙述借助主人公个人历史和叙述来完成。他的生存背景和历史环境都没有提到,房伟在这方面做得很到位。从50年代开始、一直到"文革",再到90年代的铺展,让主人公的生存背景和思想形成的背景被勾勒出来了。从传统的知人论世的角度来讲,这也是传记非常重要的部分。

第五,像王小波这样曾大红大紫的作家,传主与写作者之间的关系,很有意思。我们追求客观可以是目的,但不必要被这样的要求所击败。你给当代人作传,你本身也是当代人,你所掌握的信息,你的思想形成,跟他也有呼应。这种情况下你的态度,也构成了对王小波解读的历史等的一个部分。或者说,今天我们研究古代文学时,可能更关注唐代人对李白怎么看,宋代人怎么看。把时间拉长了,四百年后人们看王小波,了解王小波,可能房伟的这本传记就成了基本历史资料,这相互间可以呼应。

房伟作为研究者,他会把其研究专长融入进来。我印象最深的,是王小波作为自由撰稿人的选择过程,体现了房伟很谨慎的判断。房伟除了是优秀学者,还是一个小说家,他的叙述语言非常好,没有很酸腐、学院派的叙述。此外,我有一点小建议,房伟做过一些王小波的论文,到后边部分分析作品时,有些过于理论化的迹象。后边分析王小波现象,作品分析少了点。我很看重王小波的杂文,他的杂文成就比小说要高,在中国文坛能跟鲁迅比一比的杂文家并不多。后来的杂文家,更像论说文的观念式诉说,没有形象。在鲁迅的杂文里,到处都是形象,到处闪耀着思想火花,这种火花不是哲学的理念倾吐。王小波的杂文有类似鲁迅的东西,他将鲁迅的杂文文体继承下来。王小波将本身所具的宽容的精髓,深入杂文创作中。我非常怀念1990时代的文学背景,这个年代虽刚经历过"89"的低沉,但知识分子的表现状态、挣扎、自救,这些精神状态造成了90年代很独特的文化现象,有点像"王纲解钮"的特征。且不论其精神的沉沦、反抗,还是对峙也好,它始终有精神的主体性。而今天的文学生态,我非常失望,这种精神的东西被消解掉了,变成了娱乐的东西。

杨庆祥:刚才立民说得很好,房伟有种小说家的气质在传记中体现,他用修辞的方式对史料进行重新编排,这种方式使得史料更有价值。因此,我觉得这不仅仅是对王小波传记写作的一个推进,同时也对整个当代作家的传记写作提供了一些方法论上的东西。我觉得这本传记跟孙郁老师写的《革命时代的士大夫——汪曾祺闲录》都很好,这种优秀的作品都是有方法论价值的。

霍俊明(中国作协创研部研究员):这本传记对我而言有一定意义。首先是与房伟的交往,其次是我个人的原因。我的导师陈超先生去年辞世后,我一直想为他立传。刚才立民说到史料,我觉得非常重要。当代人给当代人写传,非常重要且有合理性。这种合理性不是说隔多少年后为什么人立传,而是呈现鲜活的东西。我为导师立传时,发现有些资料如果不及时整理,可能就永远没有了。

另外一点,就是材料的真实性。举个例子,陈老师辞世后,媒体发了一张他在大海边奔跑的照片,当时很多人以为这是在海南拍的,后来徐敬亚证实,照片是在深圳拍的,且是徐老师亲自为陈老师拍的,网上传的照片经过PS技术处理过。房伟的这本传记我拿到手看完后,直接放到书柜非常显要的位置。房伟写这本传记,付出了非常大的心血,2012年,为写这本传记,他不辞辛苦在北京租了几平米的、由厨房改造成的房间。条件非常艰苦,但他一直坚持下来了。

  房伟的传记,有种立体化的感觉,这首先在于他曾做过王小波的专门研究,且他之前还写过小说《英雄时代》,这本小说就是向王小波致敬的作品。里面关于屠宰场的记录,基本是把自己生活的原型植入其中。屠宰场里,那种既想得到爱情,又想离开的,既可笑又满含泪水的荒诞感,在房伟的小说和传记间形成了对话。还有一点,就是死亡的话题。中国的文学场域里,提及死亡最多被谈及的是诗人,小说家领域中王小波是一个。谈及王小波,及更晚的文学家,如海子,大家描述他们时,往往将作家生活和知识分子身份并举,这反映了一个问题:这两种形象不可分割。比如,谈到王小波,一定要提及他的生活,文本创作与他的生活息息相关,在传记中很多地方都会提及他的家人。当然我们更感兴趣的,是地理空间的转换,一个是真正的地理空间转换,如传记提到关于北京的几个地理空间的转换和追索;还有就是他的私人空间,如在山东、云南、北京的几个地方,反映了一个主题是"革命星空",这反映了70后的共性:对政治文化的想象。70后一代人重新介入王小波,甚至重新介入八九十年代的语境,这代人的一些特性,必然会折射在王小波的研究中,但这是建立在对话基础之上的。我喜欢本书中一些细节性东西,但传记后半部分写得有些快,还可以再添加一些东西,房伟在修订版中可再适当添加,使其衔接更顺畅些。

  孙郁:当代人写当代人的传记,的确面临很多难题。我之前写过一本关于张中行的传记,当时整理他的日记时,里面记载了很多事,但他女儿"挑着"让我看。(众人笑)我写传记时,特别害怕家属不高兴,给当代人写传确实存在很多麻烦,不好写。

房伟(山东师范大学文学院副教授):的确是这样。这本传记,我还有很多录音资料,但跟编辑商量再三,还是决定暂时先放一放,等将来修订的时候再说。

杨庆祥:刚才俊明提到的一点我是非常认同的,就是关于死亡的话题。四月是死亡的季节,诗人之死、小说家之死、文人之死,它都是一个可以被赋魅的事件。我在读房伟的这本王小波传的时候,觉得其对于死亡的处理很好,但是在中国,我觉得我们往往有另外一个层面的东西处理不好,我们没有办法处理命运的问题,这是我觉得特别遗憾的事情。我们往往忘了触及或者根本不想去触及,或者我们的智力、情感的剧烈程度没办法达到这样一个高度,所以我觉得处理王小波的死亡、他的作品、他的人生时,思考这个世界最高的善与恶之间的关系是非常重要的。小说的写作、批评的写作,我觉得都得考虑这个根本性的问题。人作为一种有限性的存在,必须在命运的规范下生存。通过阅读王小波的小说文本,能推断出一些微妙的东西,但他生命中一些特别幽暗的东西,我们有时很难解析出来,东西方写作非常大的差别就在这个地方。我一直觉得中国的现代是比较粗糙的现代,我们的情感、心灵太粗糙了,太意识形态化了。刚才郭艳老师谈到现代的真正的人格,这是我特别感兴趣的地方。

王德领:我接触王小波比较晚,主要是近几年才开始关注他。当时在出版社时,我们出版了王小波的一部作品精选集,当时我是二审,他的作品我基本上都读了,我非常吃惊。我觉得我们的文学史以及较正统的场合,对王小波的关注还是太少,我们往往研究鲁迅、余华、王安忆等，王小波的粉丝在草根阶层较多。房伟能写出关于王小波的传记非常好。房伟在传记中将"文革"中人大部分的史料做得非常充实，这一点非常难得。

房伟：有个专门研究人民大学校史的专家陆伟国，是南京大学财经系的教授，也是人大的老校友，现已退休。我从哈佛整来一些东西，我们交流并相互交换了些资料。我获得的资料中，有一张关于人大第一次大规模批斗会的照片，就是他提供给我的。

王德领：我们的当代文学研究，不缺观点，但史料非常缺乏，房伟对史料的挖掘非常好。此外，王小波的个人经历，与作品的互证做得也非常好，传记中举了大量例子，使传记有了厚实的基础，如《革命时期的爱情》中的大炼钢铁等细节，房伟通过大量采访将其人生还原，将王小波的经历和作品得以衔接。这本传记中一些细节的来源很多都可以找到原型；此外，当代文学对作品关注太多，而对作家关注太少，对作家生平、生活细节等关注太少，读过这部传记后，我们可以解开关于王小波研究的部分疑点。如果说有什么不足之处，就是个别地方写得有点枝蔓，但这一点也在所难免，为当代人立传，我们很难将之处理得像给古人写传那样纯粹，建议房伟修正时能将之处理得更加紧凑。

三

徐刚（《文学评论》编辑）：首先，我本人对王小波及其作品持谨慎的观点。之前有个朋友做一个"被高估"的中国作家的项目，想拉我一起合作，其中就有王小波。我认同他的观点。我发现，对王小波的负面评价，并不是非常个案的现象。王小波确实是"争议非常大"的作家，读完房伟的传记后，我觉得房伟找到了与个体生命体验相契合的研究对象。做中国当代文学研究,尤其是近三十年来的文学史中,能找到一个值得我们付出热情的研究者,非常困难。房伟是幸福的,他找到了一个可以付出热情的研究对象。

第二,房伟不是很好的具备写这部传记条件的人。比如他不是知情者,写传记条件比较好的人,肯定是作家身边的知情者,房伟没有获得很多信息的条件,只是因王小波对他的生命体验有触动。他经历了艰难的寻找史料过程,通过采访和调查掌握了很多资料,这非常难得。我认识房伟是在2012年,他向我打听我导师的联系方式,当时我的导师曾写过一篇关于王小波的文章,房伟千方百计找他联系,很用心也认真。我知道房伟找了大量资料,特别是"文革"时人民大学的资料。我建议,将房伟的这本书送给人大的校史馆。(众人笑)

再者,这本书也有遗憾,如后边两章像学术论文,溢出了传记的范围,看起来更像传记批评。当然,他一方面谈论作家个体,一方面谈及作家作品,他没有孤立地谈任何一方,他将这两点结合在一起相互阐释,一定意义上这更像传记批评。房伟写作这部传记时,有他的基本原则,他投入了感情,同时也没失去历史写作的分寸感,他在写的时候将很多存疑的地方罗列出来,没有妄下结论。他没有把研究对象神圣化,他非常清楚地写出了王小波写作中存在的局限性,没有言过其实。而且他在写作传记时没有将王小波孤立,而是放在一个时代的语境场阐释,如他写到梁晓声、路遥等的作品进行穿插,其目的不是横向比较,而是放到大时代的氛围中,通过时代与王小波间的相互阐释来看待彼此。

杨庆祥:徐刚刚才讲到一个问题我很赞同,他说王小波并不是一个非常伟大的作家,之前我读过王小波的作品,近期我又读了一遍,但是并没有改变我的最初的判断,也并没有因为我的重新阅读而使得王小波伟大起来。他是风格化非常明显的作家,成为很多青年人模仿的作家,他的作品中有很多可以被模仿的东西,也正因为如此,王小波不是一个最一流的作家。因为最一流的作家是向无限的世界敞开的,那里有纷繁的现实和想象力,但是我觉得王小波并没有,他只是别出心裁地进行创作,他是一个小我型的作家,在这个意义上讲我们都是同类人。我们必须要搞清楚我们是因为自身对他的崇拜和热情而尊崇他是一个伟大的作家还是尊崇美学的复杂性和多样性,我觉得这是一个非常大的文学史课题。我一直期待我们能够对这种文化偶像式的存在重新进行厘定,比如张爱玲、沈从文等等,将他们还原到历史语境中进行评估。

陈华积:房伟的传记写作,在材料上非常扎实,史料的丰富性和真实性,使我们对传记的信任度比较高。这部传记的创新之处,在于房伟对一些王小波研究的争议性话题进行考证,如住址问题、王小波在山东插队的时间和年限等。其次,这部传记中我们能清晰看到王小波生活的时代面貌,这种写作视野充分地体现了房伟作为批评家、作家的优势。第三,他抓住了几个关键词来梳理王小波的人生经历,大概可概括为以下:革命叙述、自由主义、特立独行、爱情等。这对我们更好地认知王小波,具有引导作用,但这也可能会导致忽略掉一些较重要的细节。第四,房伟的作品还是有很多独到发现的,特别是围绕王小波精神的独特性这样一个核心主题来组织的材料。其实他的题目就是很好的切入点,"革命星空"的坏孩子,他在写到革命前后北京的情况时,对历史的敏感度成为解释王小波敏感性的切入点。

王小波因病退从云南回到北京,后来到山东插队又回到北京,我觉得这段时间是非常重要的时期。像王小波这种情况的人很多,都是红色革命家庭出身,到偏远的地方插队,为什么王小波就成了"特立独行"的王小波,而别人没有?王小波跟北京的关系也很独特,他看到了完整的北京在革命环境下的变化,他是独特的。

而同时期史铁生与之相比则是不同的，同样是病退，但史铁生看到的是低落，在没有看到王小波的《黄金时代》时，我们无法得知王小波对世界的看法，但《黄金时代》出版后，我们发现，王小波对时代的看法与众不同，他对革命有颠覆性的认识。他在《黄金时代》中用性爱来解构革命，我们简直不知这种东西从哪里来的。我认为1975—1978年这段时间，王小波一个人在北京读书、思考，这也是他成长的时间段。房伟提到了这个问题，但没具体展开，我觉得这是王小波比较独特的一面，也是进入王小波精神世界的原点，我个人认同房伟对王小波看法。他说王小波是90年代文化的产物，也是80年代启蒙文学的接续者，还处于伤痕的叙述理念中，从文学史的高度来认识王小波与时代的关系，这样的判断很重要。

杨庆祥：不管是作家还是普通人，一定有他生命中值得铭记和考察的那几个时间的结点，不管是圣者还是普通人，他大部分的时间都是无用的，都是没有意义的时间。偶像和文化英雄和我们普通人的区别在于，他在特殊的时间之内释放了他自己，然后他就构成了一个特殊的存在，对这种特殊事件的处理，需要对年代学进行切割，从各个剖面来进入。

刘大先：我拿到这本书，用一天时间读完了。这本书从前面一直到山东部分，写得比较密，比较好。但到了90年代和留学美国这些地方，我感觉有点单薄，我想谈谈我的感想。

第一，解构之后如何启蒙的话题。房伟对宏大叙事情有独钟，去年在武汉开会我们晚上聊天到三点多钟。他写的《王小波传》，就是把王小波定位在，如何接续80年代的新启蒙，但这种新启蒙到王小波这里，似乎是性启蒙但实际是价值启蒙。我觉得有种困惑，这种性启蒙，在60年代世界范围内的"性革命"是失败的，然后经中产阶级叙述，回归到秩序中来。这本传记，90年代那部分，写得不充分在于,90年代兴起的各种思潮间的对话少了点,那时保守主义、民族主义等,都出来争夺话语权,争夺领地,王小波所处的这套思想脉络里,实际他是一个主流,自由主义在90年代背后,是有市场经济的这种新意识形态给他做支撑,90年代的自由主义成为了一种"主流"。

第二,个人和历史之间的关系。我对王小波的评价不高,上大学时最早看过他的《沉默的大多数》,印象比较深的是《一只特立独行的猪》等,这些东西成为了一种"标签式"话语。王小波讲的,实际是自由主义式的理性。他有一种假定,其实跟经济学上的理论假定相似,即人应有美好的智慧。这种东西是挺好的,但我们颠覆了"崇高",即以前集体化的、一体化的东西后,个人如何跟历史发生关联,这是王小波无法解决的问题。他似乎到此为止了,到他弘扬的自由主义为止。刚才孙郁老师讲王小波反对伪道学很成功,但我们这个时代是真小人大行其道的时代,大家都不搞伪道学了,大家都变成真小人了,这个时代我们再来看王小波,我们该怎样给他定位,如果房伟将来要修订这本书,我觉得,90年代以来的思潮,还是应进行较深的梳理。

第三,经典化问题。讲到经典,我总想到卡尔维诺写的《我们为什么读经典》。他讲了好多条,但我印象最深的,就是经典这个东西,当我们第一次读就像重读似的,当我们重读又像第一次读。一个伟大的文本,就像本雅明讲的普鲁斯特,他是横空出世的东西,又创作出了自己的独特。我不知道房伟的传记,是不是经典化行为,在历史的层面上,房伟的分析特别精彩,如分析《黄金时代》的陈清扬的"破鞋"问题。王小波的创伤叙事,对"文革"后初期的新时期叙事,实际是一种反拨,他重新创立了一种价值。这种分析非常精彩,但有些分析,就比较被动,如房伟对王小波90年代的那些杂文,分析时不由自主地贴了上去了,被他带着走了,我觉得还是应该跳出来看。

杨庆祥：谢谢大先的发言，每次发言都能给我们提供一些话题，刚才大先讲的几个问题我想到了，也想回应几句，第一我觉得对王小波的理解确实不能脱离90年代，尤其是新自由主义在90年代成为主流意识形态这个大的历史语境，在最近一些年我们才对新自由主义意识形态进行反思，历史学界、党史学界都在反思这个问题，但是文学界依然"固守"着这个根深蒂固的观念，作家们都在津津乐道着某种肤浅的新自由主义立场或价值观。冷战结束之后，撒切尔夫人提出来的一个很重要的口号就是"你别无选择"，那不是刘索拉提出来的，那是撒切尔夫人在1989年做的非常著名的演讲，她说，苏联解体以后，所有的一切都结束了，现在就是别无选择，你只能选择新自由主义，选择资本主义意识形态，所以历史"终结"了。那么我们怎么在这个意义上，把世界范围内的思潮和我们在90年代具体发生的文化事件联系在一起进行考察，这是我们需要重新处理的工作。

另外一点就是历史与个人之间的关系，陈晓明教授说西方小说的三大支柱是宗教、哲学和政治，但是中国的小说最重要的就是历史，你的写作怎么和历史发生关系，是根本性的话题，但是我们对小说写作与历史的关系这个问题思考得还不是很够。从这个角度来反思，王小波的问题在于他对历史的混沌，他对历史的复杂性理解非常粗线条，非常的泾渭分明，在这个问题上王小波智慧吗？我们都认为王小波智慧，在这个问题上王小波没有古人智慧，我们古人对历史的理解，对世界的理解是非常混沌的，世界有很多的灰暗地带，不是说你有一个对，你有一个错，你有一个价值的鲜明判断。王小波的人生的阅历和经验被人为地拔高了，还是这句话，怎样历史化地、客观地、有距离地认识我们这个时代被神化的作家，我觉得这需要一种很强的穿透力。

四

岳雯（中国作协创研部）：今天这个会，和以往的会不太一样。以往我们可能是对一个作家进行评价或是判断，但今天是个"小伙伴"的会。房伟兄作为同道中人，与其说在讨论他的问题，不如说讨论我们自己的问题，他所遇到的问题，也可能是我们自己的问题。今天有两个话题，一个是对这本书的看法，一个是对王小波的看法。我们可能都在寻找这样一个作家，传记对我来说，是种很强的诱惑。我们写来写去，不能成为"万金油式"的批评家，不能说哪个作家都研究，都发表看法，最后可能一无所得。最后要确定一个作家，这个作家跟你有血肉联系，在他身上你能找到所有的困惑、痛苦，他的写作对你的人生、你的写作是有启示意义的，房伟找到了这样一个作家，说明他本人喜欢王小波。但有时喜欢也是一种"障"，你研究的作家是你喜欢的作家，你需要突破这种"障"，这本身是很有难度的事。

不是所有当代作家都值得写传。很多作家，我无法从他的生活中找到与他的写作相对应的地方。另外，值得写传的作家，他与时代有或隐或现的联系，王小波恰符合这个条件。我们写王小波的传记，某种程度上并不在于对他的文学评价多高，或多差，而在于他能提供我们对这个时代认识的一面镜子，我们从他身上能看到时代如何碾压过一个人，这个人对碾压注入了什么样的反应。所以，房伟寻找到王小波这个作家是特幸福的事。我们每个人都对王小波有自己的评价。这个评价和自己的思想、阅历和趣味有关系。

第二点，我读这个书时，原来期待里面有大量文本阐释，房伟作为文学批评家，他一定会做大量文本细读，但我发现这个东西很少，只是杂文部分有一些，但那一部分较少文学趣味，我同意大先说的,写得特别好的,是他对时代的判断。他写革命前后的北京,始终将空间意象作为重要的基础,以空间转移作为暗线勾连王小波,他把王小波和北京这座城市进行了强大关联。空间意象非常清晰,如教育部大院是什么样的环境,有强大的画面感,但画面感背后又有理性分析。

第三点,看完这本书后,喜欢的明白了为什么喜欢,不喜欢的明白了为什么不喜欢,围观的人,明白了为什么这个作家会被时代所选择。我有个非常切身的感受,上大学时我跟着杨早老师读书,每年四月他都要我重读王小波以示纪念,但我读了王小波,始终没被他打动,我疑惑为什么他不能打动我。读了房伟这部作品后,我的疑惑被打开了。(众人笑)比如说,我不能被打动,是因为女性身份的障碍。他想用"性"来阐释政治,但作为女性,对性话语的接受,我还是比较敏感而排斥的。对于王小波,70后接受他的会比较多,他是70后很多人的精神支撑,但对我而言不是这样,我接触王小波比较晚,我的思想基本定型后再来读王小波,并没有被他打动。还有一点,90年代,但凡有过媒体经验的人,好像特别喜欢王小波,他是从非文学意义上来呈现的作家。今天我们谈论最多的,是为什么对王小波的评价并不那么高,我想这与我们今天的时代经验有很大关系。

房伟的写作手法很巧妙,如李银河的情书集《爱你就像爱生命》。房伟用了别人对李银河的批评,间接表达了观点。传记开头写"王小波之死",感觉赋予了很大魅力和神圣化色彩。我很担心,怕是"粉丝"给"偶像"立传,但前半部分有赋魅过程,到后边反而是"祛魅",这构成了圆形循环结构,这就是研究者的态度,而不是粉丝的态度了。

杨庆祥:岳雯说得非常充分,谈到的点非常多。我有一个切身的经验,我在读博士的时候,读过英国作家詹妮特·温特森的《守望灯塔》,写得非常好,我来回读了好几遍,后来我知道温特森是一个流行小说家,但我还是会觉得他的作品很好,阅读的经验有时是非常独特的。我们的阅读往往带有政治性色彩,特别是对一个经典化了的作家、作品,这是需要我们谨慎处理的问题。

回到我们的话题上来,我们要谈的其实是两个话题,一个是房伟的这本书,一个是关于王小波的研究问题。今天的会议内容很有意义,我们是在进行一个祛魅的过程,王小波一直是被媒体神化了的,刚才大家已经讲了很多不同的观点,其实,王小波的小说叙事存在很多问题,他的叙事是停滞的,不发展的。我还想补充一个观点,王小波的性描写是很多人津津乐道的问题,也是王小波小说的一个核心指向。他用性来架构小说和对世界的认知,我们要研究王小波最重要的一个问题就是处理他的性描写,在他的《革命时期的爱情》中我觉得王小波写的性既不黄,但也不美。我觉得王小波是一个不性感的作家,中国的作家很少有把性写得很成功的。日本作家渡边淳一的《失乐园》写性写得非常性感,我们写的性在一定程度上是伪道学的性,我们的思考方式其实没有摆脱伪道学的思考方式。

张莉:王小波的写作,还是一种"观念性写作"。王小波不是每一篇文章都写得好,这种赋魅的东西太厉害了。我觉得,在房伟的传记中,完全可以更犀利一点。

李云雷:我们对王小波之死的探讨,奠定了之后对他进行研究的基础。关于王小波,我印象最深的就是李银河的那篇文章,其中写到王小波是浪漫骑士、行吟诗人、自由思想者的形象。我觉得,这应是我们重新反思和认定王小波形象的基础。第二点,我大学时期读过王小波写的关于同性恋的书《他们的世界》。这本书使我们了解到了以往不了解的人群。还有一点就是王小波去世十周年时，我写了一个关于王小波的文章，我觉得对王小波的认识应放在思想史的脉络中研究。我们对90年代的文学，并没有作出必要的清理。王小波去世不久正是自由主义与新左派的论争刚兴起之时，王小波的去世，为自由主义的形态，赋予了英雄主义色彩。房伟写的这本传记，是非常好的尝试，他打破了以往写传记或文学史的枯燥化现象，这是我要向他表示祝贺的地方。

杨庆祥：确实，现在的文学史书写确实无趣，如果我以后有时间了我一定要写一部八卦文学史，把各种有趣的事件都写进去，我们现在的文学史写作其实是很不自由的，太意识形态化了。

李洱（中国现代文学馆馆长助理）：王小波去世十周年时，《南方周末》曾做过专题采访。当时，我是被采访的作家中，唯一大力肯定王小波的文学成就的人。（众人笑）当然，这并不表明他的写作没有问题。王小波把细节和缝隙打开的能力非常巧妙，他总在重复讲一个故事，像转圈似的把一个细节反复打开。但是，他的叙事是"停滞不动"的。这也是一个问题。王小波是90年代出现的，90年代有个非常大的特点，就是把80年代那种非常强大的"灵魂叙事"等宏大叙事转向"日常化"叙述。90年代文学最大的成就是，为小说提供了强大的物质基础，一定程度上，王小波是90年代文学的另外一翼。王小波容易给人悖论的印象，其实他把虚无主义当作理想主义来写。王小波实际是一个彻底的虚无主义者，但他的写作，必须找到拯救自我的办法，他把理想主义当作虚无主义来写，当他完成了这些作品后，他只有一条路，那就是死亡。四月，春暖花开之时，正是虚无主义者的死亡季节。对性的描写是很多人喜欢王小波的理由，但我们应该明白，王小波不怎么懂得写性。当我们看过很多德国、法国小说之后，就会觉得中国作家不会写性。这在当代作家中是一个普遍问题，比如，某作家写到性事，就是"把女人的两脚拎了起来"。(众人大笑)王小波不会写性的原因,可能是缘于去世太早,王小波若能活到现在,性描写的体验肯定会有所不同。王小波写小说,相对于20世纪六七十年代欧美小说,有某种程度的对应性,这种比较研究,在学术界一直未得到关注。

另外,我们需要关注的是王小波与陈凯歌、钟阿城之间的比较研究。他们同样是从北京到云南的知青,为什么钟阿城写出《棋王》这样的作品,而王小波却没有做出类似的理解,原因何在?我本人很佩服,房伟能为作家立传。给作家、思想家立传是件非常困难的事。最好的传记,往往是纪录一个人行动的过程,是一个叙事过程。但给作家立传非常难,因为作家是靠语言生活的个体。王小波的传记比王安忆的传记难写多了,王安忆跟大陆和港台文坛有互动关系,王小波却基本没有。写好一部传记的基础,是必须写得好像跟传主有仇似的,房伟是一个热爱王小波的人,仇恨度还不够。(众人笑)接下来房伟需要把与王小波有关的所有资料进一步收集,这样才更有意思。房伟有这个实力,这本书可以继续修订。

杨庆祥:现在很多作家不敢将自己的人生戏剧化,这就丧失了自己进一步成为经典作家的机会。下边请孔老师谈一下对于《革命星空下的坏孩子:王小波传》的看法。

孔会侠(郑州师范学院副教授):我本人对王小波研究得不多,主要是来学习大家如何看待王小波及其作品的。我跟房伟是硕士同学,房伟的硕士论文写的是王小波,以后也写过很多关于王小波研究的论文,堪称是王小波研究专家。这么多年一直坚持为一个作家立传,这很难能可贵,房伟写传记的过程中,也经历了很大艰辛,非常不易,为我的同学感到高兴。

陈建宾（人民文学出版社编辑）：我觉得王小波是具有异质性的作家，对文坛有补充性，他的那种具生命气息的写作，对当代文坛具有启发性。房伟下了很多功夫来写这部传记，对王小波有独到理解，他的认真细致的态度，给我们的出版以很大支持。

罗少强：这本书出版后，我跟房伟曾沟通过，能否继续将当代作家的传记写下去的问题，如张贤亮的传记。写好一部传记是很艰辛的过程，想要写好一部传记，只资料收集就很耗费时间，这些年我们出版社做过很多人的传记，一直存在大大小小的问题，其中史料真实性是一个大问题，只要整理者能花费足够功夫和时间，能用心去做这件事，其最终呈现出来的作品，相对来说还是较有价值的，房伟这一点做得很好。经过多年努力，他的传记具有很强的真实性，在此跟大家强调，以后大家谁有写传记的计划，也可以与三联书店合作，我们非常欢迎出版传记类作品。

杨庆祥：刚才诸位讲得都非常好，接下来我们把最后的时间交给房伟。

房伟：首先对庆祥兄表示感谢。他的事情非常多，还抽时间筹办研讨会，我非常感动；对到场的老师、朋友们表示诚挚的感谢，同时感谢人民大学文学院的大力支持。我们能在四月探讨关于王小波的话题，讨论我的这本拙作，这对我是非常大的鼓励。大家的讨论激起了我很多想法。这本书的确存在不少问题，老师们的指正对我非常重要。王小波一定程度上是我的"情结"。在我人生最困难的时期，他给我的心灵很大的激励，他支撑我走过这么长一段时间，我觉得我该为他做点什么。但实际搜集材料过程中，我发现很多困难，这本书出版到现在我手里又掌握了一些新资料，所以还会有不断修订的过程，包括资料的丰富性，及我个人对王小波的再认识问题。

　　我认为,对王小波及其作品,应该有"祛魅"与"建构"并行的过程。任何话语都存在建构性,这种建构性必然存在赋魅性和情感投入,为王小波立传,一定程度上是不讨好的事。有的人认为我对王小波的评价太高,但王小波的粉丝们,又觉得我对他评价不足。李静曾写过一篇文章说我是"政治妥协主义者"。我觉得她是非常率真勇敢的人,也是才华横溢的批评家。她在写传记时曾给予我很大帮助,我非常感谢她,虽然她的某些观点我并不赞同。在我对王小波的朋友和家人进行采访和交流时,第一感觉是"王小波是一个好人"。他的家人和朋友都非常好,如他的母亲,宋华女士,见到我第一句话就是:"我的儿子有你说得那么厉害吗?"她非常朴实,认为小波智力中等,在几个孩子中不是很聪明。同时,采访过程中,很多朋友,虽时隔多年,但一提起王小波还会失声痛哭。这对我震撼很大。2012年秋,我跟建宾去拜祭过王小波的墓。当时门口卖花老太太见到我们,开口就问是不是去看王小波的,可见来的人不少。墓地上,我们看到很多花、二锅头酒瓶子和留言,有的字迹已模糊,从1997年一直到2012年都有,诸如"你让世界变得更美好"这类的话。我一直在想,新时期以来有多少作家能在"盖棺论定"的时候,享受到这样的荣耀?这是读者心灵的评判。你不能不承认,王小波的文字、思想和人格魅力很大,而这种魅力,对当下的文化语境来说,依然具有巨大的合法性。这也是我坚持把"反思王小波"和"弘扬王小波"并置的原因。

　　我也赞同对王小波的反思。王小波去世十多年里,有太多空洞的溢美之辞,缺乏学理性的意气之争,也有很多错谬的史料,比如,王小波的年谱问题。我同意李洱老师刚才的观点,王小波的写作,的确存在问题。虽然,我不赞同,他是一个虚无主义的作家。如果说王小波有虚无主义的话,也是一种对抗性的虚无主义。当然,作为没经过太多文学训练的作家,他有的作品很精彩,堪称伟大的经典,如《黄金时代》,但王小波的文学语言,我个人认为,还有着很大的发展空间,特别是越往后的作品,有很多文字苍白、拉杂、概念化。王小波其实还在发展之中,他并未完成自己的"巅峰之作"。可以说,王小波是新时期以来,别开路径的文学先锋。他开创了一种别样风格和思想形态的写作,和主流文坛有联系,但却有着巨大差别。这将会是一种"伟大传统"的先声,如刺丛里的小路。但可惜的是,我们这些后人,依然极少有人能沿着他的路径,走出更大的天地。